高等学校计算机程序设计课程系列教材

Visual Basic 程序设计基础

Visual Basic Chengxu Sheji Jichu

申石磊　季　超　主编

高等教育出版社·北京
HIGHER EDUCATION PRESS　BEIJING

内容简介

本书针对非计算机专业学生的特点,从 Visual Basic 程序设计基础开始讲解,内容安排由浅入深、循序渐进,面授教学和实验教学融为一体,写作风格力求文字准确、概念清晰、简明易懂。每章除包含大量典型例题外,章尾均附有实验练习和课外习题。

全书共分 12 章:第 1 章是 Visual Basic 概述,第 2 章是简单程序设计,第 3 章是数据运算基础,第 4 章是控制结构,第 5 章是数组应用,第 6 章是过程设计,第 7 章是控件设计,第 8 章是绘制图形,第 9 章是键盘鼠标事件,第 10 章是数据文件,第 11 章是复杂界面设计,第 12 章是课程设计指导。

本书根据教育部高等学校计算机基础课程教学指导委员会的教学基本要求(2008 版),参照全国计算机等级考试大纲编写,可以作为高等院校非计算机专业第一门程序设计课程的教材,还可以供全国计算机等级考试使用。

图书在版编目(CIP)数据

Visual Basic 程序设计基础 / 申石磊,季超主编.
北京:高等教育出版社,2010.3
ISBN 978 - 7 - 04 - 018686 - 4

Ⅰ.①V… Ⅱ.①申… ②季… Ⅲ.①Basic 语言 - 程序设计 - 高等学校 - 教材 Ⅳ.①TP312

中国版本图书馆 CIP 数据核字(2010)第 003687 号

策划编辑	郑　涛	**责任编辑**	焦建虹	**封面设计**	于文燕
版式设计	张　岚	**责任校对**	刘　莉	**责任印制**	陈伟光

出版发行	高等教育出版社	购书热线	010-58581118
社　　址	北京市西城区德外大街 4 号	咨询电话	400-810-0598
邮政编码	100120	网　　址	http://www.hep.edu.cn
总　　机	010-58581000		http://www.hep.com.cn
		网上订购	http://www.landraco.com
经　　销	蓝色畅想图书发行有限公司		http://www.landraco.com.cn
印　　刷	涿州市星河印刷有限公司	畅想教育	http://www.widedu.com
开　　本	787×1092　1/16	版　　次	2010 年 3 月第 1 版
印　　张	15.75	印　　次	2010 年 3 月第 1 次印刷
字　　数	380 000	定　　价	17.40 元

本书如有缺页、倒页、脱页等质量问题,请到所购图书销售部门联系调换。

前　言

Visual Basic 采用可视化编程技术、面向对象的事件驱动编程机制,可以快速开发数据库、多媒体和网络应用程序。Visual Basic 简单、易学,非常适合作为高等院校非计算机专业的程序设计课程。

本书根据教育部高等学校计算机基础课程教学指导委员会编制的《高等学校计算机基础教学发展战略研究报告暨计算机基础课程教学基本要求》,参照全国计算机等级考试大纲,精选教学内容,可以作为理工、管理、经贸、农医、文史类大学生的 Visual Basic 程序设计教材。

全书共分 12 章:第 1 章是 Visual Basic 概述,第 2 章是简单程序设计,第 3 章是数据运算基础,第 4 章是控制结构,第 5 章是数组应用,第 6 章是过程设计,第 7 章是控件设计,第 8 章是绘制图形,第 9 章是键盘鼠标事件,第 10 章是数据文件,第 11 章是复杂界面设计,第 12 章是课程设计指导。本书编写特色如下:

(1) 精心设计篇章结构

围绕程序界面设计和程序代码设计两条主线,按照三个层次编排教学内容。第 1 章和第 2 章作为第一个层次,介绍编程环境和简单界面设计,为后续内容打下基础。第 3~6 章构成第二个层次,重点讲解如何编写程序代码。第 7~11 章为第三个层次,讲解程序界面设计和程序代码的灵活运用。第 12 章是全书内容的扩展,旨在提高学生的综合应用能力,实验内容可由教师自行设计。

(2) 融会实验教学环节

本书将面授教学和实验教学紧密结合在一起,有些章尾附有实验目的、实验指导和实验内容。程序调试分散在各章的实验指导中,面授教学可以结合例题介绍程序调试方法,使学生逐步掌握程序调试技巧。课外作业安排在实验教学环节之后,每章教学过程按照"面授教学—实验练习—课外作业"的顺序设计。考虑到非计算机专业学生的特点,实验内容由易到难、循序渐进。

(3) 精选全书教学内容

本书作为 Visual Basic 程序设计基础,未涉及数据库编程、网络编程和多媒体编程。全书的基本概念、例题、实验内容和课外作业经过反复推敲,力求文字简练、概念准确。课外作业的选择习题设计为多项选择,包含了书中讲解的大部分概念。各章都选取了具有典型性、示范性和启发性的例题,保证在有限学时内达到预期的教学目标。

本书由申石磊和季超任主编,王红涛、楚艳萍和侯松鹏任副主编,申石磊和季超负责制订编写大纲,并提出编写要求,王红涛、楚艳萍和侯松鹏负责实验设计和全书校对工作。申石磊编写第 1 章、第 8 章、第 9 章和第 12 章,季超编写第 2 章和第 3

章,楚艳萍编写第 4 章和第 7 章,王红涛编写第 5 章和第 6 章,侯松鹏编写第 10 章和第 11 章。

　　本书编写人员都是在高等学校从事计算机教学的教师,具有一定的教学经验,但由于时间仓促,书中错误在所难免,恳请使用本书的教师和学生给予批评指正。

编　者

2009 年 9 月

目 录

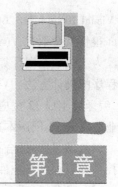

Visual Basic 概述 第 1 章

Visual Basic 采用面向对象的可视化编程技术和事件驱动编程机制,其功能强大、使用方便,非常适合作为非计算机专业的第一门程序设计课程。在 Visual Basic 集成开发环境下,可以开发各种应用程序,如网络应用程序、多媒体应用程序、数据库应用程序等。

本章是全书的基础,在学习本章内容时,务必完成本章实验内容,熟练掌握 Visual Basic 的集成开发环境,为后续内容的学习打下基础。

1.1 Visual Basic 系统简介

Visual Basic 是目前广泛使用的程序设计语言之一,在开始学习程序设计之前,先简要了解 Visual Basic 程序设计语言的演变过程和功能特点。

1.1.1 Visual Basic 演变过程

Visual Basic 从 BASIC 程序设计语言演变而来,沿用了 BASIC 语言的一些语法,继承了 BASIC 语言简单、易学的特点。BASIC 语言诞生于 1964 年,适用于字符界面的 DOS 操作系统,曾经对计算机的推广和应用发挥了重要作用。随着 Windows 图形界面操作系统的出现,可视化编程工具应运而生,其中 Visual Basic 就是一个杰出的代表。

Visual Basic 各个版本的基本特点如下:

1991 年,Visual Basic 1.0,16 位应用程序开发工具,只有英文版。

1992 年,Visual Basic 2.0,16 位应用程序开发工具,只有英文版。

1993 年,Visual Basic 3.0,16 位应用程序开发工具,只有英文版。

1995 年,Visual Basic 4.0,16 位应用程序开发工具,只有英文版。

1997 年,Visual Basic 5.0,32 位应用程序开发工具,既有英文版又有中文版。

1998 年,Visual Basic 6.0,32 位应用程序开发工具,既有英文版又有中文版。

2001 年,Visual Basic .Net,基于 Visual Basic 6.0,一种真正面向对象的程序设计语言,功能更加强大,界面设计更加简单,程序代码更加稳定。目前,两个非常流行的版本为 Visual Basic . Net 2005 和 Visual Basic . Net 2008。随着计算机应用的快速发展,Visual Basic . Net 很快就会取代 Visual Basic 6.0。

为了兼顾全国计算机等级考试,本书将以 Visual Basic 6.0 简体中文专业版为背景,介绍应用程序的设计方法。Visual Basic 6.0 可在 Windows 98、Windows 2000 和 Windows XP 等环境下运行,编译后生成 32 位应用程序,运行速度快,且安全可靠。Visual Basic 6.0 有学习版、专业版和企业版之分,不同版本适用于不同层次的用户,其主要特点如下:

(1)学习版:适合初学者开发应用程序,包括 Visual Basic 6.0 的基本功能,如标准控件、网格控件和数据绑定控件等,同时还提供了联机帮助文档。

(2)专业版:适合专业编程人员开发应用程序,在学习版的基础上,又增加了 ActiveX 控件、Internet 控件和报表控件。

(3)企业版:在专业版的基础上,又增加了套装 BackOffice 工具,适合专业编程人员开发功能强大的分布式应用程序。

1.1.2 Visual Basic 功能特点

Visual Basic 6.0 具有许多功能特点,如网络编程、Internet 组件下载、创建 ActiveX 控件、数据库访问、动态数据交换(DDE)、对象的链接与嵌入(OLE)、动态链接库(DLL)等,其主要功能特点如下。

1. 可视化程序设计

Visual Basic 的第一个特点就是可视化,这里的 Visual 是指图形程序界面的设计方法。在 Visual Basic 环境下,程序设计人员不需要编写程序代码,仅将工具箱中的控件添加到窗体,适当设置属性,即可创建应用程序界面。

2. 面向对象的程序设计

面向对象的程序设计方法把现实世界中的客观实体看做是不同类型的对象,对象由属性和方法组成。属性是一组数据,用来描述对象所具有的特征;方法是一段程序代码,用来描述对象所具有的行为。

Visual Basic 6.0 支持面向对象的程序设计方法,采用可视化编程技术,所有对象以图形方式显示,只要把对象添加在窗体上,就会自动生成描述对象的程序代码。实际上,Visual Basic 只是应用了面向对象的程序设计方法,因此使用 Visual Basic 编写程序比较简单。

3. 事件驱动编程机制

事件是对象能够识别的动作,不同的对象识别不同的事件,一个对象可以识别多个事件。每个事件都可以对应一段程序代码,当事件发生时,对象识别并响应事件,执行事件对应的程序代码,完成指定操作。这样的编程机制称为事件驱动编程机制。

Visual Basic 采用事件驱动编程机制,编程人员只需编写响应事件的程序代码。各个事件之间没有联系,每段程序代码功能单一、相对独立,相当于把一个大型应用程序分解为若干小程序段,既降低了编程难度,又便于程序维护。

事件驱动编程机制不是按照事先预定的顺序执行程序代码,而是响应不同的事件,执行不同的程序代码,事件发生的先后顺序决定了程序代码的执行顺序。每次运行程序时,事件发生的先后顺序不同,程序代码的执行顺序也就不同。

4. 程序代码结构化

Visual Basic 继承了 BASIC 语言的结构化程序设计特点,具有高级程序设计语言的语句结构,程序代码由顺序结构、选择结构和循环结构组成。语句简单、易懂,接近人类自然语言,适合初学者学习程序设计。

1.2 Visual Basic 工作环境

Visual Basic 集成开发环境包括:设计窗口、窗体窗口、工具窗口、属性窗口、工程窗口、代码窗口、立即窗口、窗体布局窗口、本地窗口、监视窗口。根据工作环境需要,用户可以移动、缩小、放大或关闭这些窗口。本节仅介绍几个常用窗口,其他窗口将在后续的实验指导中介绍。

1.2.1 设计窗口

1. 启动系统

在 Windows XP 环境下,双击桌面上的图标,或单击"开始"按钮,从"所有程序"菜单中选择"Microsoft Visual Basic 6.0 中文版"命令,开始启动 Visual Basic 6.0 系统。在启动过程中,可能出现如图 1-1 所示的"新建工程"对话框(选中"不再显示这个对话框"复选框,以后再启动 Visual Basic 系统,就不再显示"新建工程"对话框)。"新建工程"对话框中的选项卡的作用如下:

- "新建":列出可以建立的所有类型的工程,如"标准 EXE"、"ActiveX 控件"等。
- "现存":查找并打开已经建立的某个工程文件。
- "最新":选择并打开最近使用过的某个工程文件。

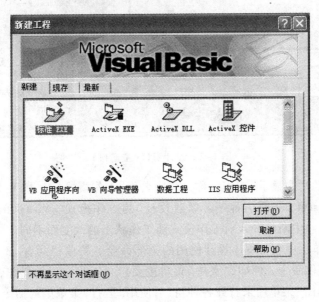

图 1-1 "新建工程"对话框

本书只介绍"标准 EXE"工程类型。在"新建"选项卡中,双击"标准 EXE"图标,或先选中"标准 EXE"图标,再单击"打开"按钮,出现如图 1-2 所示的集成开发环境。

2. 关闭系统

工作完毕,可以关闭 Visual Basic 系统,有以下几种方法:

(1)单击图 1-2 右上角的关闭按钮**✕**。

(2)选择"文件"→"退出"命令。

(3)按组合键 Alt + Q。

在关闭 Visual Basic 时,系统自动保存当前 Visual Basic 工作环境的设置,并作为下次启动时的默认设置,如窗口大小、窗口位置、工具栏状态、代码文本字体等。因此,每次启动 Visual Basic 系统后,工作环境可能不同。

3. 窗口组成

设计窗口又称主窗口,如图 1-2 所示,设计窗口由标题栏、菜单栏和工具栏组成。

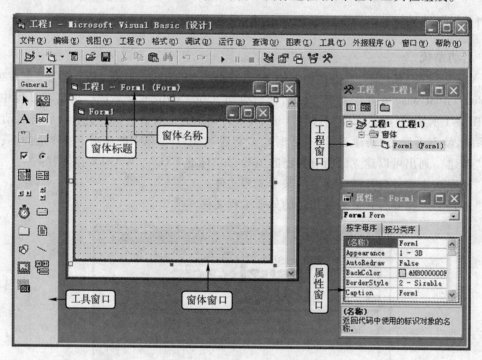

图 1-2 设计窗口(主窗口)

(1)标题栏:标题栏中显示"工程名称－程序名称[工作模式]"。图 1-2 中的"工程 1"为工程名称,"Microsoft Visual Basic"为程序名称,"设计"为工作模式。Visual Basic 6.0 的 3 种工作模式包括:设计、运行和中断(Break),工作模式随工作状态的改变而不同。

(2)菜单栏:菜单栏中包含程序设计使用的全部命令。菜单栏共有 13 个菜单项,每个菜单项包含一组相关的操作命令。例如,"文件"菜单主要包含工程文件的操作命令,"编辑"菜单用来编辑程序代码,"视图"菜单用来打开各种窗口,使用"运行"菜单中的命令可以运行程序。

(3)工具栏:工具栏中的按钮对应菜单中的常用命令,用户不需要打开菜单,只要用鼠标单击工具栏中的图标,就能执行一些常用菜单命令,从而提高操作效率。Visual Basic 6.0 提供了"标准"、"编辑"、"调试"和"窗体编辑器"4 种工具栏,通常只显示"标准"工具栏。从"视图"→"工具栏"菜单中选择命令,或右击"标准"工具栏,从快捷菜单中选择命令,均可打开或关闭工具栏。

每种工具栏都有固定和浮动两种形式。图 1-2 中的"标准"工具栏为固定形式,图 1-3 中的"标准"工具栏为浮动形式。在固定工具栏中,将鼠标指针移到左端的双竖线,按住鼠标左键向下拖动或双击鼠标左键,固定工具栏就变为浮动工具栏。双击浮动工具栏的标题栏,或向上拖动浮动工具栏,浮动工具栏又变为固定工具栏。

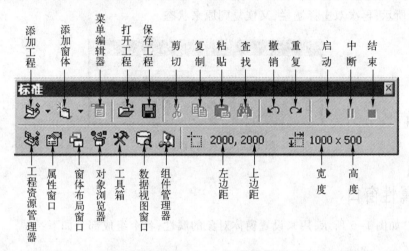

图 1-3 "标准"工具栏(浮动形式)

1.2.2 窗体窗口

窗体窗口的全称为窗体设计器窗口,用来设计应用程序界面,内部包含窗体(Form)。通常情况下,一个应用程序至少有一个窗体,最多可有 255 个窗体,每个窗体最多放置 254 个控件。

在设计应用程序时,窗体如同一块画布,可在窗体上添加各种各样的控件,创建应用程序界面。当程序运行时,一个窗体对应于一个窗口或一个对话框,可在窗体上绘制图形、显示文本或输出数据。

如图 1-2 所示,窗体窗口的标题栏显示"工程名称 – 窗体名称(Form)",Form 表示窗体。启动 Visual Basic 系统或新建一个工程后,默认工程名称为"工程 N",默认窗体名称和窗体标题为"FormN"(N = 1,2,3,…)。在设计应用程序时,用户还可以改变工程名称、窗体名称和窗体标题。

当窗体窗口关闭时,执行"视图"→"对象窗口"命令,可以再次显示窗体窗口。拖动窗体窗口的边框或四角,可以改变窗体窗口的大小。窗体周围有 8 个小方块(图 1-2),拖动 3 个实心蓝色小方块,可以改变窗体的大小。默认设计状态下,窗体上布满了网格小点,这些网格用来对齐窗体上的控件,运行程序时网格小点自然消失。

1.2.3 工具窗口

工具窗口(又称工具箱窗口)包括21个工具图标,其中20个图标(不包括图标 ↖)用来在窗体上绘制控件。将鼠标指针指向工具箱中的图标,显示控件的英文名称。单击工具箱中的图标,按住鼠标左键在窗体上拖动,可在窗体上绘制控件。

在设计状态,工具箱总是显示;在运行状态,工具箱自动隐藏。打开工具窗口的操作有:①选择"视图"→"工具箱"命令;②单击"标准"工具栏中的"工具箱"按钮 ✗ 。

默认情况下,工具箱位于设计窗口左侧。拖动标题栏或双击标题栏,可使工具箱处于浮动状态,如图1-4所示;再次双击标题栏,又恢复到原来状态。

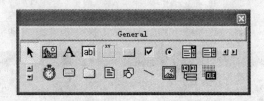

图1-4 工具箱(浮动形式)

1.2.4 属性窗口

属性窗口如图1-5所示,用来设置窗体对象的属性,各个组成部分如下:

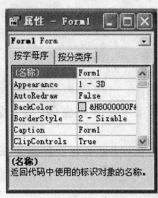 

(a) "按字母序"选项卡 (b) "按分类序"选项卡

图1-5 属性窗口

(1)标题栏:位于属性窗口顶端,显示当前所选择的对象名称。

(2)对象列表:位于标题栏下面,用下拉列表框显示当前窗体中的所有对象,单击下拉列表框,显示对象名称和对象类型,可从中选择一个对象。

(3)属性列表:位于对象列表下面,用列表框显示当前对象在设计阶段可以使用的属性名称和属性取值,左列为属性名称,右列为属性取值。

(4)显示方式:选择"按字母序"选项卡,按字母顺序显示属性名称;选择"按分类序"选项卡,按类别显示属性名称。

(5) 属性说明:在属性列表中选择一个属性,显示简短信息,说明属性作用。

如果属性窗口是关闭的,打开属性窗口的操作有:

① 选择"视图"→"属性窗口"命令。

② 单击"标准"工具栏中的"属性窗口"按钮。

③ 按 F4 键。

④ 右击窗体,选择"属性窗口"命令。

1.2.5　代码窗口

代码窗口用来编写程序代码。如果一个工程有多个窗体,先单击窗体窗口或双击工程窗口中的窗体名称,选择一个窗体,再打开如图 1-6 所示的代码窗口。打开代码窗口的方法如下:

(1) 双击窗体或双击窗体上的某个控件。

(2) 执行"视图"→"代码窗口"命令。

(3) 按 F7 键。

(4) 单击工程窗口中的"查看代码"按钮。

(5) 右击窗体或控件,选择"查看代码"命令。

如图 1-6 所示,代码窗口由标题栏、对象下拉列表框、事件下拉列表框(又称过程框)和代码编辑区组成。标题栏中显示"工程名称 - 窗体名称(Code)",Code 表示代码窗口。对象下拉列表框包括当前窗体中的所有对象,事件下拉列表框包括所选择对象的全部事件。对象下拉列表框中的"通用"选项用来声明窗体变量、全局变量或编写通用过程。

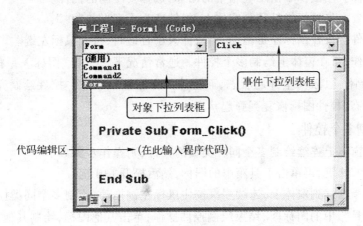

图 1-6　代码窗口

在编写程序代码时,先单击对象下拉列表框,选择一个对象,再单击事件下拉列表框,选择一个事件,代码编辑区出现一个事件过程模板,在模板内部输入程序代码。

1.2.6　工程窗口

工程窗口的全称为工程资源管理器窗口,用来管理应用程序中的所有文件,如工程文件、窗体文件、标准模块文件等。在工程窗口中,以层次结构显示工程文件中的各类文件,括号外是工程名称和窗体名称,括号内是工程文件名称和窗体文件名称。单击加号"＋"按钮,展开下层文件,加号变为减号;单击减号"－"按钮,折叠下层文件,减号变为加号。

如果工程窗口是关闭的,打开工程窗口的操作有:①选择"视图"→"工程资源管理器"命令;②单击"标准"工具栏中的"工程资源管理器"按钮 ；③按组合键 Ctrl＋R。

工程窗口标题栏下面有 3 个按钮,其作用如下:

(1) 查看代码:单击此按钮,打开代码窗口,查看或编写程序代码。

(2) 查看对象:窗体窗口关闭时,选择窗体名称,单击此按钮,显示窗体窗口。双击工程窗口中的窗体名称,同样可以显示窗体窗口。

(3) 切换文件夹:单击此按钮,显示或不显示文件层次结构中的文件夹。

1.3 控件操作

控件用来构成应用程序界面,控件操作包括绘制控件、编辑控件和调整控件布局。

1.3.1 绘制控件

在设计程序界面时,需要在窗体上绘制各种各样的控件,绘制控件的方法如下。

1. 一次绘制一个控件

如果只在窗体上绘制一个某种类型的控件,则操作步骤如下:

(1) 选择图标。用鼠标单击工具箱中的图标,选择要绘制的控件。

(2) 确定位置。将鼠标指针移到窗体上,指针变为十字形状"＋"。

(3) 绘制控件。按住鼠标左键拖动,当控件大小合适时,松开鼠标左键。

重复上述操作,可在窗体上绘制多个控件。通常情况下,"指针"图标 呈按下状态;单击某个控件图标,"指针"图标 呈弹起状态,而控件图标呈按下状态。控件绘制完毕,"指针"图标 恢复到按下状态,控件图标恢复到弹起状态。

2. 连续绘制多个控件

如果需要在窗体上连续绘制多个同种类型的控件,则操作步骤如下:

(1) 先按住 Ctrl 键,再单击工具箱中的图标,然后松开 Ctrl 键。

(2) 将鼠标指针移到窗体上,连续多次按住鼠标左键拖动,绘制多个同类控件。

(3) 单击工具箱中的图标 ,结束绘制控件操作;单击其他图标,绘制其他控件。

3. 在窗体中心绘制控件

双击工具箱中的某个控件图标,在窗体中心绘制一个默认大小的控件。

1.3.2 编辑控件

1. 选择控件

在操作控件前,必须先选择控件。在窗体上选择控件的方法如下:

(1) 单击窗体上的某个控件,选择一个控件。

（2）按住 Ctrl 或 Shift 键连续单击,选择多个控件。

（3）按住鼠标左键拖动,出现一个虚线矩形;松开左键,选择虚线矩形覆盖的控件。

选择控件后,单击选中控件以外区域,取消选择操作。如果仅选择一个控件,边框上出现 8 个实心小方块（控制点）。如果同时选择多个控件,则只有一个控件边框上出现实心小方块（其余控件为空心小方块）,这个控件称为基准控件。

2. 移动控件

选择一个或多个控件,按住鼠标左键拖动选中的控件,可在窗体上移动控件。先按住 Ctrl 键,再按箭头键,可以精确调整控件在窗体上的位置。

3. 缩放控件

先选中一个控件,拖动边框或边角上的实心小方块,可在一个或两个方向上改变控件大小。先按住 Shift 键,再按箭头键,可用键盘缩放控件。

4. 删除控件

选择一个或多个控件,单击"剪切"按钮或按 Del 键,可从窗体上删除控件。

1.3.3 控件布局

为了使程序界面整齐美观,有时需要精确调整控件之间的相对位置和相对大小,使多个控件按照一定方式对齐,这时可以使用"格式"菜单中的命令或"窗体编辑器"工具栏中的按钮。例如,选择"格式"→"对齐"→"左对齐"命令,可使多个控件的左边界对齐;选择"格式"→"统一尺寸"→"宽度相同"命令,可使多个控件的宽度相同;选择"格式"→"水平间距"→"相同间距"命令,可使多个控件的水平间距相同。关于控件布局操作,几点说明如下:

（1）必须选中多个控件,"格式"菜单中的命令或"窗体编辑器"工具栏中的按钮才会生效。

（2）以基准控件为基准,实现对齐或统一尺寸操作。

（3）执行"格式"→"锁定控件"命令,锁定窗体上的所有控件,控件的位置和大小不能改变;再次执行"格式"→"锁定控件"命令,解除锁定的控件。

1.4 使用帮助系统

Visual Basic 6.0 中文版提供了详细的中文帮助信息,包括程序员指南、部件工具指南、语言参考、控件参考、编程示例等。在设计应用程序时,遇到问题可以随时查阅帮助信息。需要注意,只有安装了 MSDN（Microsoft Developer Network）,才能使用帮助文档。

1.4.1 使用帮助窗口

在 Visual Basic 设计主窗口中,选择"帮助"→"内容"、"索引"或"搜索"命令,均可打开如图 1-7 所示的帮助窗口。帮助窗口由菜单栏、工具栏、左窗格和右窗格组成,左窗格用来定位帮助主题,右窗格用来显示主题内容。

图 1-7　帮助窗口

1. 目录查阅

选择左窗格中的"目录"选项卡,按目录查看帮助信息。单击书本图标左边的加号"＋"按钮,展开帮助条目;单击减号"－"按钮,折叠帮助条目。单击左窗格中的帮助主题,右窗格中显示帮助主题的内容。单击"上一步"或"下一步"按钮,上下移动光标,选择帮助主题。单击"后退"按钮,显示前面的帮助内容;单击"前进"按钮,显示后面的帮助内容。

2. 索引查阅

选择左窗格中的"索引"选项卡,按关键字查找帮助信息。在文本框中输入关键字,立即显示相关的帮助主题,双击主题或选中主题,单击"显示"按钮,右窗格中显示主题内容。

单击工具栏中的"定位"按钮,可使主题与目录保持同步。

3. 搜索查阅

选择左窗格中的"搜索"选项卡,可在帮助文档中搜索帮助信息。在下拉列表框中输入或选择要搜索的单词或词语,单击"列出主题"按钮,显示相关的帮助主题;双击帮助主题,右窗格中显示主题内容。单击工具栏中的"定位"按钮,可使主题与目录保持同步。

1.4.2　获取相关帮助

Visual Basic 的帮助系统是上下文相关的,可以直接获得相关的帮助信息,而不必在帮助窗口中查找。选择需要获取帮助信息的部件,按 F1 键就会在帮助窗口中显示相关的帮助信息。几个常用的上下文帮助操作如下:

（1）在窗体窗口中,选择某个控件再按 F1 键,显示与该控件相关的帮助信息。

（2）在属性窗口中,选择某个属性再按 F1 键,显示与该属性相关的帮助信息。

（3）在代码窗口中,将插入点放在某个单词上（属性、方法、事件、函数、关键字等）,按 F1

键,显示与该单词相关的帮助信息。

1.4.3 使用在线帮助

访问 Microsoft 公司的网站,可获得更加详细且最新的帮助信息。选择"帮助"→"Web 上的 Microsoft"→"产品信息"、"常见问题"、"联机支持"等命令,均可打开 Microsoft 公司的网页。访问"http://msdn2.microsoft.com"网页,可以获得最新版本的 MSDN;访问"http://msdn.microsoft.com/vbasic"网页,可获得与 Visual Basic 相关的帮助信息。

1.4.4 运行示例程序

Visual Basic 帮助文档提供了上百个编程实例,通过运行示例程序,可以观察程序运行效果;通过查看程序代码,可以领会编程思想,快速提高编程能力。在安装 MSDN 时,示例程序存放在"\MSDN98\98vs\2052\Samples\VB98"文件夹中,在 Visual Basic 系统中单击"打开"按钮,按照示例程序的存放路径,可以打开示例程序。在查阅帮助信息时,可将帮助文档中的示例程序复制到代码窗口。需要注意,有些示例程序需要在窗体中绘制控件。

1.5　工作环境设置

安装 Visual Basic 系统后,启动时采用默认的工作环境,用户还可以根据自己的需要,重新设置集成开发环境。在设计窗口中,执行"工具"→"选项"命令,打开"选项"对话框。"选项"对话框包括"编辑器"、"编辑器格式"、"通用"、"可连接的"、"环境"和"高级"选项卡。此处仅介绍代码窗口的设置方法。

1.5.1 "编辑器格式"选项卡

"编辑器格式"选项卡如图 1-8 所示,用来设置代码文本的格式,如字体、字号、文本前景颜色、文本背景颜色等。

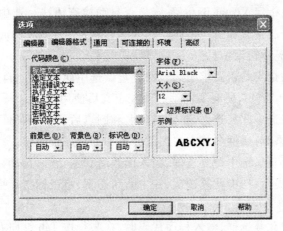

图 1-8 "编辑器格式"选项卡

1. 代码颜色

在"代码颜色"列表框中,选择设置项目;在"前景色"、"背景色"或"标识色"下拉列表框中,选择颜色。在"示例"框中,查看设置效果。

2. 代码字体

在"字体"下拉列表框中,选择代码字体名称;在"大小"下拉列表框中,选择代码字体大小。为醒目起见,字体可以设置为"Arial Black",大小设置为 12 磅。

选中"边界标识条"复选框,代码窗口左边显示边界标识条,否则不显示边界标识条。

1.5.2 "编辑器"选项卡

"编辑器"选项卡如图 1-9 所示,用来设置代码窗口。"代码设置"选项组用来设置在输入程序代码时是否获取帮助,"窗口设置"选项组用来设置代码窗口的特征。

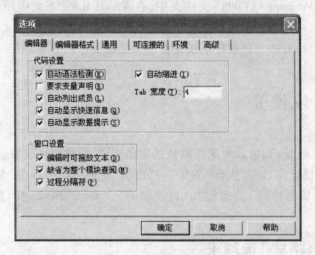

图 1-9 "编辑器"选项卡

1. 代码设置

(1) 自动语法检测:指定 Visual Basic 系统是否自动检查语法。选中此复选框,在输入程序代码时,即时捕获多数语法错误和拼写错误。输入一行程序代码后按 Enter 键,如果存在语法错误,则弹出一个对话框,显示错误信息。

(2) 要求变量声明:指定是否要求明确声明变量。选中此复选框,自动在新建模块中的通用部分添加"Option Explicit"语句,所有变量都必须先定义后使用。

(3) 自动列出成员:选中此复选框,输入对象名和圆点后,自动列出可以使用的属性和方法,输入前几个字母并按空格键,属性名或方法名就会添加到程序代码中。

(4) 自动显示快速信息:选中此复选框,输入函数名和左括号,自动显示函数信息。

(5) 自动显示数据提示:选中此复选框,在中断状态下,将鼠标指针指向某个变量,显示这个变量的取值。

(6) 自动缩进:选中此复选框,输入程序代码时,在某行按 Tab 键向右缩排字符,所有后续行均按此行格式向右缩排。在"Tab 宽度"文本框中,设置向右缩排的字符个数,取值范围为 1～32

个空格,默认是 4 个空格。

2. 窗口设置

（1）编辑时可拖放文本：选中此复选框,代码窗口中的文本可以复制到立即窗口或监视窗口,否则不能复制。

（2）缺省为整个模块查阅：选中此复选框,代码窗口显示所有过程,否则只显示一个过程。

（3）过程分隔符：选中此复选框,过程之间显示分隔线,否则不显示分隔线。

一、实验目的

（1）熟练掌握集成开发环境,能够使用设计窗口、窗体窗口、工具窗口、属性窗口、代码窗口和工程窗口。

（2）熟练掌握控件操作,能够在窗体上绘制控件、编辑控件、调整控件布局。

（3）一般掌握帮助系统的使用,能够使用"目录"和"搜索"选项卡,能够使用 F1 键获取上下文相关的帮助信息。

（4）一般了解工作环境的设置方法,能够设置代码窗口的字体和字号。

二、实验要求

集成开发环境是编写应用程序的基础,必须上机练习才能真正掌握。按照实验内容中的项目练习,可以快速掌握 Visual Basic 集成开发环境。某些实验内容需要反复练习,才能熟练掌握。

按照教学要求,先完成实验内容,再完成选择题和填空题。

三、实验内容

[实验 1-1]启动 Visual Basic 系统,移动和缩放设计窗口、窗体窗口、工程窗口、属性窗口、代码窗口。

[实验 1-2]关闭窗体窗口、工程窗口、属性窗口和工具窗口,选择"视图"菜单中的命令,或单击"标准"工具栏中的按钮,再次显示这 4 个窗口。

[实验 1-3]将"标准"工具栏变为浮动形式,再恢复为固定形式;将工具窗口变为浮动形式,再恢复为固定形式。

[实验 1-4]执行"文件"→"新建工程"命令,新建一个工程;执行"文件"→"添加工程"命令,再添加两个新工程。单击加号"＋"按钮,展开工程文件;单击减号"－"按钮,折叠工程文件。

[实验 1-5]先关闭窗体窗口,在工程窗口中双击窗体名称或单击"查看对象"按钮,再次显示窗体窗口。展开某个工程,单击"切换文件夹"按钮,观察显示效果。

[实验 1-6]用鼠标指针指向工具箱中的图标,查看图标的英文名称。在窗体上绘制控件、编辑控件,并调整控件在窗体中的位置。

[实验 1-7]在窗体上绘制多个标签控件,设置多个标签控件的对齐方式。

[实验 1-8]打开帮助窗口,选择"目录"选项卡,查看帮助信息;选择"搜索"选项卡,在下拉

列表框中输入"Print"、"InputBox"、"End"或"Cls",单击"列出主题"按钮,查找帮助信息。

[**实验 1-9**]打开代码窗口,输入"Print"、"Stop"、"End"或"Cls",按 F1 键获取相关的帮助信息。

[**实验 1-10**]将代码窗口的字体设置为"Arial Black",字体大小设置为 12 或 14 磅。打开代码窗口,输入程序代码,查看设置效果。

习 题 一

一、选择题(至少选择一个正确答案)

1. Visual Basic 程序设计语言的功能特点包括(　　)。

    A)可视化程序设计　　　　　　　　B)事件驱动编程机制

    C)结构化程序代码　　　　　　　　D)面向对象的程序设计

2. 在 Visual Basic 的设计窗口中,不包括(　　)。

    A)标题栏　　　　　　　　　　　　B)工具栏

    C)状态栏　　　　　　　　　　　　D)菜单栏

3. 在设计窗口中,退出 Visual Basic 系统的操作有(　　)。

    A)按 Alt + Q 组合键　　　　　　　B)单击右上角的关闭按钮

    C)按 Ctrl + Q 组合键　　　　　　　D)执行"文件"→"退出"命令

4. 在 Visual Basic 中,窗体的作用包括(　　)。

    A)绘制图形　　　　　　　　　　　B)创建应用程序界面

    C)显示信息　　　　　　　　　　　D)显示程序运行结果

5. 在设计窗口中,单击"标准"工具栏中的按钮,可以打开(　　)。

    A)工程窗口　　　　　　　　　　　B)代码窗口

    C)属性窗口　　　　　　　　　　　D)工具窗口

6. 当属性窗口关闭后,如果要再次显示属性窗口,可以执行的操作有(　　)。

    A)按 F4 键　　　　　　　　　　　B)执行"视图"→"属性窗口"命令

    C)双击窗体　　　　　　　　　　　D)右击窗体,选择"属性窗口"命令

7. 如果要打开代码窗口,可以执行的操作有(　　)。

    A)双击窗体　　　　　　　　　　　B)执行"视图"→"代码窗口"命令

    C)按 F7 键　　　　　　　　　　　D)右击窗体,选择"查看代码"命令

8. 如果需要选择多个控件,可先按住(　　)键,再逐个单击控件。

    A)Shift　　　　　　　　　　　　　B)Alt

    C)Enter　　　　　　　　　　　　　D)Ctrl

9. 当选中多个控件时,可以执行的操作有(　　)。

    A)设置多个控件的属性　　　　　　B)同时移动多个控件

    C)设置多个控件的大小　　　　　　D)同时删除多个控件

10. 在调整控件布局时,使用"格式"菜单中的命令或"窗体编辑器"工具栏中的按钮,可使多个控件(　　)。

    A)间距相同　　　　　　　　　　　B)顶端对齐

    C)大小相同　　　　　　　　　　　D)左边对齐

二、填空题

1. 使用 Visual Basic 6.0,可以开发_____位应用程序。

2. Visual Basic 的三种工作模式包括:_____、_____和_____。

3. 在设计窗口中,选择"_____"菜单中的命令,可以打开大部分窗口。

4. 在设计窗口中,可以不显示任何工具栏,最多显示_____个工具栏。

5. 一个应用程序最多包含_____个窗体,一个窗体上最多放置_____个控件。

6. 在工程窗口中,单击_____按钮,显示代码窗口;单击_____按钮,显示窗体窗口;单击_____按钮,显示或不显示文件夹。

7. 先按住_____键,再按箭头键,可以移动控件;先按住_____键,再按箭头键,可以缩放控件。

8. 在帮助窗口中,单击_____按钮,可使帮助主题与目录保持一致。

9. 按_____键,可以获得上下文相关的帮助信息。

10. 在"选项"对话框中,利用"_____"选项卡,可以设置代码文本的字体和字号。

第2章　　　　简单程序设计

掌握 Visual Basic 集成开发环境后,即可编写简单应用程序,熟悉应用程序的设计过程。在设计应用程序时,需要准确理解对象的概念,熟练运用对象的属性、方法和事件。本章介绍面向对象的基本概念、窗体设计、基本控件设计和工程管理。

在学习本章内容时,除了理解基本概念外,务必重视实验教学环节,完成指定的实验内容。通过本章的学习,要求读者能够设计简单应用程序,并得到程序的运行结果。

2.1　面向对象的概念

Visual Basic 应用程序由一组对象构成,通过对象之间的相互作用,实现程序设计目标。面向对象的程序设计符合人们的思维习惯,容易解决复杂多变的问题,节省软件开发时间,便于软件维护。

2.1.1　对象

现实世界中任何事物都可以称为对象,如一位教师、一个学生、一场球赛等。在 Visual Basic 程序设计中,窗体和控件都是对象,如命令按钮、标签、文本框等。

对象的三要素包括属性、方法和事件。属性是对象所具有的特征,用一组数据来描述,如命令按钮的位置和大小等。方法是对象所具有的行为,由程序代码构成。事件是对象能够识别的动作,外界因素引发事件,对象响应事件。

例如,一个学生就是一个对象,学号、姓名、性别等是学生的属性特征,上课、下课、考试等是学生的方法行为,教师点名引发一个事件,学生识别点名事件,并做出响应。

2.1.2　属性

属性用来描述对象所具有的特征,对象所具有的属性由 Visual Basic 系统预先定义。不同的对象具有不同的属性,改变对象的属性值,可以改变对象的特征。例如,改变窗体的属性值,可以改变窗体的大小、位置、颜色等。一个对象可能有许多属性,但经常用到的属性只有很少一部分,大部分属性可以采用默认值。

在设计应用程序时,经常需要设置对象的属性取值。绝大部分属性既可在属性窗口中设置(设计阶段设置),又可在程序代码中设置(运行阶段设置);部分属性只能在程序代码中设置;少数属性只能在属性窗口中设置。只能在属性窗口中设置的属性称为只读属性,程序运行时只能引用属性值,而不能改变属性值。

1. 在属性窗口中设置属性值

在属性窗口打开的情况下,利用属性窗口设置属性值的两种方法如下:

(1) 直接输入。选择窗体或控件,单击属性列表中的属性名,属性名反相显示。如果右边没有出现下拉箭头或省略号,说明属性值需要直接输入。将鼠标指针移到右边一列,鼠标指针变为"I"形;单击鼠标左键,输入属性值,按 Del 键删除属性值,用光标键移动插入点。

双击属性列表中的属性名,可以直接输入属性值。

(2) 选择输入。选择窗体或控件,单击属性列表中的属性名,属性名反相显示。如果右边出现下拉箭头,单击下拉箭头,选择属性值。如果右边出现省略号,单击省略号,出现一个对话框,在对话框中选择属性值。

双击属性列表中的属性名,可以直接选择属性值或在对话框中选择属性值。

属性具有不同的数据类型,数值类型的属性输入或选择一个数值,字符类型的属性直接输入文本,逻辑类型的属性选择 True 或 False。

如果同时选择了多个控件,属性窗口仅显示选中控件的共有属性,一次可以设置多个控件的共有属性。

2. 在程序代码中设置属性值

在程序代码中,设置属性值的一般格式如下:

[对象名.]属性名=属性值

如果省略"对象名",则指当前窗体。

在书写语法格式时,方括号中的内容为可选项目,表示可有可无。在代码窗口中输入程序代码时,不要输入方括号。

2.1.3 方法

方法是程序代码,用来描述对象的行为。方法所完成的功能由 Visual Basic 系统预先定义,编程人员不需要编写程序代码,只要调用方法,即可实现相应操作。Visual Basic 提供了大量的方法,有些方法适用于大部分对象,而有些方法仅适用于少数对象。

在程序代码中,调用方法的一般格式如下:

[对象名.]方法名 [参数列表]

如果省略"对象名",则指当前窗体,参数之间用逗号分隔。

2.1.4 事件

事件是对象能够识别的动作,事件由 Visual Basic 系统预先定义。不同的对象识别不同的事件,一个对象可以识别一个或多个事件。事件作用于对象,对象识别事件,并做出相应响应。用户操作可以触发事件,Visual Basic 系统可以触发事件,程序代码也可以触发事件。例如,单击窗体,触发窗体的 Click 事件;加载窗体时,系统自动触发 Load 事件。

当事件发生时,对象响应事件,执行程序代码,实现相应操作。响应事件的程序代码称为事件过程,事件过程需要人工编写。事件过程的一般格式如下:

Private Sub 对象名_事件名( )

　　　［程序代码］

End Sub

其中,Private Sub 和 End Sub 是过程开始和过程结束语句,"事件名"由 Visual Basic 系统定义。如果是控件,"对象名"是对象的 Name 属性;如果是窗体,"对象名"总是 Form,而不是窗体的 Name 属性。

每个对象都有一个默认事件,默认事件是对象的最常用事件。双击窗体或窗体上的控件,打开代码窗口,显示默认事件的过程模板。

2.1.5 程序设计举例

本小节介绍几个简单应用程序,用来展示 Visual Basic 程序设计的过程。在下面例题中,给出了详细操作步骤,只要按照步骤操作,即可得到程序运行结果。

［例2-1］　在窗体上放置两个命令按钮,程序运行时,单击"红色"按钮,窗体背景设置为红色;单击"绿色"按钮,窗体背景设置为绿色。

(1) 新建工程。在 Visual Basic 设计窗口中,选择"文件"→"新建工程"命令,创建一个新的工程。

(2) 设计界面。利用工具箱中的 CommandButton 图标,在窗体上绘制两个命令按钮,并适当调整命令按钮的大小和位置。

(3) 设置属性。打开属性窗口,将命令按钮 Command1 的 Caption 属性设置为"红色",将命令按钮 Command2 的 Caption 属性设置为"绿色"。

(4) 编写代码。双击命令按钮 Command1,打开代码窗口,出现 Command1 的单击事件过程模板,输入程序代码"BackColor = vbRed";从对象下拉列表框中选择 Command2,出现 Command2 的单击事件过程模板,输入程序代码"BackColor = vbGreen"。代码窗口如图 2-1 所示。

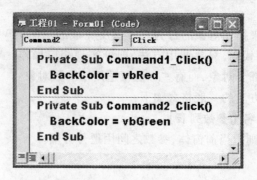

图 2-1 ［例2-1］程序代码

(5) 运行程序。执行"运行"→"启动"命令或单击"启动"按钮,显示如图 2-2 所示的程序运行界面。单击"红色"按钮,执行 Command1 的单击事件过程,窗体变为红色;单击"绿色"按钮,执行 Command2 的单击事件过程,窗体变为绿色。执行"运行"→"结束"命令或单击工具栏中的"结束"按钮■,结束程序运行。

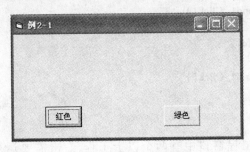

图 2-2 [例 2-1]程序界面

(6)保存文件。执行"文件"→"保存工程"命令或单击"保存工程"按钮,出现"文件另存为"对话框,选择文件保存位置,输入窗体文件名称和工程文件名称,单击对话框中的"保存"按钮。

上面例题展示了 Visual Basic 的可视化编程特点和事件驱动编程机制。在窗体上绘制控件,设计应用程序界面;针对命令按钮的单击(Click)事件,编写单击事件过程。在程序运行时,单击命令按钮,触发命令按钮的单击事件,命令按钮响应单击事件,执行单击事件过程,实现所要求的功能。每次运行程序时,单击命令按钮的顺序不同,程序代码的执行顺序也就不同。

[例 2-2] 程序运行界面如图 2-3 所示,窗体上放置两个标签、两个文本框和两个命令按钮。程序运行时,在"半径"文本框中输入圆的半径,单击"计算"按钮,在"面积"文本框中显示圆的面积;单击"清除"按钮,清除两个文本框中的内容。

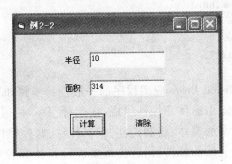

图 2-3 [例 2-2]程序界面

(1)添加工程。在设计窗口中,选择"文件"→"添加工程"命令,在工程窗口中添加一个新的工程。

(2)设计界面。利用工具箱中的 Label 图标**A**,添加两个标签;利用 TextBox 图标⌨,添加两个文本框;利用 CommandButton 图标▬,添加两个命令按钮。控件绘制完毕,适当调整控件在窗体上的大小、位置和对齐方式。

(3)设置属性。两个标签的 Caption 属性分别设置为"半径"和"面积",两个命令按钮的 Caption 属性分别设置为"计算"和"清除",两个文本框的 Text 属性设置为空。

(4)编写代码。双击命令按钮 Command1,在 Command1 的单击事件过程模板中输入程序代码;选择对象下拉列表框中的 Command2,在 Command2 的单击事件过程模板中输入程序代码。需要注意,程序代码中必须使用英文标点符号。两个事件过程如下:

```
Private Sub Command1_Click( )
    r = Text1. Text
    Text2. Text = 3. 14 * r * r
End Sub
Private Sub Command2_Click( )
    Text1. Text = " "
    Text2. Text = " "
End Sub
```

(5) 运行程序。如果工程窗口中有两个以上工程,右击需要运行的工程,选择"设置为启动"命令,单击"启动"按钮▶,运行设置为启动的工程。

(6) 保存文件。单击"保存工程组"按钮,保存窗体文件和工程文件。

[**例2-3**] 在窗体上放置一个标签,程序运行时单击窗体,设置标签和窗体的属性。

在属性窗口中设置属性,设置后立即可以看到设置结果。在程序代码中设置窗体和控件的属性,只有当程序运行时才能看到设置结果。

在窗体上绘制一个标签,然后双击窗体,打开代码窗口,从事件下拉列表框中选择单击事件"Click",在事件过程模板中输入程序代码。事件过程如下:

```
Private Sub Form_Click( )
    Label1. AutoSize = True
    Label1. Caption = "程序设计"
    Label1. FontSize = 36
    Label1. FontName = "隶书"
    Label1. BackColor = vbRed
    Label1. ForeColor = vbWhite
    BackColor = vbCyan
    Caption = "窗体标题"
End Sub
```

从上面例题可以看出,Visual Basic 应用程序的一般设计步骤如下:

(1) 设计界面。程序界面由窗体和控件组成,在运行程序时,通过窗体和控件体现应用程序的功能。创建程序界面包括添加窗体、绘制控件、编辑控件、修改控件布局等。

(2) 设置属性。在窗体上添加控件后,往往需要设置窗体和控件的属性。可以先绘制全部控件,再设置窗体和控件的属性;也可以绘制一个控件,就设置一个控件的属性。为了使设计工作条理清晰,可将程序界面中用到的所有控件和控件属性列成表格,按照表格逐个设置控件的属性。

(3) 编写代码。程序代码由常量声明、变量声明和语句组成。编写程序代码主要是编写事件过程的代码,针对不同对象,编写若干事件过程。

2.2 窗体设计

窗体是 Visual Basic 的一个容器对象,在窗体上可以绘制控件,显示文本或图形。当程序运行时,窗体就是应用程序的界面。本节介绍窗体的常用属性、常用方法和常用事件。

2.2.1 窗体属性

窗体的属性较多,此处仅介绍一些常用属性,多数属性不仅适用于窗体,还适用于多数控件。每个控件都有一个默认属性,一个控件的默认属性是这个控件的最常用属性。控件的默认属性如表 2-1 所示。在程序代码中设置默认属性时,可以省略属性名。使用默认属性可以减少程序代码,但影响程序的可读性。

表 2-1 对象的默认名称和默认属性

编 号	控 件 类 型	默 认 名 称	默认属性	前缀约定
1	Form(窗体)	FormN	—	frm
2	PictureBox(图片框)	PictureN	Picture	pic
3	Label(标签)	LabelN	Caption	lbl
4	TextBox(文本框)	TextN	Text	txt
5	Frame(框架)	FrameN	Caption	fra
6	CommandButton(命令按钮)	CommandN	Value	cmd
7	CheckBox(复选框)	CheckN	Value	chk
8	OptionButton(单选按钮)	OptionN	Value	opt
9	ComboBox(组合框)	ComboN	Text	cbo
10	ListBox(列表框)	ListN	Text	lst
11	HScrollBar(水平滚动条)	HScrollN	Value	hbs
12	VScrollBar(垂直滚动条)	VScrollN	Value	vbs
13	Timer(计时器)	TimerN	Enabled	tmr
14	DriveListBox(驱动器列表框)	DriveN	Drive	drv
15	DirListBox(目录列表框)	DirN	Path	dir
16	FileListBox(文件列表框)	FileN	FileName	fil
17	Shape(形状)	ShapeN	Shape	shp
18	Line(直线)	LineN	Visible	lin
19	Image(图像框)	ImageN	Picture	img
20	Data(数据)	DataN	Caption	dat
21	OLE(OLE 控件)	OLEN	—	ole

1. Name(名称)

Name 属性用来指定窗体和控件的名称,在程序代码中通过 Name 属性引用窗体和控件。在属性窗口中,Name 属性总是“按字母序”排在第一位,用“名称”两个汉字标识。Name 属性的取值为字符型,必须以字母或汉字开头,由字母、汉字、数字和下划线组成。新建窗体后,窗体的默认名称为 FormN(N=1,2,3,…),控件的默认名称如表 2-1 所示。

为了使对象名称能够体现出对象的类型和用途,Visual Basic 建议用 3 个小写字母作为窗体和控件 Name 属性的前缀(表 2-1)。本书例题只是用来说明 Visual Basic 的基本功能,因此没有完全遵守表 2-1 中的前缀约定,多数例题采用默认的 Name 属性。

Name 属性是只读属性,只能在属性窗口中设置属性值,不能在程序代码中设置属性值。当程序运行时,可以引用 Name 属性值,但不能改变 Name 属性值。

2. Caption(标题)

Caption 属性用来指定窗体和控件的标题文本,在程序界面上标识窗体或控件。窗体或控件的默认 Caption 属性值与默认 Name 属性值相同。为了使程序界面一目了然,往往需要重新设置 Caption 属性。Caption 属性的取值为字符型,可以使用任意字符。

3. Left 和 Top(左边距和上边距)

Left 和 Top 属性用来确定窗体在屏幕上的位置或控件在窗体上的位置。虽然移动控件可以改变控件在窗体上的位置,但如果需要精确设置位置,必须用 Left 和 Top 属性。窗体的 Left 属性确定窗体左边界与屏幕左边界之间的距离,Top 属性确定窗体上边界与屏幕上边界之间的距离。控件的 Left 属性确定控件左边界与窗体左边界之间的距离,Top 属性确定控件上边界与窗体上边界之间的距离。

4. Width 和 Height(宽度和高度)

Width 和 Height 属性用来设置窗体或控件的大小。Width 属性设置窗体或控件的宽度,Height 属性设置窗体或控件的高度。

Left、Top、Width、Height 属性为单精度数值型,度量单位为 Twip(缇)。Twip 是 Visual Basic 的默认度量单位,1 英寸 = 1 440 Twip,1 cm = 567 Twip。Twip 是一种与屏幕分辨率无关的度量单位,在不同屏幕上都能保持正确的相对位置和比例关系。

在"标准"工具栏(图 1-3)中,还显示当前窗体或当前控件的位置和大小。(1 000 × 500)表示窗体或控件的宽度和高度,(2 000,2 000)表示窗体或控件的左边距和上边距。

5. Enabled(是否可用)

Enabled 属性决定窗体或控件是否可用,取值为逻辑型。如果将窗体的 Enabled 属性设置为 False,则窗体不可用,不能对窗体进行任何操作(如移动或缩放),而且窗体上的所有控件都不可用。如果将控件的 Enabled 属性设置为 False,则控件不能响应鼠标和键盘操作。

6. Visible(是否可见)

Visible 属性决定窗体或控件是否可见,取值为逻辑型。当 Visible 属性设置为 True 时,显示窗体和控件;当 Visible 属性设置为 False 时,不显示窗体和控件。仅当程序运行时,Visible 属性的设置才能生效;在设计阶段,窗体和控件总是可见。

7. Moveable(是否能够移动)

Moveable 属性仅适用于窗体,用来设置窗体是否能够移动,取值为逻辑型。默认为 True,程序运行时可以移动窗体。如果设置为 False,程序运行时不能移动窗体。

8. BorderStyle(边框风格)

BorderStyle 属性设置窗体或控件的边框风格。窗体的 BorderStyle 属性取值如下:

——没有边框。无标题栏,不能移动窗体,不能改变窗体大小。

1——固定单线边框。有标题栏和关闭按钮,可以移动窗体,但不能改变窗体大小。

2——可变双线边框(默认)。显示一个完整窗口,包括窗口的所有部件。

3——固定对话框。窗体双线边框,有标题栏和控制菜单,无最小化和最大化按钮。

4——固定工具窗口。有标题栏和关闭按钮,可以移动窗体,但不能改变窗体大小。

5——可变工具窗口。有标题栏和关闭按钮,可以移动窗体,可以改变窗体的大小。

BorderStyle 属性只读,在程序运行阶段只能引用属性值,而不能改变属性值。

9. ControlBox(控制菜单)

ControlBox 属性决定窗体是否出现控制菜单。默认为 True,出现控制菜单;设置为 False,不出现控制菜单。BorderStyle 属性设置为 0,则 ControlBox 属性的设置无效。

ControlBox 属性只适用于窗体,只能在属性窗口中设置,运行时只读。

10. MaxButton 和 MinButton(最大化按钮和最小化按钮)

MaxButton 属性设置窗体右上角是否出现最大化按钮。默认为 True,出现最大化按钮;设置为 False,不出现最大化按钮。MinButton 属性设置窗体右上角是否出现最小化按钮。默认为 True,出现最小化按钮;设置为 False,不出现最小化按钮。BorderStyle 属性设置为 0 或 ControlBox 属性设置为 False,则 MaxButton 和 MinButton 属性的设置无效。

MaxButton 和 MinButton 属性只适用于窗体,只能在属性窗口中设置,运行时只读。

11. 字体属性

Font 系列属性用来设置显示或打印字体的特征,如字体名称、字体大小、是否加粗、是否斜体等。在属性窗口中,用"字体"对话框设置 Font 属性。在程序代码中,用属性名设置字体属性。字体属性设置后一直有效,直到再次设置字体属性为止。

(1) FontName(字体名称):设置或返回字体类型。既可以设置中文字体,又可以设置英文字体,可以使用的中文字体取决于 Windows 操作系统的汉字环境。

(2) FontSize(字体大小):设置或返回字体大小。字体大小以磅为单位,默认为 9 磅。可用字体大小取决于 Windows 操作系统、显示设备和打印设备。

(3) FontBold(是否粗体):设置文本是否为粗体。默认为 False,按正常字体显示或打印;设置为 True,则按粗体显示或打印。

(4) FontItalic(是否斜体):设置文本是否斜体显示或打印。默认为 False,按正常字体显示或打印;设置为 True,则按斜体显示或打印。

(5) FontUnderline(是否加下划线):设置文本是否加下划线。默认为 False,文本不加下划线;设置为 True,文本加下划线。

(6) FontStrikethru(是否加删除线):设置文本是否加删除线。默认为 False,文本不加删除线;设置为 True,文本加删除线。

12. 颜色属性

(1) BackColor(背景颜色):设置窗体或控件的背景颜色。

（2）ForeColor（前景颜色）：设置窗体或控件的前景颜色（文本颜色）。

在属性窗口中，使用调色板设置颜色属性。在程序代码中，使用函数、符号常量或数值设置颜色属性。代表颜色的符号常量和数值如表 2-2 所示，6 位十六进制数代表的颜色为"&HBBGGRR"，BB 代表蓝色值，GG 代表绿色值，RR 代表红色值，如果高位为 0，则自动舍去。

表 2-2　颜 色 常 量

符 号 常 量	数　　值	代 表 颜 色	符 号 常 量	数　　值	代 表 颜 色
vbBlack	&H0	黑色	vbBlue	&HFF0000	蓝色
vbRed	&HFF	红色	vbMagenta	&HFF00FF	紫色
vbGreen	&HFF00	绿色	vbCyan	&HFFFF00	青色
vbYellow	&HFFFF	黄色	vbWhite	&HFFFFFF	白色

13. Picture（图片）

Picture 属性可在窗体或控件中显示图片。在属性窗口中，单击省略号按钮，打开"加载图片"对话框，选择图片文件。在程序代码中，用 LoadPicture 函数设置 Picture 属性。例如：

> Picture = LoadPicture("D:\图片\ROSE. JPG")

可以使用的图片文件格式还有 ico、cur、bmp、wmf、gif、jpg、emf、dib 等。

14. Icon（图标）

用来设置窗体控制菜单的图标。在属性窗口中，单击省略号按钮，在"加载图标"对话框中选择图标文件。在程序代码中，用 LoadPicture 函数设置 Icon 属性。

Icon 属性只适用于窗体，只能使用 ico 格式的图标文件和 cur 格式的光标文件。

15. WindowState（窗口状态）

设置窗体的窗口状态。WindowState 属性仅适用于窗体，属性取值如下：

0——正常显示（默认）。启动程序后，窗口大小取决于 Width 和 Height 属性值。

1——最小化显示。启动程序后，窗口最小化，仅在任务栏中显示一个图标。

2——最大化显示。启动程序后，窗口最大化，充满整个屏幕。

2.2.2　窗体方法

窗体的方法较多，此处仅介绍几个常用方法和两个相关语句。

1. Print 方法

调用格式：[对象名.]**Print** [表达式列表][；|,]

方法功能：先计算表达式的值，在指定对象中输出计算结果。

方括号内为可选参数，符号"|"表示多中择一。关于 Print 方法，有如下几点说明：

（1）对象可以是窗体、图片框、立即窗口（Debug）或打印机（Printer），如果省略"对象名"，则指当前窗体。

（2）如果省略所有可选参数，则在窗体上输出一个空行。

（3）表达式之间用逗号或分号间隔，逗号按标准格式输出，分号按紧凑格式输出。

（4）如果末尾带有分号或逗号，则输出后不换行，下一个 Print 方法在同一行输出；如果末尾没有分号或逗号，则输出后换行，下一个 Print 方法从下一行开始输出。

（5）在 Print 方法中，可以使用 Spc(n) 函数和 Tab(n) 函数。Spc(n) 函数输出 n 个空格，用来分隔数据。Tab(n) 函数用来指定输出位置，最左边为第 1 列，从第 n 列开始输出。

2. Cls 方法

调用格式：[对象名.]**Cls**

方法功能：清除窗体或图片框中的文本和图形。

如果省略"对象名"，则指当前窗体。

[例 2-4] 在窗体上放置两个命令按钮，并编写程序代码。当程序运行时，单击"显示"按钮，在窗体上显示文本；单击"清除"按钮，清除窗体上的文本。

```
Private Sub Command1_Click( )
    FontSize = 20
    Print "VB";
    Print "程序设计"
End Sub
Private Sub Command2_Click( )
    Cls
End Sub
```

3. Show 方法

调用格式：[窗体名.]**Show** [模式]

方法功能：将窗体装入内存，然后在屏幕上显示出来。

如果省略"窗体名"，则指当前窗体。"模式"指定窗体的显示方式，取值含义如下：

0——非模态窗体（默认）。不关闭本窗体，可以操作其他窗体。

1——模态窗体。只能对本窗体操作，不能切换到其他窗体。只有关闭本窗体，才能操作其他窗体。

4. Hide 方法

调用格式：[窗体名.]**Hide**

方法功能：隐藏窗体，但不从内存中清除窗体。

如果省略"窗体名"，则指当前窗体。

[例 2-5] 执行"文件"→"新建工程"命令，新建一个工程；执行"工程"→"添加窗体"命令，再添加一个窗体。单击第一个窗体，隐藏第一个窗体，显示第二个窗体；单击第二个窗体，显示第一个窗体，隐藏第二个窗体。

在属性窗口中，将第一个窗体的背景颜色设置为红色，编写单击事件过程如下：

```
Private Sub Form_Click( )
    Form1. Hide
    Form2. Show
End Sub
```

在属性窗口中，将第二个窗体的背景颜色设置为黄色，编写单击事件过程如下：

```
Private Sub Form_Click( )
```

```
        Form1. Show
        Form2. Hide
    End Sub
```

5. Move 方法

调用格式:[对象名 **.**]**Move Left**[**,Top**[**,Width**[**,Height**]]]

方法功能:在屏幕上移动窗体或在窗体上移动控件。

如果省略"对象名",则指当前窗体。Left 参数(必选)指定窗体或控件的左边距,Top 参数指定窗体或控件的上边距,Width 和 Height 参数指定窗体或控件移动后的宽度和高度。

[例 2-6] 在窗体上放置一个文本框,当程序运行时,单击一次窗体,在窗体上随机移动一次文本框。

```
    Private Sub Form_Click( )
        Text1. Move Width * Rnd, Height * Rnd
    End Sub
```

其中,Rnd 为随机函数,产生一个 0～1 之间的随机数(不包括 1)。

6. Load 语句

语句格式:**Load 窗体名|控件数组名(下标)**

语句功能:将窗体或控件装入内存,但不显示出来,可以引用窗体和控件的属性。

7. UnLoad 语句

语句格式:**UnLoad 窗体名|控件数组名(下标)**

语句功能:从内存中清除窗体或控件。

2.2.3 窗体事件

窗体的事件较多,此处仅介绍几个常用事件,有些事件还适用于多种控件。

1. Click(单击)

单击窗体的空白区域,触发窗体的 Click 事件。单击窗体上的控件,触发控件的 Click 事件。

2. DblClick(双击)

双击就是快速、连续两次单击鼠标按键。第一次单击触发 Click 事件,第二次单击才触发 DblClick 事件。

3. Load(加载窗体)

当启动程序或加载窗体时,触发窗体的 Load 事件。通常 Load 事件用来初始化应用程序,在启动程序时设置对象的属性。

[例 2-7] 在窗体上放置一个文本框,加载窗体时设置文本框的属性。

```
    Private Sub Form_Load( )
        Text1. FontSize = 20
        Text1. Text = " VB 程序设计"
        Text1. BackColor = vbRed
        Text1. ForeColor = vbWhite
    End Sub
```

4. UnLoad(卸载窗体)

当从内存中清除窗体时,触发窗体的 UnLoad 事件。单击窗体的关闭按钮,或执行控制菜单中的"关闭"命令,或执行 UnLoad 语句,均会触发 UnLoad 事件。单击"结束"按钮,或用 End 语句强制结束程序运行,均不会触发 UnLoad 事件。

5. Resize(重置大小)

当启动窗体或改变窗体大小时,触发 Resize 事件。

[例 2-8]　在窗体上绘制一个文本框,改变窗体的大小,文本框的大小随之改变。

```
Private Sub Form_Resize( )
        Text1. Left = 50
        Text1. Top = 50
        Text1. Width = Width  - 230
        Text1. Height = Height  - 600
End Sub
```

6. GotFocus(获得焦点)

当窗体或控件获得焦点时,触发 GotFocus 事件。

7. LostFocus(失去焦点)

当窗体或控件失去焦点时,触发 LostFocus 事件。

8. Activate(激活窗体)

当窗体变为活动窗体时,触发 Activate 事件。

9. Deactivate(去活窗体)

当窗体变为非活动窗体时,触发 Deactivate 事件。

2.3　简单控件

在设计应用程序界面时,需要使用多种控件。本节介绍几个简单控件,为后面几章学习编写程序代码打下基础。

2.3.1　标签

标签用来显示信息,在程序界面中起提示作用,以便增加程序界面的可读性。文本框、图片框、图像框、列表框、组合框等控件没有 Caption 属性,使用标签可在程序界面中标识这些控件。

尽管标签可以响应很多事件,如 Click、DblClick、Change 等,但通常很少使用标签的事件,此处仅介绍标签的常用属性。前面介绍的 Name、Caption、Width、Height、Left、Top、Enabled、Visible、BorderStyle、BackColor、ForeColor、Font 等属性均适用于标签,需要说明的常用属性如下。

1. Caption(默认属性)

用来保存标签中显示的文本,可以是字符数据、数值数据、日期数据、逻辑数据等。窗体和其他控件的 Caption 属性最多可达 255 个字符,而标签的 Caption 属性最多可达 1 024 个字符。

2. Alignment(文本对齐)

设置文本在标签中的对齐方式。属性取值如下:

0——文本左对齐(默认)。

1——文本右对齐。

2——文本居中。

3. AutoSize(自动大小)

指定是否自动调整标签大小。AutoSize 属性设置为 False(默认),标签大小保持不变,如果文本内容较多或字号较大,可能仅显示部分文本。AutoSize 属性设置为 True,根据文本内容和字号大小自动调整标签大小。

4. BackStyle(背景样式)

设置标签的背景透明或不透明。属性取值如下:

0——标签背景透明,显示窗体的背景颜色或背景图片。

1——标签背景不透明,标签覆盖窗体的背景颜色或背景图片(默认)。

5. WordWrap(文字卷绕)

指定文本的显示方式。WordWrap 属性为逻辑型,取值含义如下:

False——标签垂直大小不变,水平大小可变,自动适应文本内容(默认)。

True——标签水平大小不变,垂直大小可变,自动适应文本内容。

需要注意,仅当 AutoSize 属性设置为 True 时,WordWrap 属性的设置才会生效。

2.3.2 命令按钮

命令按钮用来实现用户与应用程序的交互。在 Click 事件过程中,编写程序代码,当程序运行时,单击命令按钮,执行相应程序代码,实现指定功能。命令按钮可以响应多个事件,但通常只使用 Click 事件。

前面介绍的 Name、Caption、Width、Height、Left、Top、Enabled、Visible、BackColor、Font 等属性同样适用于命令按钮,需要说明的常用属性如下。

1. Caption(标题)

设置命令按钮中显示的标题文本,在程序界面中用标题文本标识命令按钮。标题文本中使用字符 &,可以定义命令按钮的访问键。例如,标题文本设置为"取消(&C)",程序运行时按组合键 Alt + C,触发命令按钮的 Click 事件。

2. Style(样式)

设置命令按钮的显示样式。Style 属性运行时只读,取值含义如下:

0——标准样式(默认)。

1——图形样式,可以设置命令按钮的背景颜色或背景图片。

3. Picture(正常图片)

指定正常状态命令按钮中显示的图片。仅当 Style 属性为 1,Picture 属性才会生效。

4. DownPicture(按下图片)

指定按下状态命令按钮中显示的图片。仅当 Style 属性为 1,DownPicture 属性才会生效。

5. ToolTipText(提示文本)

ToolTipText 属性用来设置控件的提示文本。程序运行时,鼠标指针指向控件,出现简要提示信息。ToolTipText 属性不仅适用命令按钮,而且还适用于标签、文本框、单选按钮、复选框、图片框、图像框等。

[**例 2-9**] 设置窗体的背景图片,在窗体上放置一个标签和三个命令按钮,属性设置如表 2-3 所示。当程序运行时,单击"左齐"按钮或按组合键 Alt + L,标签中的文本左对齐;单击"右齐"按钮或按组合键 Alt + R,标签中的文本右对齐;单击"居中"按钮或按组合键 Alt + C,标签中的文本居中对齐。

表 2-3　[例 2-9]控件属性

控　件	Name	Caption	ToolTipText	BorderStyle
命令按钮 1	Command1	左齐(&L)	左边对齐	—
命令按钮 2	Command2	右齐(&R)	右边对齐	—
命令按钮 3	Command3	居中(&C)	居中对齐	—
标签 1	Label1	程序设计	白色背景	1

按表 2-3 设置命令按钮和标签的属性,程序运行界面如图 2-4 所示,程序代码如下:

```
Private Sub Command1_Click( )
    Label1. Alignment = 0
End Sub
Private Sub Command2_Click( )
    Label1. Alignment = 1
End Sub
Private Sub Command3_Click( )
    Label1. Alignment = 2
End Sub
```

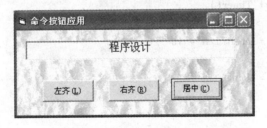

图 2-4　[例 2-9]程序界面

2.3.3 计时器

计时器专门用来触发 Timer 事件,每隔一个时间周期,会自动触发一次 Timer 事件,执行一次 Timer 事件过程。在设计阶段,窗体上显示计时器图标,便于编程人员设置属性和编写代码;在运行阶段,计时器图标消失。因此,计时器控件在窗体中的位置无关紧要。

计时器控件的常用属性为 Name、Enabled 和 Interval。Interval 属性指定触发 Timer 事件的时

间间隔,单位为 ms,取值范围从 0 ~ 65 535。如果将 Interval 属性设置为 0(默认),则不触发
Timer 事件。

[例 2-10] 设计一个程序,每隔 2 000 ms 显示一次系统时间并响铃一次。

窗体上放置一个计时器和一个标签,计时器的 Interval 属性设置为 2 000。用 Now 函数返回
计算机系统的当前日期和时间,程序代码如下:

```
Private Sub Timer1_Timer( )
    Label1. Caption = Now
    Beep                          '喇叭发音
End Sub
```

[例 2-11] 设计一个程序,自动放大和缩小标签中的文本字号。

窗体上放置一个计时器和一个标签,标签放在窗体左上角。计时器的 Interval 属性设置为
25,标签的 AutoSize 属性设置为 True,适当设置标签的 Caption、BorderStyle 和 Font 属性。编写程
序代码如下:

```
Private Sub Timer1_Timer( )
    If Label1. FontSize  <  100 Then
        Label1. FontSize = Label1. FontSize  +  1
    Else
        Label1. FontSize = 5
    End If
End Sub
```

当程序运行时,每隔 25 ms 触发一次 Timer 事件,执行一次 Timer 事件过程。如果标签的字
号小于 100 磅,那么标签的字号就增加 1 磅,否则,将标签的字号设置为 5 磅。其中,If 结构为双
分支语句,将在第 4 章详细介绍。

[例 2-12] 设计一个程序,从右到左滚动显示标签中的文字。

在窗体上放置一个计时器和一个标签,计时器的 Interval 属性设置为 10,适当设置标签的
Caption 属性和 Font 属性。程序代码如下:

```
Private Sub Timer1_Timer( )
    If Label1. Left  >  – Label1. Width Then
        Label1. Left = Label1. Left  –  10
    Else
        Label1. Left = Width
    End If
End Sub
```

2.4　文本框

文本框用来输入、编辑和显示文本,接收用户输入的数据或输出程序的运行结果。当程序运
行时,按住鼠标左键拖动,可以选择文本框中的文本;右击文本框,可以选择"复制"、"粘贴"、"删
除"命令,还可以编辑文本。

2.4.1 文本框的属性

文本框没有 Caption 属性,前面介绍的 Name、Width、Height、Left、Top、Enabled、Visible、Back-Color、ForeColor、BorderStyle、Alignment、ToolTipText、Font 等属性同样适用于文本框,需要补充的几个常用属性如下。

1. Text(默认属性)

设置或返回文本框中的文本。Text 属性为字符数据,如果输入数字字符,某些情况下需要使用 Val 函数转换为数值数据。

2. Locked(锁定)

指定是否可以编辑文本框中的文本。Locked 属性的默认值为 False,可以编辑文本;如果设置为 True,则不能编辑文本,只能显示和选择文本。

3. MaxLength(字符个数)

指定文本框中可以输入的最大字符个数,取值范围为 1 ~ 65 535。MaxLength 属性的默认值为 0,允许输入的字符个数范围为 1 ~ 65 535。

4. MultiLine(多行文本)

指定是否可以输入或显示多行文本。默认值为 False,只能输入或输出单行文本;如果设置为 True,则可以输入或输出多行文本。在属性窗口中设置 Text 属性时,按 Ctrl + Enter 组合键换行,按 Enter 键输入结束。

MultiLine 属性只能在属性窗口中设置,程序运行时只读。

5. ScrollBars(滚动条)

设置文本框的滚动条。仅当 MultiLine 属性为 True 时,ScrollBars 属性的设置才会生效。属性取值如下:

0——没有滚动条。

1——只有水平滚动条。

2——只有垂直滚动条。

3——既有水平滚动条,又有垂直滚动条。

ScrollBars 属性只能在属性窗口中设置,程序运行时只读。

6. SelText(选中文本)

设置或返回当前选择的文本。如果未选择文本,则 SelText 属性值为空字符串。

属性窗口中没有 SelText 属性,只能在程序代码中设置,程序运行时确定属性取值。

7. SelStart(选中位置)

设置或返回所选择文本的起始位置,如果没有选择文本,则为插入点位置。第一个字符前为0,第二个字符前为 1,依次类推。

属性窗口中没有 SelStart 属性,只能在程序代码中设置,程序运行时确定属性取值。

8. SelLength(选中长度)

设置或返回所选择文本的字符个数。

属性窗口中没有 SelLength 属性,只能在程序代码中设置,程序运行时确定属性取值。

9. PassWordChar(密码字符)

设置一个口令字符,在输入文本时,仅显示口令字符。例如,将 PassWordChar 属性设置为符号"＊",文本框中只显示"＊"号,而实际输入的内容不变,只是改变了显示结果。

[例2-13] 设计一个程序,验证 SelText、SelStart 和 SelLength 属性的功能。

窗体上放置一个文本框、一个标签和三个命令按钮,标签的 BorderStyle 属性设置为 1。程序运行界面如图 2-5 所示,事件过程如下:

```
Private Sub Command1_Click( )
    Label1. Caption = Text1. SelText
End Sub
Private Sub Command2_Click( )
    Label1. Caption = Text1. SelStart
End Sub
Private Sub Command3_Click( )
    Label1. Caption = Text1. SelLength
End Sub
```

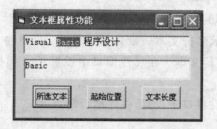

图 2-5 [例2-13]程序界面

当程序运行时,在文本框中输入文本,按住鼠标左键拖动,选择文本。单击不同的命令按钮,在标签中显示所选择的文本、选择文本的起始位置和选择文本的长度。

[例2-14] 程序界面如图 2-6 所示,单击命令按钮,删除、复制和粘贴文本框中的文本。

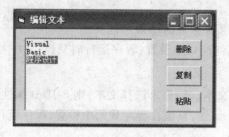

图 2-6 [例2-14]程序界面

在窗体上放置一个文本框和三个命令按钮,文本框的 MultiLine 属性设置为 True。在编写程序代码时,从代码窗口的对象下拉列表框中选择"通用"选项,定义窗体变量。程序代码如下:

```
Dim s As String                          '窗体变量
Private Sub Command1_Click( )            '删除文本
    Text1. SelText = " "
End Sub
```

```
Private Sub Command2_Click( )              '复制文本
    s = Text1. SelText
End Sub
Private Sub Command3_Click( )              '粘贴文本
    Text1. SelText = s
End Sub
```

［例2-15］ 设计一个用户登录界面，只有输入正确用户名称和用户密码，才会启动程序。

新建一个工程，执行"工程"→"添加窗体"命令，再添加一个窗体。在第一个窗体上绘制两个标签、两个文本框和一个命令按钮，两个文本框的 PassWordChar 属性设置为"＊"。

第一个窗体的程序界面如图2-7所示，程序代码如下：

```
Private Sub Command1_Click( )
    If Text1. Text = "user" And Text2. Text = "12345" Then
        Unload Me
        Form2. Show
        Form2. Caption = "登录成功!"
    Else
        MsgBox "用户名称或用户密码错误!"
        Text1. Text = " "
        Text2. Text = " "
    End If
End Sub
```

第二个窗体的程序代码如下：

```
Private Sub Form_Click( )
    Unload Me
    Form1. Show
End Sub
```

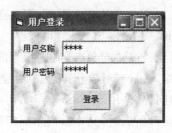

图2-7 ［例2-15］程序界面

其中，关键字 Me 代表当前窗体。当运行程序时，如果输入用户名称"user"和用户密码"12345"，单击"登录"按钮，卸载第一个窗体，显示第二个窗体。单击第二个窗体，卸载第二个窗体，显示第一个窗体。如果输入错误的用户名称或用户密码，则显示一个信息框，单击该信息框中的"确定"按钮，清除两个文本框中的内容，再次输入用户名称和用户密码。

2.4.2 文本框的事件

虽然文本框的事件很多，但常用的仅有 Change、GotFocus 和 LostFocus 事件。

1. Change(文本改变)

当文本框中的内容改变时,触发 Change 事件;每改变一个字符,触发一次 Change 事件。

2. GotFocus(获得焦点)

当文本框获得焦点时,触发 GotFocus 事件。

3. LostFocus(失去焦点)

当文本框失去焦点时,触发 LostFocus 事件。

[**例 2-16**]   程序运行界面如图 2-8 所示,在窗体上放置一个文本框和一个标签,当程序运行时,在文本框中输入或删除文本,标签中的内容与文本框中的内容保持一致。

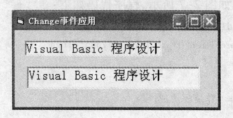

图 2-8   [例 2-16]程序界面

标签的 BorderStyle 属性设置为 1,AutoSize 属性设置为 True,WordWrap 属性设置为 False,BackColor 属性设置为白色。编写程序代码,Change 事件过程如下:

```
Private Sub Text1_Change()
    Label1 = Text1            '采用默认属性
End Sub
```

2.4.3　文本框的方法

SetFocus 方法可将焦点移到文本框。文本框获得焦点后,内部出现一个闪烁的插入点,此时才能输入或编辑文本。SetFocus 方法不仅适用于文本框,而且还适用于窗体和多种控件。

调用格式:[**对象名 .]SetFocus**

方法功能:将焦点移到指定对象,省略"对象名"时则指当前窗体。

焦点表示对象是否能够接收输入,只有对象获得焦点,才能接收鼠标或键盘的输入。在程序运行时,单击对象、按 Tab 键、按访问键、调用 SetFocus 方法,均可使对象获得焦点,且任何时候只有一个对象获得焦点。当文本框获得焦点时,文本框内出现闪烁的插入点;当命令按钮、复选框、单选按钮获得焦点时,其上出现一个虚线框。

多数控件都可以接收焦点,如文本框、命令按钮、单选按钮、复选框、滚动条、图片框、组合框、列表框、驱动器列表框、目录列表框、文件列表框等。部分控件不能接收焦点,如标签、计时器、框架、图像框、直线、形状等。当窗体不包含任何可以接收焦点的控件时,窗体才能获得焦点。

连续按 Tab 键,焦点在控件上循环移动,移动顺序称为 Tab 键顺序。改变 TabIndex 属性,可以改变控件的 Tab 键顺序。默认情况下,第一个建立的控件的 TabIndex 属性为 0;第二个建立的控件的 TabIndex 属性为 1,依次类推。改变一个控件的 Tab 键顺序后,其他控件的 Tab 键顺序会自动重新编号。

2.5 工程管理

Visual Basic 应用程序又称工程,一个工程包含了一系列文件。工程窗口如图 2-9 所示,括号内是存盘文件名,括号外是工程名称、窗体名称和模块名称(由 Name 属性决定)。如果没有保存文件,则不出现文件扩展名,默认文件名与默认 Name 属性相同,如图 2-9(a)所示。在保存文件时,可以重新命名工程文件、窗体文件和标准模块文件,如图 2-9(b)所示。

(a) 保存文件前   (b) 保存文件后

图 2-9 工程窗口

2.5.1 工程结构

一个工程由窗体模块、标准模块和类模块组成,通常窗体模块是必需的,而标准模块和类模块是可选的。工程文件的扩展名为 .vbp,窗体文件的扩展名为 .frm,标准模块文件的扩展名为 .bas,类模块文件的扩展名为 .cls。

1. 窗体模块

一个窗体就是一个窗体模块,窗体由程序界面和程序代码组成,两者密切相关。每个窗体都可以保存为一个窗体文件,窗体文件包含对象属性和程序代码,程序代码由事件过程和通用过程组成。一个工程可以包含一个或多个窗体,添加或移除窗体的操作如下:

(1)添加窗体。执行“工程”→“添加窗体”命令或单击“添加窗体”按钮,均可打开“添加窗体”对话框。在“新建”选项卡中,添加新的窗体;在“现存”选项卡中,选择已经存在的窗体文件。

(2)移除窗体。在工程窗口中选择一个窗体,执行“工程”→“移除<窗体名>”命令,或在工程窗口中右击窗体名称,执行“移除<窗体名>”命令,均可从工程中移除窗体。如果窗体已经保存,移除窗体只是从工程中移去窗体,而不是从磁盘上删除窗体文件,窗体文件仍然保存在磁盘上,还可以将其再添加到工程中。

2. 标准模块

标准模块仅由程序代码组成,包括变量定义和通用过程,不会出现事件过程。一个工程可以包含一个或多个标准模块,添加或移除标准模块的操作如下:

(1)添加模块。执行“工程”→“添加模块”命令或单击“添加模块”按钮,均可打开“添加模块"对话框。在"新建"选项卡中,添加新的标准模块;在"现存"选项卡中,选择已经存在的标准模块文件。

(2) 移除模块。在工程窗口中选择一个标准模块,执行"工程"→"移除 < 模块名 >"命令,或右击工程窗口中的模块名,选择"移除 < 模块名 >"命令,均可从工程中移除一个标准模块。如果标准模块已经保存,移除标准模块只是从工程中移去标准模块,而不是从磁盘上删除标准模块文件,标准模块文件仍然保存在磁盘上,还可以将其再添加到工程中。

3. 类模块

类模块包括数据和程序代码,没有可视化的图形界面。每个类模块定义一个类,在窗体模块中创建对象,引用类模块中的数据,调用类模块中的过程。本书不涉及类模块,只使用窗体模块和标准模块。

2.5.2 工程组

工程窗口中可以包含多个工程,从而构成一个工程组,在 Visual Basic 集成开发环境中,可以出现多个工程,但只能有一个工程组。工程组文件的扩展名为 . vbg,保存了工程组中的所有工程信息。

执行"文件"→"新建工程"命令,新建一个工程,再添加一个工程,就成为工程组,工程窗口的标题栏中出现"工程组"字样。在工程组中添加或移除工程的操作如下:

(1) 添加工程。执行"文件"→"添加工程"命令,打开"添加工程"对话框。在"新建"选项卡中,添加新工程;在"现存"选项卡中,选择已经存在的工程文件。单击"添加 Standard EXE 工程"按钮,直接在工程组中添加一个"标准 EXE"工程,而不打开对话框。

(2) 移除工程。在工程窗口中选择一个工程,执行"文件"→"移除工程"命令,或右击工程窗口中的工程名,选择"移除工程"命令,均可从工程组中移除一个工程。如果工程已经保存,移除工程只是从工程组中移去工程,而不是从磁盘上删除工程文件,工程文件仍然保存在磁盘上,还可以再将其添加到工程组中。

2.5.3 保存工程

保存工程就是将工程或工程组保存在磁盘上。如果工程中不包括类模块,只需保存标准模块文件、窗体文件、工程文件和工程组文件。第一次保存时,执行"文件"→"保存工程(组)"命令,或单击"保存工程(组)"按钮,打开"文件另存为"对话框。选择文件保存位置,输入文件名称,单击"保存"按钮,依次保存标准模块、窗体模块、工程文件和工程组文件。

如果仅保存一个文件,可在工程窗口中选择一个文件名,执行"文件"→"保存 < 文件名 >"命令,或右击工程窗口中的文件名,选择"保存 < 文件名 >"命令。

选择工程、窗体或标准模块,执行"文件"→" < 文件名 > 另存为"命令,可以再保存一个文件副本。

文件保存后,再次保存将不再打开对话框,直接将文件按指定名称保存到指定位置。

2.5.4 打开工程

如果要修改或运行磁盘上的工程文件,需要先打开工程文件。在打开工程文件时,自动打开

工程中的其他文件;在打开工程组文件时,自动打开工程组中的所有工程文件。打开工程文件或工程组文件的操作如下:

(1)执行"文件"→"打开工程"命令或单击"打开工程"按钮,出现"打开工程"对话框。

(2)在"现存"选项卡中,选择已经存在的工程文件或工程组文件;在"最新"选项卡中,选择最近使用过的工程文件或工程组文件。

(3)单击"打开"按钮。

2.5.5 运行工程

Visual Basic 属于解释型语言,应用程序既可以采用解释方式运行,又可以采用编译方式运行。如果只查看程序的运行效果,可以使用解释方式运行;如果要脱离 Visual Basic 系统运行,则必须生成扩展名为.EXE 的可执行文件。

1. 解释运行

所谓解释运行,就是在 Visual Basic 系统的支持下,翻译一句执行一句,一边翻译一边执行,不生成 EXE 文件。在解释运行方式下,程序执行速度比较慢,但可以随时修改程序中的错误,适合于调试运行阶段。采用解释方式运行程序的方法如下:

(1)单击工具栏中的"启动"按钮。

(2)执行"运行"→"启动"命令。

(3)按 F5 键。

当程序运行时,设计窗口的标题栏中显示"运行"模式。单击"结束"按钮或执行"运行"→"结束"命令,结束程序运行。单击"中断"按钮或执行"运行"→"中断"命令,中断程序运行。在中断状态下,设计窗口的标题栏中显示"Break"(中断)模式;单击"继续"按钮或执行"运行"→"继续"命令,可继续运行程序。

2. 编译运行

所谓编译运行,就是一次完成翻译工作,生成扩展名为.EXE 的二进制代码文件,并保存在磁盘上,然后执行 EXE 文件。EXE 文件可以脱离 Visual Basic 系统反复运行,而且执行速度快,占用内存空间少。生成 EXE 文件的操作步骤如下:

(1)在工程窗口中选择工程文件,执行"文件"→"生成<工程文件名>.exe"命令,打开"生成工程"对话框。

(2)在"文件名"文本框中,输入 EXE 文件名(默认为工程文件名);在"保存在"下拉列表框中,选择 EXE 文件的保存位置。

(3)单击"确定"按钮,按指定名称在指定位置生成 EXE 文件。

如果已经生成 EXE 文件,可以打开 EXE 文件所在的文件夹,找到已经生成的 EXE 文件,双击 EXE 文件图标,即可执行 EXE 文件。可以在桌面上创建 EXE 文件的快捷方式,双击快捷方式,同样可以执行 EXE 文件。

2.5.6 设置启动方式

在运行应用程序时,如果一个工程组中包含多个工程,需要指定运行的工程;如果一个工程中包含多个窗体,需要指定运行的窗体。

1. 设置启动工程

如果一个工程组中包含多个工程,默认情况下,执行"运行"→"启动"命令或单击"启动"按钮,运行添加到工程组中的第一个工程。在工程窗口中,右击工程名称,选择"设置为启动"命令,指定一个启动工程,启动工程以粗体显示。

2. 设置启动窗体

如果一个工程中包含多个窗体,默认情况下,执行"运行"→"启动"命令或单击"启动"按钮,运行添加到工程中的第一个窗体。在工程窗口中,右击工程名称,选择"<工程名>属性"命令,打开如图2-10所示的"工程属性"对话框。在"启动对象"下拉列表框中选择启动窗体,单击"确定"按钮。

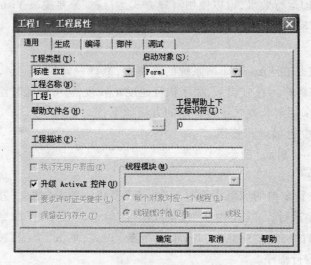

图2-10 "工程属性"对话框

一、实验目的

(1)熟练掌握属性设置方法,能够在属性窗口和程序代码中设置不同类型的属性。

(2)熟练掌握窗体的属性、方法和事件,能够编写简单程序,验证窗体的属性和方法。

(3)熟练掌握标签、命令按钮、计时器和文本框的属性、方法和事件,能够使用基本控件创建程序界面,编写简单应用程序。

(4)一般掌握工程文件管理,能够新建工程、添加工程、移除工程、添加窗体、移除窗体、添加标准模块、移除标准模块,能够保存工程和工程组,能够设置启动工程和启动窗体,能够生成EXE文件并采用编译方式运行工程。

二、实验指导

通过运行程序,可以验证程序是否完成指定的功能。如果程序界面不符合设计要求,还可以重新调整控件布局,再次设置控件属性。如果程序没有完成预期功能,则需要修改程序代码。运行程序和修改程序可以多次重复,直到满意为止。在程序设计过程中,经常出现三种类型的错误,即编译错误、运行错误和逻辑错误。

1. 编译错误

编译错误又称语法错误,如果输入的语句格式不符合 Visual Basic 语法规定,就会出现编译错误。例如,关键字、变量名、控件名、函数名、过程名拼写错误,遗漏运算符或常量定界符,选择结构或循环结构的语句格式不完整,形参和实参的数据类型不一致等。

图 2-11 编译错误

有些编译错误在输入程序代码时就会发现,而有些编译错误在程序运行时才会发现。在输入程序代码时,如果出现某些类型的语法错误,按 Enter 键,程序代码窗口中的代码文本呈红色显示,同时出现如图 2-11 所示的错误信息框,简要说明出错原因。

在 Visual Basic 设计窗口中,选择“工具”→“选项”命令,出现“选项”对话框,选中“编辑器”选项卡中的“自动语法检测”复选框(默认选中),单击“确定”按钮,Visual Basic 的代码编辑器就会自动检查语法,捕获程序代码中的语法错误。

2. 运行错误

运行错误是程序在运行期间出现的错误。尽管语法正确,编译能够通过,但程序运行时还会出现错误。例如,用 0 作为除数,赋值超出变量的表达范围,读写数据时文件不存在,磁盘未准备好,磁盘已满等。如果出现运行错误,会出现如图 2-12 所示的对话框,简要说明出错原因。单击“结束”按钮,结束程序的运行;单击“调试”按钮,进入中断状态,调试程序。

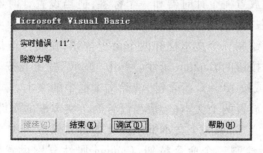

图 2-12 运行错误

3. 逻辑错误

程序中既没有语法错误,又没有发生运行错误,但仍得不到正确的运行结果,这样的错误属于逻辑错误。出现逻辑错误的原因是程序没有完成指定的功能,逻辑错误是程序调试的重点和难点。

虽然程序中的错误不可避免,但可以遵守一些规则,尽量减少错误。防止出错的几个要点如下:

(1) 选中图 1-9 中的“要求变量声明”复选框,自动在程序代码中添加 Option Explicit 语句,强制要求声明模块中的所有变量,避免因变量名拼写错误而产生逻辑错误。

(2) 尽量显式声明变量的数据类型,不用或少用变体类型的变量。

（3）使用规范的变量名和对象名，对象名最好加上前缀，说明对象的类型和用途。

（4）添加适当的注释信息，提高程序的可读性。

（5）编写错误处理程序，捕获程序中的错误。

三、实验内容

本章包括许多基础知识和基本操作，只有通过上机练习，才能真正熟练掌握。学习程序设计的最好方法就是自己动手编写程序，在编程实践中不断提高。参照本章例题，可以编写简单应用程序。要求分别采用解释方式和编译方式运行实验内容中的练习。

[**实验 2-1**] 编写窗体的 Click 和 DblClick 事件过程。程序运行时双击窗体，调用两次 Print 方法，在窗体上显示两行不同字体、不同字号、不同颜色的文本；单击窗体，清除窗体上显示的文本。

[**实验 2-2**] 在窗体上放置一个标签和一个命令按钮，并设置命令按钮的背景颜色。程序运行时单击命令按钮或按组合键 Alt + M，在窗体上随机移动标签。

[**实验 2-3**] 在窗体上绘制一个标签和两个命令按钮，标签的 AutoSize 属性设置为 True，适当设置标签的标题、字体、字号、边框样式、背景颜色和前景颜色。程序运行时单击"消失"按钮，标签消失；单击"显示"按钮，标签又显示出来。

[**实验 2-4**] 在窗体上放置一个计时器和一个文本框，当程序运行时，每隔 2 000 ms 在窗体标题和文本框中显示一次计算机系统的当前时间。

[**实验 2-5**] 在窗体上放置一个计时器，每隔 500 ms 改变一次窗体的背景颜色。如果窗体的背景颜色为红色，则变为黄色，否则变为红色。

[**实验 2-6**] 在窗体上放置一个计时器和一个标签，适当设置计时器和标签的属性。当程序运行时，标签文本从左到右循环滚动显示。

[**实验 2-7**] 在窗体上绘制一个文本框和两个命令按钮，在属性窗口中，设置文本框的字体、字号和前景颜色以及命令按钮的 Caption 属性。单击"显示"按钮或按 Alt + D 键，在文本框中显示文本；单击"清除"按钮或按 Alt + C 组合键，清除文本框中的文本。

[**实验 2-8**] 在窗体上放置两个文本框，适当设置两个文本框的属性。当程序运行时，在任意一个文本框中输入或修改文本，另一个文本框中的文本与其保持一致。

[**实验 2-9**] 在窗体上绘制三个命令按钮，Caption 属性分别设置为"显示"、"清除"和"结束"。当程序运行时，单击"显示"按钮，在窗体上显示两行文本；单击"清除"按钮，清除窗体上的文本；单击"结束"按钮，结束程序运行（End 语句）。

[**实验 2-10**] 在窗体上放置两个标签、两个文本框和两个命令按钮。程序运行时单击"计算"按钮，计算圆的周长；单击"清除"按钮，清除两个文本框中的内容，并将焦点移到第一个文本框。两个标签的 Caption 属性分别设置为"半径"和"周长"，一个文本框用来输入半径，另一个文本框用来显示周长。

[**实验 2-11**] 在窗体上放置一个文本框，编写程序代码，启动窗体时设置文本框中的文本、字体、字号、背景颜色和前景颜色等属性。

[**实验 2-12**] 程序运行界面如图 2-13 所示，两个文本框的 MultiLine 属性设置为 True，ScrollBars 属性设置为 2。在程序运行时，单击"剪切"按钮，剪切第一个文本框中选中的文本；单击

"粘贴"按钮,在第二个文本框中粘贴文本。

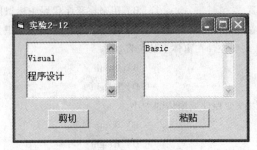

图 2-13 [实验 2-12]程序界面

[**实验 2-13**]在窗体上放置一个计时器和一个标签,标签的 BackStyle 属性设置为 0。当程序运行时,从下到上循环显示标签,产生电影字幕的效果。

[**实验 2-14**]新建一个工程,再添加三个窗体和三个标准模块,移除第二个窗体和第二个标准模块。单击"保存"按钮,将工程保存为磁盘文件。

[**实验 2-15**]新建一个工程,再添加三个工程,构成一个工程组,移除第二个工程。单击"保存"按钮,将工程组保存为磁盘文件。

一、选择题(至少选择一个正确答案)

1. 在 Visual Basic 程序设计中,对象包括( )。

 A)窗体   B)窗体上显示的文本

 C)控件   D)代码窗口中的代码

2. 关于属性的概念,下面正确的叙述有( )。

 A)不同的对象具有不同的属性   B)某些属性只能在属性窗口中设置

 C)属性取值有不同的数据类型   D)少数属性只能在程序代码中设置

3. 关于方法的概念,下面正确的叙述有( )。

 A)系统预先定义方法的功能   B)方法是对象的一个组成部分

 C)用户可以修改方法的功能   D)不同的对象具有不同的方法

4. 关于事件的概念,下面正确的叙述有( )。

 A)系统可以触发事件   B)用户操作可以触发事件

 C)系统规定事件名称   D)程序代码可以触发事件

5. 关于事件过程的概念,下面正确的叙述有( )。

 A)事件过程包含对象名称   B)一个对象可以编写多个事件过程

 C)事件过程包含事件名称   D)多个对象可以编写一个事件过程

6. 设计 Visual Basic 应用程序的步骤包括( )。

 A)创建界面   B)编写代码

 C)设置属性   D)编译程序

7. 关于 Name 属性,下面正确的叙述有( )。

 A)可在属性窗口中设置   B)用来在程序代码中标识控件

 C)可在程序代码中设置   D)用来在程序界面中标识控件

8. 关于 Caption 属性,下面正确的叙述有( )。
   A)可在属性窗口中设置   B)用来在程序代码中标识控件
   C)可在程序代码中设置   D)用来在程序界面中标识控件

9. 设置( )属性,可以改变控件在窗体上的位置。
   A)Top   B)Width
   C)Left   D)Height

10. 设置( )属性,可以改变控件或窗体的大小。
    A)Top   B)Width
    C)Left   D)Height

11. 在下面属性中,取值为 True 或 False 的属性有( )。
    A)Enabled   B)Moveable
    C)Visible   D)Picture

12. 在程序运行期间,不能设置窗体的( )属性。
    A)MaxButton   B)ControlBox
    C)MinButton   D)BorderStyle

13. 系统可以触发的事件包括( )。
    A)Timer   B)UnLoad
    C)Load   D)Change

14. 关于文本框的属性,只能在程序代码中设置的属性有( )。
    A)SelText   B)SelLength
    C)SelStart   D)MultiLine

15. 关于文本框的属性,只能在属性窗口中设置的属性有( )。
    A)Name   B)ScrollBars
    C)Text   D)MultiLine

16. 关于焦点的概念,下面正确的叙述有( )。
    A)所有控件都可获得焦点   B)控件获得焦点才能接收输入
    C)用户可以改变焦点顺序   D)按 Tab 键可以循环移动焦点

17. 如果在程序代码中移动焦点,可以调用的方法有( )。
    A)GotFocus   B)LostFocus
    C)SetFocus   D)MoveFocus

18. 如果工程组已经保存,从工程窗口中移去一个文件,则这个文件( )。
    A)已经从磁盘上删除   B)仍然保存在磁盘上
    C)放到 Windows 回收站中   D)还可添加到工程中

19. 在运行工程时,下面正确的叙述有( )。
    A)单击"启动"按钮,运行程序   B)单击"结束"按钮,结束程序运行
    C)单击"中断"按钮,中断程序   D)单击"继续"按钮,继续运行程序

20. 如果一个工程组中包含多个工程,一个工程又包含多个窗体模块和标准模块,在运行某个工程前,需要( )。
    A)设置启动工程   B)设置启动事件过程
    C)设置启动窗体   D)设置启动标准模块

二、填空题

1. 对象的三个要素包括_____、_____和_____。

2. 所有对象都有_____属性,该属性只能在属性窗口中设置,程序代码中不能改变属性取值。

3. 在运行程序时,要使控件无效,_____属性应当设置为_____。

4. 在程序运行时,要使控件隐藏,_____属性应当设置为_____。

5. 在运行程序时,要使窗体固定,_____属性应当设置为_____。

6. 如果需要设置窗体的背景图片,可在属性窗口设置_____属性,在程序代码中设置该属性,需要使用_____函数。

7. 在启动程序时,触发窗体的_____事件;程序运行时改变窗体大小,触发窗体的_____事件;程序运行时单击窗体的关闭按钮,触发窗体的_____事件。

8. 调用_____方法,只隐藏窗体,而不从内存中清除窗体;执行_____语句,可从内存中清除窗体。

9. 调用窗体的_____方法,可将窗体装入内存并显示窗体;执行_____语句,可将窗体装入内存但不显示窗体。

10. 调用 Print 方法,可在窗体上显示文本,如果要求按标准格式输出,且输出后不换行,Print 方法的末尾应当带有_____。

11. 调用_____方法,可以清除窗体或图片框中的文本和图形。

12. 标签的_____属性设置为_____,可以自动调整标签的大小。

13. 命令按钮的_____属性设置为_____,背景颜色的设置才能生效。

14. 计时器的 Interval 属性用来设置时间间隔,最大取值为_____ ms,如果不要求触发 Timer 事件,则 Interval 属性应当设置为_____。

15. 文本框的_____属性用来指定文本框中的字符个数。

16. 文本框的_____属性设置为_____,文本框可以获得焦点,但不能编辑文本框中的文本。

17. 通过文本框的_____属性,可以返回当前选择的文本。

18. 设置文本框的_____属性,可以设置口令字符。

19. 一个应用程序可以包括_____模块、_____模块和_____模块。

20. 窗体文件的扩展名为_____,标准模块文件的扩展名为_____,工程文件的扩展名为_____,工程组文件的扩展名为_____。

| 第 3 章 | 数据运算基础 |

数据是程序处理的对象,不同数据具有不同的处理方式和取值范围,占用不同的内存空间。为了便于数据处理,按照数据特点,将数据划分为不同类型。本章介绍标准数据类型、常量、变量、表达式和函数。常量、变量和表达式是数据处理的基本对象,函数体现了 Visual Basic 的数据处理能力。

在学习本章内容时,除理解基本概念外,还要注重实验教学环节,完成指定的实验内容。为了快速掌握数据运算规则,可在立即窗口中验证表达式和函数的功能。

3.1 标准数据类型

Visual Basic 的数据类型包括系统定义数据类型和自定义数据类型,系统定义的数据类型又称标准数据类型,自定义数据类型由标准数据类型组合而成。本章介绍标准数据类型,后续章节介绍自定义数据类型。Visual Basic 的标准数据类型如表 3-1 所示。

表 3-1 Visual Basic 的标准数据类型

数据类型	类型名	类型符	内存空间	数据类型	类型名	类型符	内存空间
字节型	Byte	无	1 个字节	字符型	String	$	详见正文
整型	Integer	%	2 个字节	逻辑型	Boolean	无	2 个字节
长整型	Long	&	4 个字节	日期型	Date	无	8 个字节
单精度型	Single	!	4 个字节	对象型	Object	无	4 个字节
双精度型	Double	#	8 个字节	变体型	Variant	无	16 个字节
货币型	Currency	@	8 个字节	—	—	—	—

3.1.1 数值数据

数值数据包括整数、实数、货币数据等,每种数据类型都占用一定的内存空间,具有一定的取值范围,如果超出取值范围,则产生"溢出"错误,中断程序运行。

1. 整数

整数没有小数部分,可以是正整数、负整数或零。整数在机器内部用补码表示,因而处理速度快,运算精度高,但数的表示范围较小。整数又分为整型和长整型,两者占用的内存空间不同,取值范围不同。

整型(Integer):取值范围为 $-32\,768 \sim 32\,767$,占 2 个字节的内存空间。

长整型(Long):取值范围为 $-2\,147\,483\,648 \sim 2\,147\,483\,647$,占 4 个字节的内存空间。

2. 实数(浮点数)

实数又称浮点数,可以包含小数部分,数的表示范围较大,但会产生误差。实数可以采用科学计数法表示,科学计数法由符号、尾数和指数三部分构成,如 -12.5×10^{-2},可以表示为 $-12.5E-2$,其中,-12.5 是符号和尾数部分,$E-2$ 是指数部分。实数又分为单精度型和双精度型,两者占用的内存空间不同,取值范围不同。

(1)单精度型(Single):占用 4 个字节的内存空间,其中,符号 1 位、尾数 23 位、指数 8 位。用字母 E 或 e 表示指数,尾数最多输出 7 位十进制数。取值范围如下:

正数:$+1.401\,298E-45 \sim +3.402\,823E+38$($+1.401\,298 \times 10^{-45} \sim +3.402\,823 \times 10^{+38}$)

负数:$-3.402\,823E+38 \sim -1.401\,298E-45$($-3.402\,823 \times 10^{+38} \sim -1.401\,298 \times 10^{-45}$)

(2)双精度型(Double):占用 8 个字节的内存空间,其中,符号 1 位、尾数 52 位、指数 11 位。用字母 D 或 d(E 或 e)表示指数,尾数最多输出 15 位十进制数。取值范围如下:

正数:$+4.940\,656\,458\,412\,47D-324 \sim +1.797\,693\,134\,862\,32D+308$

负数:$-1.797\,693\,134\,862\,32D+308 \sim -4.940\,656\,458\,412\,47D-324$

3. 货币数据

货币(Currency)数据用来表示货币值,占用 8 个字节的内存空间,整数部分最多 15 位十进制数,小数部分精确到 4 位十进制数,第 5 位小数按四舍五入处理。取值范围如下:

$-922\,337\,203\,685\,477.580\,8 \sim 922\,337\,203\,685\,477.580\,7$

实数的小数点可以出现在数的任意位置,因此称为浮点数;货币数据的小数点只能出现在固定位置,因此称为定点数。

4. 字节数据

字节(Byte)数据占用 1 个字节的内存空间,只能表示 $0 \sim 255$ 之间的无符号整数。

3.1.2 字符数据

字符(String)数据又称字符串,包括英文字符和中文字符,两边必须用双引号定界,否则 Visual Basic 系统将作为变量处理。双引号内的字符个数称为字符串的长度,不包含任何字符的字符串称为空字符串,空字符串的长度为 0。

[例 3-1] 在立即窗口中输入字符数据。

执行"视图"→"立即窗口"命令或按 Ctrl + G 组合键,打开立即窗口,输入语句按 Enter 键,在下一行显示语句的执行结果。

```
? "程序设计"
```

　　? "12. 345" , "12. 5E – 2"　　　　　　　'数字字符

　　? "2009 – 08 – 16"

　　? "He said,""I am a student."""　　　'连续两个双引号输出一个双引号

3.1.3　逻辑数据

　　逻辑数据又称布尔(Boolean)数据,占用 2 个字节的内存空间,只有逻辑真"True"和逻辑假 "False"两个取值。逻辑数据和数值数据之间可以相互转换,转换规则如下:

　　逻辑数据转换为数值数据:True 转换为 – 1,False 转换为 0。

　　数值数据转换为逻辑数据:非 0 转换为 True,0 转换为 False。

3.1.4　日期数据

　　日期(Date)数据用来表示日期信息,用 8 个字节存储,日期数据的取值范围为公元 100 年 1 月 1 日—9999 年 12 月 31 日,时间范围为 00:00:00—23:59:59(时:分:秒)。使用 AM 或 PM 选 项,时间为 12 小时制,否则为 24 小时制。日期数据的书写格式如下:

　　(1) 日期数据两边必须用符号"#"定界,日期和时间之间用空格间隔。

　　(2) 年、月、日之间用符号"/"、" – "、","或空格间隔。按年、月、日(yyyy – mm – dd)或者 月、日、年(mm – dd – yyyy)格式书写。

　　(3) 日期和时间的输出格式取决于 Windows 操作系统的设置。

　　[例 3-2]　在立即窗口中,按不同格式输入日期。

　　　? #2009 – 08 – 18#, #2009,08,18#, #2009 08 18#

　　　? #2009/08/18 10:25:30 AM#, #2009/08/18 10:25:30 PM#

　　在代码窗口中,按不同格式输入日期数据,按 Enter 键自动变为"mm/dd/yyyy"格式。

3.1.5　变体类型

　　变体类型(Variant)是一种可变的数据类型,可以存放数值、字符、逻辑、日期等数据。变体 类型占用 16 个字节的内存空间,如果存放对象、字符串或数组,则用 4 个字节存放对象、字符串 或数组的内存地址,数据存放在地址指向的连续内存单元中。

3.2　常量和变量

　　程序处理的数据既可以表现为常量形式,又可以表现为变量形式。在程序运行过程中,内存 中始终保持不变的量称为常量,取值可以改变的量称为变量。实际上,变量代表了存放数据的内 存单元,程序改变内存单元中的数据,变量的取值随之改变。

3.2.1　常量

　　Visual Basic 的常量有三种:直接常量、符号常量和系统常量。

1. 直接常量

　　直接常量又称字面常量,数据类型由常量定界符决定,Visual Basic 根据常量定界符,识别常

量的数据类型。字符常量用双引号定界,日期常量用#号定界,逻辑型常量的取值固定(True 或 False),数值常量在尾部加类型符指定常量类型。各类常量示例如表3-2所示,两点说明如下:

(1)整型常量有十进制、十六进制和八进制形式。十六进制常量由数字 0~9 和字母 A~F(a~f)组成,需加前缀"&H",取值范围为 &H0%~&HFFFF%。八进制常量由数字 0~7 组成,需加前缀"&o"(英文字母 o,不是数字 0),取值范围为 &o0%~&o177777%。

(2)长整型常量同样有十进制、十六进制和八进制形式。十六进制常量前面加"&H",取值范围为 &H0&~&HFFFFFFFF&。八进制常量前面加"&o"(英文字母 o,不是数字 0),取值范围为 &o0&~&o37777777777&。

表 3-2　直接常量示例

常 量 类 型	示　　例	常 量 类 型	示　　例
整型	-50% ,&HF0E5% ,&o157%	货币型	100.1234@
长整型	-50& ,&HF0E5& ,&o157&	日期型	#2009-08-18#
单精度型	-12.5! ,-8.5E-25!	字符型	"2009-08-18"
双精度型	-12.5# ,-8.5D-25#	逻辑型	True 或 False

2. 符号常量

符号常量就是用名称表示的常量。为了增强程序代码的可读性和可维护性,对于多次出现或难于记忆的直接常量,可以定义为符号常量。定义符号常量后,程序代码中可以多次使用符号常量,但不能改变符号常量的取值。只要修改定义符号常量的语句,所有引用符号常量的语句自动引用新的常量取值。

定义符号常量的一般语法格式如下:

[Public|Private] Const 符号常量名 [As 类型名] = 表达式 [,…]

其中,符号"|"表示多中择一,方括号内部为可选项目。几点说明如下。

(1)Const:关键字 Const 把符号常量定义为表达式的值。

(2)符号常量名:符号常量名的命名规则与变量名相同(见后),通常使用大写英文字母。

(3)类型名:类型名用来指定符号常量的数据类型。如果省略 As 子句,则根据表达式的计算结果,Visual Basic 自动指定合适的数据类型。

(4)表达式:由直接常量和运算符构成,不能出现变量和函数。

(5)Public|Private:用关键字 Public 定义的符号常量,可在工程内部使用;用关键字 Private 定义的符号常量,只能在窗体或标准模块内部使用。如果在过程内部定义符号常量,必须省略 Public 和 Private 选项。

[例 3-3]　定义符号常量,并在窗体上显示符号常量的取值。

```
Private Sub Form_Click( )
    Const PI = 3.14159265
    Const MIN = 100 , MAX% = MIN + 500
    Print PI , MIN , MAX
End Sub
```

3. 系统常量

Visual Basic 系统定义了一系列系统常量,包括直接常量和符号常量。直接常量为整型或长整型,符号常量均以小写字母 vb 开头。为了易于编写和阅读程序,尽量使用系统提供的符号常量。例如,符号常量 vbRed 代表红色,vbGreen 代表绿色,vbBlue 代表蓝色。

3.2.2 变量

每个变量都有一个名字,对应特定的内存单元,程序代码中通过变量名存取内存单元中的数据。每个变量都有一个数据类型,Visual Basic 按照数据类型分配内存单元,决定内存单元中可以存放的数据类型。

1. 命名规则

变量的命名规则同样适用于过程名、符号常量名、记录类型名的命名规则。在命名变量时,通常遵守如下规则:

(1)变量名由字母、数字、汉字和下划线组成,第一个字符必须是字母或汉字,最多 255 个字符。

(2)变量名不区分大小写字母,如 IntX、intX 和 INTX 是同一个变量。为了便于阅读,变量名和过程名的第一个字母大写,其余字母小写,符号常量全部用大写字母。

(3)不要使用类型名、函数名、方法名、属性名、系统常量等关键字作为变量名,否则容易产生混淆。

2. 显式定义

在显式定义变量时,可以使用如下两种方法:

(1)用类型符定义变量。类型符放在变量名末尾,用来标识变量的类型,变量名本身不包括类型符。如表 3-1 所示,使用类型符可以定义 6 种类型的变量。

[例 3-4] 用类型符定义变量,在窗体上显示变量的取值。

```
Private Sub Form_Click( )
    i% = 100.5867 : j& = 20.45
    x! = "12.5E - 2" : y# = 15.87
    z@ = 12.345678 : s $ = "12.5E - 2"
    ? i; j; x; y, z, s
End Sub
```

使用冒号可以把多条语句书写在同一行;在代码窗口中输入"?"号,自动转换为 Print。输出结果表明,变量 i 只能存放整数,100.586 7 自动转换为整数 101;变量 j 只能存放长整数,20.45 自动转换为 20;变量 x 只能存放单精度数,"12.5E - 2"自动转换为 0.125;变量 z 为货币型,仅保留 4 位小数;变量 s 是字符类型,存放字符数据"12.5E - 2"。

(2)用类型名定义变量。使用类型名可以定义所有类型的变量,定义格式如下:

Dim|Static|Public|Private 变量名 [As 类型名] [,变量名 [As 类型名]…]

Dim、Static、Public、Private:用来指定变量的作用范围和性质,其含义将在第 6 章介绍。

As 类型名:类型名是表 3-1 中的标准数据类型或自定义数据类型。在定义多个变量时,每个变量都要有 As 子句,如果某个变量省略 As 子句,则为变体类型。例如:

```
        Dim x As Single, y As Single        'x 和 y 都是单精度型
        Dim x, y As Single                   'x 为变体类型,y 为单精度型
```

[**例 3-5**]　用类型名定义变量,在窗体上显示变量的初值。

```
    Private Sub Form_Click( )
        Dim i As Integer
        Dim x As Single
        Dim d As Date
        Dim b As Boolean
        Dim s As String
        ? i, x, d, b, s
    End Sub
```

定义变量后,Visual Basic 系统自动给变量赋初值。数值变量的初值默认为 0,字符变量的初值默认为空串,逻辑变量的初值默认为 False,日期变量的初值默认为"00:00:00"。

[**例 3-6**]　用类型符定义变量,在窗体上显示变量的初值。

```
    Private Sub Form_Click( )
        Dim i% , j&, k@ , x!, y#, s $
        ? i; j; k;
        ? x; y; s
    End Sub
```

[**例 3-7**]　定义变长和定长字型变量,在窗体上显示赋值结果。

```
    Private Sub Form_Click( )
        Dim x As String             '变长字符变量
        Dim y As String * 6         '定长字符变量
        x = "VB 程序设计基础"
        y = "VB 程序设计基础"
        ? x, y
    End Sub
```

变量 x 是变长字符变量,存放的字符个数可变,由程序代码中的赋值语句决定,取值范围为 $0 \sim 2^{31}$(2 147 483 648)。定长字符变量存放的字符个数固定,由变量定义语句决定,最多不超过 65 535 个字符。变量 y 是定长字符变量,最多存放 6 个字符,少于 6 个字符,尾部补充空格,超过 6 个字符,自动截去多余部分。输出变量 y 时,窗体上显示"VB 程序设计"(一个英文字符和一个中文字符均按一个字符处理)。

3. 隐式定义

如果程序中未定义而直接使用变量,则默认为变体类型的变量。变体变量可以存放各种类型的数据,取决于赋值的数据类型。

尽量不要使用未定义的变量,一旦变量名拼写错误,纠正错误会比较麻烦。为了便于程序调试,应当显式定义所有变量。

[**例 3-8**]　定义变体变量,在窗体上输出变量的取值。

```
    Private Sub Form_Click( )
        x = 50                       '按整型变量处理
```

```
      y = 12.5                          '按双精度型处理
      z = "50"                          '按字符变量处理
      ? x, y ,z
   End Sub
```

3.3 运算符和表达式

运算符是代表数据处理的符号,不同的数据类型使用不同的运算符。Visual Basic 共有 5 类运算符:算术运算符、日期运算符、字符运算符、关系运算符和逻辑运算符。表达式由常量、变量、函数、运算符和括号构成,一个常量、一个变量或一个函数就是一个简单表达式。按照运算规则,计算表达式的值,表达式值的数据类型就是表达式的数据类型。

3.3.1 数值表达式

数值表达式由算术运算符、数值常量、数值变量和数值函数组成,运算结果为数值数据。Visual Basic 的算术运算符如表 3-3 所示,幂乘运算的优先级别最高,其次是取负运算,加减运算的优先级别最低。

表 3-3 算术运算符

运 算 符	作 用	优先级别	运 算 示 例
^	幂乘	1	$3^2 = 9$, $16^{(0.5)} = 4$
−	取负	2	$-2 * -5 = 10$, $12 + -2 = 10$
*	乘法	3	$3 * 5 = 15$, $3 * -5 = -15$
/	实除	3	$10/4 = 2.5$, $-10/-4 = 2.5$
\	整除	4	$10\backslash 4 = 2$, $-10\backslash -4 = 2$
Mod	取余	5	$10 \text{ Mod } 3 = 1$, $-10 \text{ Mod } 3 = -1$
+	加法	6	$10 + 5 = 15$, $-10 + -5 = -15$
−	减法	6	$5 - 10 = -5$, $-5 - 10 = -15$

关于算术运算符,几点说明如下:

(1)除法运算:实数除法就是标准除法,运算结果为实数;整数除法舍去商的小数部分,保留商的整数部分,运算结果为整数。

(2)取余运算:取余运算又称取模运算,运算结果为两数整除的余数,余数的正、负号与被除数相同。

(3)幂乘运算:用来计算乘方或方根,指数可以是正整数、负整数、正实数或负实数。

[例 3-9] 在立即窗口中输入表达式,查看运算结果。

(1)实数除法比整数除法的运算优先级别高。

```
   ? 32\8/2, (32\8)/2
        8          2
```

(2)取余运算比加减运算的优先级别高,比乘除运算的优先级别低。

```
? 13 Mod 5 + 2, 13 Mod 28\5
      5              3
```

（3）表达式中存在数字字符,先转换数据类型,再做算术运算。

```
? 10 + "5", "5" - "15"
     15          -10
```

（4）数值数据的运算,运算结果转换为较高精度的数据类型。

```
? 13/7
   1. 85714285714286              '双精度,15 位有效数字
```

在书写 Visual Basic 的数值表达式时,应当注意以下几点:

（1）上标和下标书写在同一行。例如,数学表达式 10^{-2},Visual Basic 表达式必须书写为 $10\hat{}(-2)$；变量 x_2 必须书写为 x2。

（2）数学表达式中省略的运算符必须写出来。例如,8x 必须写成 8 * x。

（3）括号可以改变运算顺序,所有括号都要使用圆括号,而且必须成对出现。例如,数学式子 $5[x + 2(x + y)]$,Visual Basic 表达式应当书写为 5 * (x + 2 * (x + y))。

[例 3-10] 设计一个程序,从键盘输入秒数,在窗体上输出天、时、分、秒。

```
Private Sub Form_Click( )
    Dim n As Long
    n = InputBox( "输入秒数:" )            '通过键盘输入数据
    d = n \ (60 * 60) \ 24
    h = (n - d * 60 * 60 * 24) \ (60 * 60)
    m = (n - d * 60 * 60 * 24 - h * 60 * 60) \ 60
    s = n Mod 60
    Print d; "天", h; "时", m; "分", s; "秒"
End Sub
```

3.3.2 字符表达式

字符表达式由字符常量、字符变量、字符函数和字符运算符组成,运算结果为字符数据。

字符串只有连接运算符" + "或"&"。如果运算符两边都是字符数据,两个运算符的作用相同。如果一个是数字字符,另一个是数值,运算符" + "先将数字字符转换为数值,再做算术加法运算;运算符"&"先将数值转换为数字字符,再做字符连接运算。因此,字符连接运算尽量使用运算符"&"。如果数字字符没有双引号定界,运算符"&"两边需要使用空格间隔,否则可能作为长整型处理,因为符号"&"还是长整型的类型符。

[例 3-11] 在立即窗口中输入表达式,查看运算结果。

```
? "VB" + "程序设计"          '运算结果:VB 程序设计
? "50" + "5", "50"&"5"       '运算结果:505        505
? 50 & 5, 50 + "5"           '运算结果:505        55
? 50 & "5AB"                 '运算结果:505AB
? 50 + "5AB"                 '出现"类型不匹配"错误
```

3.3.3 日期表达式

日期表达式由日期运算符、日期常量、日期变量、日期函数和整数组成,运算结果为日期数据

或整数。

运算符"+"和"−"既是算术运算符又是日期运算符,取决于参与运算的数据类型。

[**例 3−12**] 在立即窗口中输入日期表达式,查看运算结果。

```
? #2009 – 08 – 10# – #2009 – 08 – 20#        '输出整数 – 10,两个日期相差的天数
? #2009 – 10 – 16# – 15                       '输出 2009 – 10 – 01,减去天数的日期
? #2009 – 10 – 01# + 15                       '输出 2009 – 10 – 16,加上天数的日期
```

3.3.4 关系表达式

关系表达式由关系运算符连接而成。关系运算符用来比较两个同类型数据,比较结果为逻辑值 True 或 False。关系运算符如表 3−4 所示,所有关系运算符的优先级别相同,运算顺序从左到右,运算规则如下:

(1) 数值数据按数值大小比较。

(2) 字符数据按 ASCII 码值大小比较。从第一个字符开始,自左至右逐个比较,如果第一个字符相同,再比较第二个字符,依次类推,直到出现不同字符为止。

(3) 日期数据的日期越早,其值就越小;日期越晚,其值就越大。

表 3−4 关系运算符

运 算 符	作　　用	运 算 实 例	运 算 结 果
<	小于	25 < 20	False
<=	小于或等于	10 <= 20	True
>	大于	20 > 20	False
>=	大于或等于	"This" >= "That"	True
=	等于	"This" = "That"	False
<>	不等于	"This" <> "That"	True

[**例 3−13**] 在立即窗口中输入表达式,查看运算结果。

(1) 先执行算术运算,再执行比较运算。

```
? 3 + 5 >= 12 – 6, 5^2 Mod 10 <> 28\5, #2009 – 08 – 18# < #2009 – 08 – 28# – 5
       True                   False                           True
```

(2) 先执行字符连接运算,再执行比较运算(中文字符大于英文字符)。

```
? "VB"&"程序" > "程序", "ABC" > "AB"
           False                True
```

(3) 如果参与比较的两个数据类型不同,则先转换类型,再执行比较运算。

```
? 100 = "100", – 1 = True, False = 0
     True         True        True
```

3.3.5 逻辑表达式

逻辑表达式由逻辑运算符、逻辑常量、逻辑变量、逻辑函数和关系表达式组成,运算结果仍然

是逻辑数据(True 或 False)。逻辑运算规则如表 3-5 所示,表中的 x 和 y 是逻辑变量,Not 运算的优先级别最高,Eqv 运算的优先级别最低。

表 3-5　逻辑运算符

x	y	Not x	x And y	x Or y	x Xor y	x Eqv y
False	False	True	False	False	False	True
False	True	True	False	True	True	False
True	False	False	False	True	True	False
True	True	False	True	True	False	True
优先级别		1	2	3	3	4

表 3-5 中逻辑运算符的作用说明如下:

(1) Not(取反):操作数为假,运算结果为真;操作数为真,运算结果为假。

(2) And(与):两个操作数均为真,运算结果才为真;只要有一个为假,结果就为假。

(3) Or(或):两个操作数均为假,运算结果才为假;只要有一个为真,结果就为真。

(4) Xor(异或):两个操作数相异,运算结果为真;两个操作数相同,运算结果为假。

(5) Eqv(同或):两个操作数相同,运算结果为真;两个操作数相异,运算结果为假。

[**例 3-14**]　在立即窗口中输入表达式,查看运算结果。

(1) 先执行算术运算,再执行比较运算,最后执行逻辑运算。

```
? Not 3 + 5 > 8, 5 = 8 And "AH" > "AB"
      True          False
```

(2) 一个数连续两次执行 Xor 运算,恢复到原值。

```
? 5566 Xor 5566 Xor 5566
      5566
```

(3) 实数转换为整数,按补码逐位执行逻辑运算。

```
? Not 0, Not -1, Not 1, NOT -2
   -1    0      -2      1
```

复杂表达式中可能出现多种运算符,优先级别高的运算符先执行运算。如果优先级别相同,按从左到右的顺序运算。使用圆括号可以提高优先级别。各类运算符的优先级别如下:

圆括号→算术运算符→字符运算符→关系运算符→逻辑运算符

3.4　常用内部函数

函数就是一段程序,用来实现复杂的操作或经常使用的操作。内部函数是 Visual Basic 系统包含的函数,只要启动系统,即可直接使用。Visual Basic 提供了丰富的内部函数,本章仅介绍一些常用函数。在使用函数时,只要给出函数名和函数参数,Visual Basic 就会执行相应程序,完成

特定操作。在程序代码中调用函数时,一般格式如下:

函数名([参数列表])

函数名由 Visual Basic 系统规定,用户不能改变。参数之间用逗号间隔,每个参数都有规定的数据类型和排列顺序;如果参数是表达式,先计算表达式的值,再计算函数值;如果没有参数,圆括号可以省略,仅保留函数名。函数的计算结果称为函数返回值,函数值具有确定的数据类型。

3.4.1 数值运算函数

常用数值运算函数如表3-6所示,其中参数 x 为数值表达式。需要说明的函数如下:

表3-6 常用数值运算函数

函 数 格 式	函 数 功 能	函 数 格 式	函 数 功 能
Abs(x)	返回 x 的绝对值	Sgn(x)	返回 x 的符号
Fix(x)	返回 x 的整数部分	Int(x)	返回不大于 x 的最大整数
Rnd(x)	返回 0~1 的随机数	Round(x[,n])	x 按 n 位小数四舍五入,省略参数 n,四舍五入为整数
Sqr(x)	返回 x 的平方根		
Exp(x)	返回指数 e^x 的值	Log(x)	返回 x 的自然对数
Sin(x)	返回 x 的正弦值	Cos(x)	返回 x 的余弦值
Tan(x)	返回 x 的正切值	Atn(x)	返回 x 的反正切值

1. 符号函数

符号函数 Sgn(x) 返回 x 的符号。x<0 时返回数值 -1,x>0 时返回数值 1,x=0 时返回数值 0。

2. 取整函数

函数 Fix(x) 截去小数部分,保留整数部分。正数 Fix(x) 与 Int(x) 功能相同,如果是负数,Fix(x) 返回大于或等于 x 的第一个负整数,Int(x) 返回小于或等于 x 的第一个负整数。

[**例3-15**] 在立即窗口中验证 Fix(x) 和 Int(x) 函数的功能。

```
? Fix(3.15), Fix(3.85), Fix(-3.15), Fix(-3.85)
    3          3          -3          -3
? Int(3.15), Int(3.85), Int(-3.15), Int(-3.85)
    3          3          -4          -4
```

3. 三角函数

在 Sin(x)、Cos(x)、Tan(x) 函数中,参数 x 的单位为弧度值;Atn(x) 函数的参数 x 为正切值,返回弧度值。角度和弧度之间的换算关系如下:

1 角度 = $\pi/180$ = 3.141 592 65/180(弧度)

4. 随机函数

随机函数 Rnd(x) 产生一个 0~1 之间的单精度随机数(不包括1)。数值参数 x 影响产生随机数的结果。x>0 或省略 x,则每次产生一个新随机数;x<0 则每次产生相同的随机数;x=0 则

产生的随机数与上次相同。产生某个范围随机整数的公式如下：

      Int((上界－下界＋1)＊Rnd＋下界)

例如，Int((201＊Rnd)＋100)产生一个 100～300 之间的随机整数。

先执行语句 Randomize，再调用 Rnd 函数，可使产生的随机数更加随机。

[例 3-16]   随机产生一个 100～999 之间的 3 位正整数，在窗体上输出所产生的随机数和随机数的逆序数。例如，产生随机数 567，其逆序数为 765。

```
Private Sub Form_Click()
    Dim n As Integer
    Randomize
    n = Int(900 * Rnd + 100)
    n1 = n \ 100
    n2 = (n - n1 * 100) \ 10
    n3 = n Mod 10
    ? n, n3 & n2 & n1
End Sub
```

3.4.2　字符处理函数

常用字符处理函数如表 3-7 所示，参数 x$ 为字符表达式（符号"$"可以省略），参数 n 为数值表达式。函数名后缀"$"表示函数返回字符串，符号"$"可以省略。

表 3-7　常用字符处理函数

函 数 格 式	函 数 功 能
Len(x$)	返回字符串 x$ 的字符个数，或变量占用的内存字节个数
Left$(x$,n)	返回字符串 x$ 左边的 n 个字符
Right$(x$,n)	返回字符串 x$ 右边的 n 个字符
Mid$(x$,m[,n])	从第 m 个字符开始，连续取 n 个字符；如果省略 n，取至 x$ 末尾
Ltrim$(x$)	删除字符串 x$ 左边的所有空格，作为函数返回值
Rtrim$(x$)	删除字符串 x$ 右边的所有空格，作为函数返回值
Trim$(x$)	删除字符串 x$ 左边和右边的所有空格，作为函数返回值
UCase$(x$)	将字符串 x$ 中的小写字母转换为大写字母，作为函数返回值
LCase$(x$)	将字符串 x$ 中的大写字母转换为小写字母，作为函数返回值
Space$(n)或 Spc(n)	返回 n 个空格字符
InStr(x$,y$)	在 x$ 中查找 y$，函数返回一个长整数，表示 y$ 的第一个字符在 x$ 中出现的位置。如果 x$ 不包含 y$，则函数返回值为 0
String$(n,x$)	将字符串 x$ 的第一个字符重复 n 次，作为函数返回值

Visual Basic 4.0 以前的版本采用 ANSI（标准编码）字符处理机制，一个英文字符占一个字节的内存空间，一个中文字符占两个字节的内存空间。Visual Basic 5.0 以后的版本采用 UniCode

（统一编码）字符处理机制，一个英文字符和一个中文字符都占两个字节的内存空间，且都作为一个字符处理。

[**例3-17**] 在立即窗口中验证字符处理函数的功能。

? Len("VB 程序设计")，Len(x%)，Len(y&)，Len(z#)

  6   2   4   8

? Left("VB 程序设计",4)，Right("VB 程序设计",2)

  VB 程序   设计

? Mid("VB 程序设计",3,2)，Mid("VB 程序设计",3)

  程序   程序设计

[**例3-18**] 程序界面如图3-1所示，程序运行时在第一个文本框中输入一个实数，单击"互换"按钮，小数部分与整数部分互换。单击"清除"按钮，清除两个文本框中的内容。

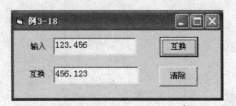

图3-1 [例3-18]程序界面

```
Private Sub Command1_Click()
    Dim i As Long
    i = InStr(Text1, ".")
    Text2 = Mid(Text1, i + 1) & "." & Left(Text1, i - 1)
End Sub
Private Sub Command2_Click()
    Text1 = "" : Text2 = ""
End Sub
```

3.4.3 日期时间函数

常用日期时间函数如表3-8所示，其中，d代表日期表达式，t代表时间表达式。其中，函数 Date 和 Time 还可以作为语句使用，用来设置系统日期和系统时间。

表3-8 常用日期时间函数

函 数 格 式	函 数 功 能	函 数 格 式	函 数 功 能
Now	返回当前系统日期和时间	Year(d)	返回日期中的年份
Date	返回当前系统日期	Month(d)	返回日期中的月份(1~12)
Time	返回当前系统时间	Day(d)	返回月份中的天次(1~31)
Timer	返回从午夜到现在的秒数	Hour(t)	返回时间中的小时(0~23)
WeekDay(d)	返回日期中的星期(1~7) 星期日为1,…,星期六为7	Minute(t)	返回时间中的分钟(0~59)
		Second(t)	返回时间中的秒数(0~59)

[**例3-19**] 在立即窗口中,查看和修改系统日期和时间。

```
? Date,          Time,          Timer
  2009 - 08 - 12   12:15:30     44129.86
? Year(Now), Month(Now), Day(Now)
  2009           8           12
```

3.4.4 类型转换函数

常用类型转换函数如表3-9所示,x代表数值表达式,x$代表字符表达式("$"可以省略)。表3-9中后面10个强制类型转换函数的函数名以字母C开头,后面是类型名的缩写。

表3-9 常用类型转换函数

函 数 格 式	函 数 功 能	函 数 格 式	函 数 功 能
Str$(x)	数值转换为字符数据	Val(x$)	字符数据转换为数值数据
Chr$(x)	ASCII 码转换为字符	Asc(x$)	第一个字符转换为 ASCII 码
Hex$(x)	十进制数转换为十六进制数	Oct$(x)	十进制数转换为八进制数
CInt(x)	按四舍五入转换为整型	CLng(x)	按四舍五入转换为长整型
CSng(x)	x 转换为单精度型	CDbl(x)	x 转换为双精度型
CDate(x)	x 转换为日期型	CCur(x)	x 转换为货币型
CStr(x)	x 转换为字符型	CVar(x)	x 转换为变体型
CBool(x)	x 转换为逻辑型	CByte(x)	x 转换为字节型

关于类型转换函数,两点说明如下:

(1) 函数 Val(x$) 从 x$ 的第一个字符开始转换,遇到非数值字符则转换结束。如果第一个字符是非数值字符,函数返回值为0。

(2) 函数 Str$(x) 的返回值左边是符号位,正数的第一个字符为空格,而函数 Cstr(x) 的返回值没有符号位。

[**例3-20**] 在立即窗口中验证类型转换函数的功能。

```
? Str(10E - 3), Str(&HFF), Val("10E2"), Val(" - 12.5F8")
  0.01          255        1000        - 12.5
? Chr(65), Asc("ABCD")
  A          65
? CInt(12.6), CDate("2009 - 08 - 18")
  13         2009 - 08 - 18
```

[**例3-21**] 每隔500 ms,在立即窗口中随机输出一个大写字母(注意打开立即窗口)。

大写英文字母的 ASCII 码值范围为65~90(A 为65,Z 为90),用随机函数产生65~90之间的 ASCII 码值,再用 Chr 函数转换为相应字母,即可随机产生一个大写英文字母。

```
Private Sub Timer1_Timer( )
    Randomize
    n = Int((Rnd * 26) + 65)
```

```
        Letter = Chr( n)
        Debug. Print Letter;
    End Sub
```

3.4.5　格式转换函数

函数格式:**Format(表达式[,格式字符])**

函数功能:按表 3-10 中的格式字符,将表达式的值转换为字符数据。

表 3-10　常用格式字符

格 式 字 符	作　　用	函 数 示 例	输 出 格 式
0	数字前后加补 0	Format(12. 56 ,"0000. 0000")	0012. 5600
#	数字前后不补 0	Format(12. 56 ," ####. ####")	12. 56
.	加小数点	Format(12. 5678 ,"0000. ##")	0012. 57
,	加千位分隔符	Format(12345. 68 ,"##,#. 0")	12,345. 7
%	乘 100 , 加百分号	Format(123. 4567 ,"##. ##% ")	12345. 67%
$	数字前加美元符号	Format(12345. 67 ," $ #,#. #")	$ 1,2345. 7
+	数字前强行加正号	Format(- 123. 567 ," + ##. 00")	- + 123. 57
-	数字前强行加负号	Format(- 123. 567 ," - ##. ##")	- - 123. 57
E +	用指数表示数值	Format(12345. 67 ,"00. 00E + 00")	12. 35E + 03
E -	用指数表示数值	Format(0. 123456 ,"00. 00E - 00")	12. 35E - 02
>	小写字母转换为大写	Format("Hello" ," >")	"HELLO"
<	大写字母转换为小写	Format("HELLO" ," <")	"hello"
yyyy - mm - dd	用长日期格式输出	Format(#2006 - 10 - 1#," yyyy - mm - dd")	2006 - 10 - 01
hh:mm:ss	用 24 小时输出时间	Format(#10:5:30 PM#,"hh:mm:ss")	22:05:30

如果省略"格式字符"参数,则 Format 函数与 Str 函数的作用基本相同。唯一区别是,在把正数转换为字符串时,Str 函数在字符串前面保留一个空格,而 Format 函数不保留空格。

当"表达式"为数值表达式时,有如下几点说明:

① 格式字符 0:如果实际位数多于格式字符指定的位数,整数部分按实际位数输出,小数部分按四舍五入输出。如果实际位数少于格式字符指定的位数,则不足位补 0。

② 格式字符#:如果实际位数多于格式字符指定的位数,整数部分按实际位数输出,小数部分按四舍五入输出。如果实际位数少于格式字符指定的位数,仍按实际位数输出。

③ 千位分隔符号:可以放在格式字符中整数部分的任意位置(头部和尾部除外)。

3.4.6　颜色设置函数

颜色函数用来设置窗体和控件的颜色,在绘制图形时,还可以设置绘图颜色。

1. RGB 函数

函数格式:**RGB(红,绿,蓝)**

函数功能:返回由红、绿、蓝三基色混合而成的一种颜色。

红、绿、蓝三基色的取值范围均为 0~255,超过 255 则按 255 处理。理论上三基色的混合可以产生 $256 \times 256 \times 256 = 16\ 777\ 216$ 种颜色(色值 $0~16\ 777\ 215$),实际上受显示硬件的限制,普通 VGA 显示系统只能显示 256 种颜色。

2. QBColor 函数

函数格式:**QBColor(颜色代码)**

函数功能:返回 16 种颜色代码所代表的颜色,颜色代码如表 3-11 所示。

表 3-11 **QBColor 函数的颜色代码**

数 值	颜 色	RGB 色值	数 值	颜 色	RGB 色值
0	黑色	RGB(0,0,0)	8	灰色	RGB(64,64,64)
1	蓝色	RGB(0,0,191)	9	亮蓝	RGB(0,0,255)
2	绿色	RGB(0,191,0)	10	亮绿	RGB(0,255,0)
3	青色	RGB(0,191,191)	11	亮青	RGB(0,255,255)
4	红色	RGB(191,0,0)	12	亮红	RGB(255,0,0)
5	紫色	RGB(191,0,191)	13	亮紫	RGB(255,0,255)
6	黄色	RGB(191,191,0)	14	亮黄	RGB(255,255,0)
7	白色	RGB(191,191,191)	15	亮白	RGB(255,255,255)

[**例 3-22**] 在窗体上放置一个文本框和一个计时器,计时器的 Interval 属性设置为 1 000。在程序运行时,随机改变文本框的前景颜色和窗体的背景颜色。

```
Private Sub Timer1_Timer()
    Text1 = "VB 程序设计"
    Text1. FontSize = 20
    BackColor = RGB( Rnd * 256, Rnd * 256, Rnd * 256)
    Text1. ForeColor = QBColor( Int(16 * Rnd))
End Sub
```

3.4.7 程序调用函数

利用 Shell 函数或 Shell 语句,可以调用一个可执行文件,语法格式如下:

函数格式:**Shell(文件标识[,窗口类型])**

语句格式:**Shell 文件标识[,窗口类型]**

文件标识包括盘符、路径、程序名和扩展名(.COM、.EXE、.BAT 等),窗口类型是启动程序的窗口状态,取值和含义如表 3-12 所示(默认为 2)。

表 3-12　Shell 调用的窗口类型

数　值	符 号 常 量	描　　述
0	vbHide	窗口隐藏(获得焦点,隐式窗口)
1	vbNormalFocus	窗口保持原来大小和位置(获得焦点,活动窗口)
2	vbMinimizedFocus	窗口最小化显示(获得焦点,活动窗口)
3	vbMaximizedFocus	窗口最大化显示(获得焦点,活动窗口)
4	vbNormalNoFocus	窗口还原到最近使用状态(未获得焦点,非活动窗口)
6	vbMinimizedNoFocus	窗口最小化显示(未获得焦点,非活动窗口)

Shell 函数调用成功,返回一个整数,代表正在运行的程序。若调用失败,则出现错误信息。Shell 函数有返回值,调用时要有接收返回值的变量;Shell 语句则没有返回值,不需要接收返回值的变量。

［例 3-23］　在窗体上放置两个命令按钮,单击"计算器"按钮,执行程序 calc. exe,单击"纸牌"按钮,执行程序 sol. exe。

```
Private Sub Command1_Click( )
    x = Shell( "calc. exe" , 1)
End Sub
Private Sub Command2_Click( )
    Shell " sol. exe" , 3
End Sub
```

本例执行 Windows 系统自带的程序,因此可以省略盘符和路径,仅指定程序的基本名和扩展名。如果不是 Windows 系统自带的程序,则需要指明盘符和路径。

实 验 三

一、实验目的

(1)熟练掌握标准数据类型、常量和变量,能够使用类型符和类型名定义常量和变量。

(2)熟练掌握各类运算符的作用和优先级别,能够书写符合规定的 Visual Basic 表达式,并在立即窗口中验证表达式的计算结果。

(3)熟练掌握数值运算函数、字符处理函数、日期时间函数和颜色设置函数,一般掌握类型转换函数和程序调用函数,一般了解类型测试函数。

二、实验指导

利用立即窗口,可以验证表达式和函数的功能,快速掌握本章内容。在 Visual Basic 设计窗口中,执行"视图"→"立即窗口"命令或按 Ctrl + G 组合键,均可打开如图 3-2 所示的立即窗口。在立即窗口中输入语句,一句一行,按 Enter 键在下行显示结果。语法格式如下:

　　? I[**Debug.**]**Print** [表达式列表] [;I,]

问号和关键字 Print 的作用相同,表达式之间用逗号分隔。关键字 Debug 代表立即窗口,直接在立即窗口中输入语句时可以省略,但在程序代码中不能省略,否则在窗体上输出。

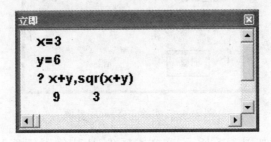

图 3-2　立即窗口

三、实验内容

[**实验 3-1**]计算下列表达式的值,在立即窗口中验证计算结果。

(1) 5^3, 25^(1/2), 18/5, 18\5, 17 Mod 5

(2) "60" + "30", "60" + 30, 60 + "30", 60 + "30Test"

(3) "60" & "30", "60" & 30, 60 & "30", 60 & "30Test"

(4) 5^2 > 100\3, 100 Mod 8 * 5 < 10, "60" < > 60, "60" = 60

(5) "hello!" > = "hello world!", "AB" > = "ABC"

(6) Not 5 > 3, 5 > 3 And 3 > 6, 5 > 3 Or 3 > 6, 5 > 3 Xor 3 > 6, 5 > 3 Eqv 3 < 6

[**实验 3-2**]编写一个程序,单击窗体,在窗体上输出一个 10~99 的两位随机整数。

[**实验 3-3**]在窗体上放置一个计时器,每隔 500 ms,先清除一次窗体上的文本,然后在窗体上显示一行文本,随机改变一次字号大小(要求 10~80 磅)。

[**实验 3-4**]程序界面如图 3-3 所示,在文本框 Text1 中输入多个字符,单击"转换"按钮,将最右边一个字符转换为 ASCII 码,文本框 Text2 中按十六进制显示 ASCII 码。单击"清除"按钮,清除两个文本框中的内容,焦点移到文本框 Text1,等待再次输入数据。

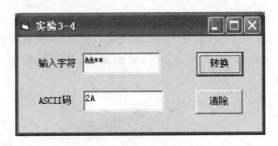

图 3-3　[实验 3-4]程序界面

[**实验 3-5**]程序界面如图 3-4 所示,在文本框 Text1 中输入出生日期,单击"计算"按钮,在文本框 Text2 中显示出生天数。单击"清除"按钮,清除两个文本框中的内容,焦点移到文本框 Text1,等待再次输入数据。

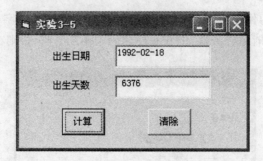

图 3-4 [实验 3-5]程序界面

[**实验 3-6**]程序界面如图 3-5 所示,在文本框 Text1 中输入任意 3 个字符,单击"逆序"按钮,在文本框 Text2 中逆序显示所输入的 3 个字符。单击"清除"按钮,清除两个文本框中的内容,焦点移到文本框 Text1,等待再次输入数据。

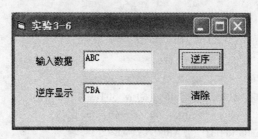

图 3-5 [实验 3-6]程序界面

[**实验 3-7**]通过键盘连续输入 5 个字符,在窗体上显示第 1、3、5 个字符。例如,输入字符 ABCDE,显示 ACE。要求使用 Left、Right 和 Mid 三个函数实现指定功能。

[**实验 3-8**]在窗体上放置一个标签,设置标签的 Caption 和 AutoSize 属性。每隔 1 000 ms,随机设置一次标签的字号、前景颜色和背景颜色。

[**实验 3-9**]在窗体上放置两个命令按钮"记事本"和"画图"。单击"记事本"按钮,使用 Shell 函数调用记事本程序 notepad. exe;单击"画图"按钮,使用 Shell 语句调用画图程序 mspaint. exe。

[**实验 3-10**]假设某个职工的工资为 x 元(正整数),试求各种票额总张数最少的付款方案。票额包括:100 元、50 元、10 元、5 元、2 元、1 元。单击窗体,通过键盘输入工资 x,在窗体上显示工资 x 和各种票额的张数。

一、选择题(至少选择一个正确答案)

1. 合法的 Visual Basic 长整数有(　　)。

    A) &HF8F0E&　　　　　　　　　　　B) 128&

    C) &HF8F0E%　　　　　　　　　　　D) 128%

2. 不合法的 Visual Basic 实数有(　　)。

    A) &H12.5　　　　　　　　　　　　B) 12.5E10

C）12. 38E   D）1235D－8

3. 如果存放数据 123 456 789. 123 456,变量 x 的最佳数据类型有（　　）。

    A）整型   B）单精度型

    C）长整型   D）双精度型

4. Visual Basic 合法的字符常量有（　　）。

    A）"程序设计"   B）"程序""设计"

    C）"""程序"""   D）"程序设计"""

5. 占用 8 个字节内存空间的数据类型有（　　）。

    A）长整型   B）日期型

    C）双精度   D）货币型

6. 将圆周率 PI 声明为一个单精度符号常量的正确语句有（　　）。

    A）Const PI = 3. 1415&   B）Const PI! = 3. 1415

    C）Const PI = 3. 1415   D）Const PI As Single = 3. 1415

7. 在下列变量名中,不合法的变量名有（　　）。

    A）_xy   B）x_y

    C）5xy   D）x － y

8. 在下列变量名中,不合适的变量名有（　　）。

    A）Print   B）Name

    C）Single   D）Round

9. 下列语句用来定义变量类型,合法的语句有（　　）。

    A）Dim x   B）x& = 500

    C）Dim x!   D）Dim x As Integer

10. 将变量 x 定义为变体类型的语句有（　　）。

    A）Dim x   B）Dim x As Variant

    C）x = 500   D）Dim x ,y As Single

11. 下面运算优先级别最高的运算符有（　　）。

    A）Mod   B）/

    C）+   D）\

12. 可以使用运算符" + "的数据类型有（　　）。

    A）数值数据   B）日期数据

    C）字符数据   D）货币数据

13. 可以使用类型符定义数据类型,下面正确的类型符有（　　）。

    A）@ ——长整型   B）#——双精度型

    C）$ ——字符型   D）&——单精度型

14. 在 Visual Basic 中,符号"&"的用途有（　　）。

    A）作为字符连接运算符   B）用 &O 定义八进制整型常量

    C）作为长整型的类型符   D）用 &H 定义十六进制整型常量

15. 假设 f = False,t = True,运算结果为 True 的表达式有（　　）。

    A）f Xor t   B）f And t

    C）f Or t   D）f Eqv t

16. 数学表达式 $1 \leqslant x \leqslant 5$ 的 Visual Basic 表达式为（　　）。

    A）1 <= x <= 5   B）1 <= x Or x <= 5

C) 1 = < x = <5

D) 1 <=x And x <=5

17. 返回值与函数 Int(3.7)相同的函数有(　　　)。

　　A) Round(2.6)

　　B) Fix(3.6)

　　C) CInt(2.7)

　　D) CLng(2.8)

18. 在下列函数中,返回 123 的函数有(　　　)。

　　A) Val("123ABC")

　　B) Val("12") + 3

　　C) Val("ABC123")

　　D) Val("12") & 3

19. 在下列函数中,取值相同的函数有(　　　)。

　　A) Left("VBVBVB",2)

　　B) Right("VBVBVB",2)

　　C) Mid("VBVBVB",2,2)

　　D) Mid("VBVBVB",3,2)

20. 在下列表达式中,取值为 True 的表达式有(　　　)。

　　A) 1 <=5 <=3

　　B) 12 < 8

　　C) "VB" > "程序"

　　D) "12" < "8"

二、填空题

1. 单精度型最多表示_____位有效数字,双精度型最多表示_____位有效数字。

2. 定义变量:Dim s As String * 10,s 最多存放_____个字符。

3. 表达式 3^2\2 − 5 * 6 Mod 7 的值为_____。

4. 表达式 64\24/3 Mod 5 的值为_____。

5. 表达式 4^True * 8 的值为_____。

6. 表达式 5 + "10" + "15" & 15 的值为_____。

7. 表达式 12 & 34 & 5 的值为_____。

8. 表达式"8" < "15" Or 5 =5 And "8" > "15"的值为_____。

9. 表达式"8" < "15" Or 5 =5 And Not "8" > "15"的值为_____。

10. 表达式 50 Xor 50 的值为_____,50 Eqv 50 的值为_____。

11. 假设 x 为任意整数,表达式 1 <=x <=2 的值为_____。

12. 表达式 Int(−3.16) + Fix(−3.86)的值为_____。

13. 要产生 20 ~80 之间随机整数的公式为_____。

14. 表达式 Int(Rnd * 101 +100)的最小值为_____,最大值为_____。

15. 表达式 Len(x#) − Len("YOU")的值为_____。

16. 函数 Mid("VB 程序设计语言",3,2)的值为_____。

17. 函数 Val("10D2")的值为_____,函数 Val("10B2")的值为_____。

18. 函数 InStr("VB 程序设计","设计")的返回值为_____。

19. 数学表达式 $s = 1/2gt^2 + v_0 t$,Visual Basic 表达式为_____。

20. 数学表达式 $-b + \sqrt{b^2 - 4ac}$,Visual Basic 表达式为_____。

控制结构　　第4章

Visual Basic 的程序代码由顺序结构、选择结构和循环结构组成。顺序结构是编写程序代码的基础,选择结构可以根据指定条件决定程序的执行流程,循环结构用来重复执行某段程序代码。利用三种程序结构,可以编写各种各样的程序代码,解决实际应用问题。

在学习本章内容时,除理解基本概念外,务必注重编程实践,按照实验指导,完成指定实验内容。通过本章的学习,要求读者能够编写简单程序。

4.1　顺序结构

顺序结构是一种最简单、最常用的程序结构,语句按先后顺序执行,每个语句执行一次。一般来说,顺序结构的程序由数据输入、数据处理和数据输出三个部分组成。

4.1.1　简单语句

在代码窗口中输入程序代码时,关键字不必区分大小写字母,编辑器自动将第一个字母变为大写,其余字母变为小写,运算符两边自动添加一个空格。

通常情况下,语句按"一行一句,一句一行"的规则编写,按 Enter 键输入一个语句。如果一行包含多个语句,语句之间必须使用冒号":"分隔,一行最多书写 1 023 个字符。如果语句较长,可用续行符"_"(下划线)将一个语句分为多行,续行符与它前面的字符之间,至少要用一个空格间隔。

1. 赋值语句

语句格式:**变量名|[对象名.]属性名 = 表达式**

语句功能:先计算表达式的值,再将计算结果赋给指定的变量或属性。

赋值号代表一种操作,将数据放在变量所对应的内存单元,赋值操作如图 4-1 所示。赋值号左边只能是一个变量名或属性名,而不能是表达式或常量。例如,x = 10 不能写成 10 = x,x = x + 10 不能写成 x + 10 = x。需要注意,赋值操作与比较运算的符号相同,却代表不同含义。

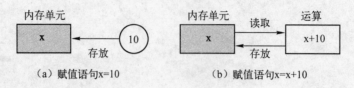

（a）赋值语句x=10　　　　　　（b）赋值语句x=x+10

图 4-1　赋值语句的功能

2. Stop 语句

语句格式：**Stop**

语句功能：暂停程序运行，使程序处于中断状态，用来调试程序。

Stop 语句可以放在程序代码的任意位置，用来设置断点，调试程序。当执行 Stop 语句时，程序进入中断状态，并打开立即窗口，等待用户调试。单击"继续"按钮，继续运行程序。在编译生成的 EXE 文件中，执行 Stop 语句会结束程序运行。因此，程序调试完毕，应当删除 Stop 语句。

3. End 语句

语句格式：**End**

语句功能：结束程序运行。

End 语句可以放在程序代码的任意位置，用来结束程序运行，清除所有变量，关闭所有数据文件。为了保持程序的完整性，应当使用 End 语句正常结束程序的运行。

4. 注释语句

为了增强程序的可读性，可用注释信息说明程序的功能。注释信息不影响程序的运行结果，只是帮助人们阅读和理解程序。

语句格式：**Rem|'注释内容**

语句功能：在程序代码中添加注释信息。

注释内容可以是任何文本，关键字 Rem 和注释内容之间至少要用一个空格间隔。使用单引号既可添加整行注释，又可在行尾添加注释，Rem 通常用来添加整行注释。需要注意，注释语句不能放在续行符的后面。

4.1.2　数据输入

除了使用赋值语句和文本框输入数据外，还可以使用 InputBox 函数输入数据。

函数格式：**InputBox(提示文本 [, 标题] [, 默认输入] [, 左边距] [, 上边距])**

函数功能：通过键盘输入数据。

输入对话框（简称输入框）如图 4-2 所示。在文本框中输入数据，单击"确定"按钮或按 Enter 键，函数返回字符数据；单击"取消"按钮，函数返回一个空字符串。

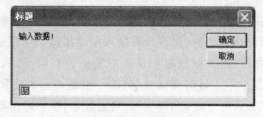

图 4-2　输入对话框

关于 InputBox 函数,几个参数说明如下:

(1)提示文本:对话框中显示的文本信息(图 4-2 中的"输入数据!"),必选参数,是一个字符表达式,最多包含 1 024 个字符。如果需要显示多行提示信息,可在提示文本中插入回车换行符"Chr(13) + Chr(10)"或符号常量 vbCrLf(vbNewLine)。

(2)标题:可选参数,是一个字符表达式,用来作为对话框的标题(图 4-2 中的"标题")。如果省略"标题"参数,则标题栏显示当前工程名称;如果"标题"参数设置为空字符串,则标题栏不显示任何内容。

(3)默认输入:可选参数,是一个字符串,用来指定默认输入的数据。

(4)左边距、上边距:可选参数,是两个整数,需成对出现,单位为 Twip,用来指定对话框在屏幕中的位置。如果省略,对话框在屏幕上水平居中显示。

需要注意,如果省略某些可选参数,则必须保留逗号;如果接收数据的变量已经显式定义了数据类型,则自动转换为变量的数据类型。

[例 4-1] 通过键盘输入两个实数,计算两个数的和。

```
Private Sub Form_Click( )
    x! = InputBox("输入数据!", "标题", "15")
    y! = InputBox("输入数据 y!", "")
    Print Tab(5); "x + y = " & (x + y)
End Sub
```

程序运行时,单击窗体,显示第一个输入对话框(图 4-2),单击"确定"按钮或按 Enter 键,显示第二个输入对话框。经过数据类型转换,窗体上输出 x 和 y 的和。

4.1.3 数据输出

除了使用文本框、标签和 Print 方法输出数据外,还可以使用 MsgBox 函数输出数据。

函数格式:**MsgBox(提示文本[,按钮][,标题])**

函数功能:在对话框中显示文本信息。

调用 MsgBox 函数,显示如图 4-3 所示的输出对话框(简称输出框或信息框),单击任意按钮,函数返回一个整数,代表所单击的按钮。

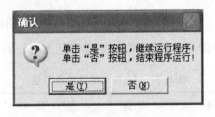

图 4-3 输出对话框

关于 MsgBox 函数,几个参数说明如下:

(1)提示文本:对话框中显示的内容,必选参数,是一个字符表达式,最多包含 1 024 个字符,一行显示不完,自动换行显示。使用符号常量 vbCrLf 或 vbNewLine,可以强制换行。

(2)标题:可选参数,是一个字符表达式,用来作为对话框的标题。如果省略"标题"参数,则标题栏显示当前工程名称;如果"标题"参数设置为空字符串,则标题栏不显示任何内容。

（3）按钮:可选参数,是一个整数或符号常量,指定对话框中显示的图标和按钮。按钮的常用参数取值如表4-1所示,取值含义如下:

按钮的种类和数量(0~5):指定对话框中显示的按钮(共7种按钮)。

图标样式(16、32、48、64):指定对话框中显示的图标,4种图标如表4-1所示。

表4-1 "按钮"参数的取值

数值	符号常量	作用
0	vbOKOnly	显示"确定"按钮
1	vbOKCancel	显示"确定"和"取消"按钮
2	vbAbortRetryIgnore	显示"终止"、"重试"和"忽略"按钮
3	vbYesNoCancel	显示"是"、"否"和"取消"按钮
4	vbYesNo	显示"是"和"否"按钮
5	vbRetryCancel	显示"重试"和"取消"按钮
16	vbCritical	出错图标 ❌
32	vbQuestion	询问图标 ❓
48	vbExclamation	警告图标 ⚠
64	vbInformation	消息图标 ℹ
0	vbDefaultButton1	第一个按钮设置为默认值
256	vbDefaultButton2	第二个按钮设置为默认值
512	vbDefaultButton3	第三个按钮设置为默认值
768	vbDefaultButton4	第四个按钮设置为默认值

默认按钮(0、256、512、768):指定默认的活动按钮。默认按钮的标题周围有虚线,按Enter键执行默认按钮的单击操作。

从每类取值中选择一个值,相加后就是"按钮"参数的取值,不同的组合得到不同的结果。如果省略"按钮"参数,则默认值为0,对话框中只显示一个"确定"按钮,且为活动按钮,不显示任何图标。

MsgBox函数的返回值是一个整数,代表所选择的按钮,7种按钮的返回值如表4-2所示。通常情况下,利用MsgBox函数的返回值,可以改变程序的执行流程。

表4-2 MsgBox函数的返回值

用户操作	返回值	符号常量	用户操作	返回值	符号常量
选择"确定"按钮	1	vbOK	选择"忽略"按钮	5	vbIgnore
选择"取消"按钮	2	vbCancel	选择"是"按钮	6	vbYes
选择"终止"按钮	3	vbAbort	选择"否"按钮	7	vbNo
选择"重试"按钮	4	vbRetry	—		

[例4-2]　编写程序,用 MsgBox 函数的返回值判断是否继续运行程序。

```
Private Sub Form_Click()
    msg$ = "单击"是"按钮,继续运行程序!" & vbCrLf & _
           "单击"否"按钮,结束程序运行!"
    n = MsgBox(msg$, 4 + 32, "确认")
    If n = 7 Then
        End
    Else
        x! = InputBox("输入数据!")
        Print "计算结果:"; Sqr(x)
    End If
End Sub
```

当程序运行时,单击窗体,出现如图4-3所示的输出对话框。选择"否"按钮,函数返回值为7,结束程序运行;选择"是"按钮,函数返回值为6,计算整数开方。

MsgBox 函数还可以作为语句使用,语句格式如下:

MsgBox 提示文本[,按钮][,标题]

各个参数的含义与 MsgBox 函数相同。MsgBox 语句没有返回值,只能用来显示信息,而不能根据用户所选择的按钮,改变程序的运行状态。

[例4-3]　通过键盘输入圆的半径,用输出对话框显示圆的面积。

```
Private Sub Form_Click()
    Dim r As Single, s As Single
    r = InputBox("输入半径:")
    s = 3.14159265 * r^2
    MsgBox "面积:" & s, 64
End Sub
```

4.2　选择结构

使用顺序结构只能编写简单程序,所能处理的问题十分有限。在实际应用中,许多问题需要根据给定条件,决定程序的执行流程。选择结构可以控制程序的执行流程,不同的执行流程就是程序的一个分支,因此选择结构又称分支结构。

4.2.1　双分支语句

单行格式: **If 条件 Then 复合语句1 [Else 复合语句2]**

多行格式: **If 条件 Then**

　　　　语句序列1

　　[Else

　　　　语句序列2]

　　End If

　　语句功能：如果"条件"为 True,则执行语句序列1(复合语句1);如果"条件"为 False,则执行语句序列2(复合语句2)。

　　通常,"条件"是一个关系表达式或逻辑表达式。语句序列包含一个或多个语句,一行可以只书写一个语句,或用冒号间隔,一行书写多个语句。复合语句是用冒号间隔的多个语句,且书写在一行。需要注意,单行双分支语句必须书写在一行,且没有 End If 子句。

　　双分支语句的执行流程如图4-4(a)所示,省略可选子句,则为单分支语句(图4-4(b))。

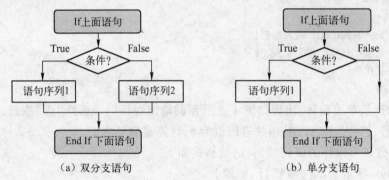

（a）双分支语句　　　　　　　　　（b）单分支语句

图4-4　双分支和单分支语句执行流程

[例4-4]　通过键盘输入一个整数,用多行双分支语句判断这个整数的奇偶性。

```
Private Sub Form_Click()
    n% = InputBox("输入一个整数:")
    If n Mod 2 = 0 Then
        MsgBox "偶数!"
    Else
        MsgBox "奇数!"
    End If
End Sub
```

[例4-5]　通过键盘输入一个整数,用单行双分支语句判断这个整数的奇偶性。

```
Private Sub Form_Click()
    n% = InputBox("输入一个整数:")
    If n Mod 2 = 0 Then MsgBox "偶数!" Else MsgBox "奇数!"
End Sub
```

[例4-6]　在[例4-3]中,如果输入的半径是负数,仍然输出结果。因此,需要修改程序,如果半径为负数,则不计算圆的面积,显示数据无效信息。

```
Private Sub Form_Click()
    Dim r As Single, s As Single
    r = InputBox("输入半径:")
    If r > 0 Then
        s = 3.14159265 * r^2
        Print "面积:" & s
    Else
        MsgBox "数据无效!", 16
    End If
```

```
        End Sub
```

[例4-7] 从键盘输入三个数,求三个数中的最大数和最小数。

```
    Private Sub Form_Click( )
        Rem 变量 max 存放最大数,变量 min 存放最小数
        Dim max As Single, min As Single
        x! = InputBox("输入 x")
        y! = InputBox("输入 y")
        z! = InputBox("输入 z")
        If x > y Then                           '比较 x 和 y
          max = x : min = y
        Else
          max = y : min = x
        End If
        If z > max Then max = z                 '再同 z 比较
        If z < min Then min = z
        Print "max = " & max, "min = " & min
    End Sub
```

4.2.2 多分支语句(If 结构)

在多分支语句中,包含多个条件和多个语句序列,按照指定条件,选择其中一个语句序列执行。虽然可以使用双分支语句的嵌套实现多分支语句的功能,但编写的程序较长且难以理解,而使用多分支语句就比较简单。

语句格式:**If 条件 1 Then**
语句序列 1
[**ElseIf 条件 2 Then**
语句序列 2]
…
[**ElseIf 条件 n Then**
语句序列 n]
[**Else**
语句序列 n + 1]
End If

语句功能:从上到下依次判断条件,如果条件为 True,则执行相应的语句序列。

通常,"条件"是一个关系表达式或逻辑表达式,运算结果为 True 或 False。多分支结构的执行流程如图 4-5 所示。先判断"条件 1",如果"条件 1"为 True,执行"语句序列 1"。如果"条件 1"为 False,再判断"条件 2";如果"条件 2"为 True,执行"语句序列 2"。依次类推,如果"条件 n"为 True,执行"语句序列 n",否则执行"语句序列 n + 1"。从上到下依次判断 n 个条件,只有前面 n 个条件都为 False 时,才执行"语句序列 n + 1"。

在多分支语句格式中,包含多个可选子句。如果省略所有 ElseIf 子句,就是前面介绍的多行双分支语句。如果省略所有可选子句,则为多行单分支语句。

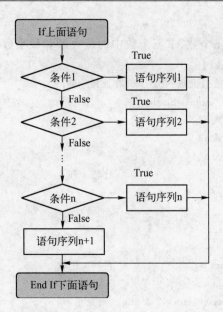

图 4-5 多分支语句执行流程

[**例 4-8**] 计算并输出下列分段函数的值。

$$y = \begin{cases} -x & x < 0 \\ x & 0 \leqslant x < 10 \\ x^2 + 1 & 10 \leqslant x < 20 \\ x^2 - 1 & x \geqslant 20 \end{cases}$$

```
Private Sub Form_Click( )
    Dim x!, y!
    x = InputBox("输入变量 x!")
    If x < 0 Then
      y = -x
    ElseIf x < 10 Then
      y = x
    ElseIf x < 20 Then
      y = x^2 + 1
    Else
      y = x^2 - 1
    End If
    Print "y = " ; y
End Sub
```

[**例 4-9**] 在窗体上放置一个计时器,每隔 500 ms 改变一次窗体的背景颜色。

```
Private Sub Timer1_Timer( )
    If BackColor = vbRed Then
        BackColor = vbGreen
    ElseIf BackColor = vbGreen Then
        BackColor = vbBlue
    ElseIf BackColor = vbBlue Then
```

```
            BackColor = vbYellow
        Else
            BackColor = vbRed
        End If
    End Sub
```

4.2.3 多分支语句(Select Case 结构)

用 Select Case 结构同样可以实现多分支功能,而且程序代码更加容易理解。

语句格式: **Select Case 测试表达式**

        Case 值域 1

            语句序列 1

        [Case 值域 2

            [语句序列 2]]

            …

        [Case 值域 n

            [语句序列 n]]

        [Case Else

            [语句序列 n + 1]]

        End Select

语句功能:计算"测试表达式"的值,按从上到下的顺序与 Case 子句中的值域匹配。如果值域匹配,执行相应的语句序列;如果所有 Case 子句的值域都不匹配,则执行"语句序列 n + 1"。如果有多个 Case 子句的值域与"测试表达式"的值域匹配,仅执行第一个匹配的语句序列。Select Case 结构的执行流程类似图 4-5。

"测试表达式"只能是数值表达式或字符表达式,值域形式如下:

(1) 一个或多个值的列表,值与值之间用逗号间隔。例如:

Case 2, 4, 6, 8

Case "A", "H", "P"

(2) 用"值1 TO 值2"指定值域,"值1"小于等于"值2"。例如:

Case 10 To 20

Case "A" TO "H"

(3) 用"Is 关系运算符 表达式"指定值域。例如:

Case Is >= 10

Case Is <> "Y"

在同一个 Case 子句中,可以出现多种形式的值域。例如:

Case Is <> "B", "h" To "s", "X", "Y", "Z"

Case 5 To 10, Is = 15, 20, 50

[**例 4-10**] 通过键盘输入一个字符,判断字符的种类。

Private Sub Form_Click( )

    Dim ch As String * 1

```
            ch = InputBox("输入一个任意字符!")
            Select Case ch
                Case "0", "1" To "8", Is = "9"
                    Print "数字字符:"; ch
                Case "A", "B" To "Y", Is = "Z"
                    Print "大写字母:"; ch
                Case "a" To "x", "y", Is = "z"
                    Print "小写字母:"; ch
                Case Else
                    Print "其他字符:"; ch
            End Select
        End Sub
```

[例4-11] 用 Select Case 结构编写程序,计算[例4-8]的分段函数的值。

```
        Private Sub Form_Click()
            Dim x As Single, y As Single
            x = InputBox("输入变量 x!")
            Select Case x
                Case Is < 0
                    y = -x
                Case Is < 10
                    y = x
                Case Is < 20
                    y = x^2 + 1
                Case Is >= 20
                    y = x^2 - 1
            End Select
            Print "y = " & y
        End Sub
```

由本例可以看出,Select Case 结构比多分支 If 结构更加简洁。但是,并不是所有多分支结构都可以用 Select Case 结构实现,在需要判断多个变量时,只能使用多分支 If 结构。

4.2.4 条件函数

在某些情况下,可以使用条件函数代替选择结构,使程序代码非常简洁。IIf 函数可以代替双分支 If 结构,Switch 函数可以代替多分支 If 结构,Choose 函数可以代替 Select Case 结构。调用函数后,根据不同条件,返回不同的函数值。

1. IIf 函数

调用格式:**IIf(条件,表达式1,表达式2)**

函数功能:"条件"是一个逻辑表达式,当"条件"为 True 时,函数返回"表达式1"的值,当"条件"为 False 时,函数返回"表达式2"的值。"表达式1"和"表达式2"的数据类型任意。

2. Switch 函数

调用格式:**Switch(条件1,表达式1,条件2,表达式2,…[,条件n,表达式n])**

函数功能:自左至右逐个判断条件,"条件 1"为 True,函数返回"表达式 1"的值;"条件 2"为 True,返回"表达式 2"的值;依次类推,"条件 n"为 True,返回"表达式 n"的值。如果 n 个条件均为 False,函数返回空值 Null。各个表达式的数据类型可以不同。

[**例 4-12**] 利用 Switch 函数计算[例 4-8]的分段函数值。

```
Private Sub Form_Click( )
    Dim x As Integer, y As Variant
    x = InputBox("输入变量 x!")
    y = Switch( x < 0, - x, x < 10, x, x < 20, x * x + 1, x >= 20, x * x - 1)
    Print "y = "; y
End Sub
```

3. Choose 函数

调用格式:**Choose(索引,表达式 1,表达式 2,…[,表达式 n])**

函数功能:"索引"是一个数值表达式,取值从 1～n。"索引"值为 1,函数返回"表达式 1"的值;"索引"值为 2,返回"表达式 2"的值;依次类推,"索引"值为 n,返回"表达式 n"的值;否则函数返回空值 Null。各个表达式的数据类型可以不同。

[**例 4-13**] 通过键盘输入日期数据,利用 Choose 函数,判断当天是星期几。

```
Private Sub Form_Click( )
    Dim n As Integer, d As Date, s As String
    d = InputBox("输入日期数据!")
    n = Weekday( d)
    s = Choose( n,"周日","周一","周二","周三","周四","周五","周六")
    Print d & s
End Sub
```

4.3 循环结构

在实际应用中,经常需要反复执行某一段程序,解决此类问题需要编写循环结构的程序。所谓循环结构,就是当满足设定的循环条件时,重复执行一个语句序列。重复执行的语句序列称为循环体。

4.3.1 For…Next 循环语句

语句格式:**For 循环变量 = 初值 To 终值[Step 步长]**

            [语句序列]

      Next[循环变量]

语句功能:循环变量的取值在初值和终值范围内,执行语句序列,否则不执行语句序列。

假设步长为正,For 循环结构的执行流程如图 4-6(a)所示。在 For 子句中,用初值给循环变量赋值,再判断循环变量是否大于终值。如果循环变量大于终值,则不执行循环,转去执行 Next 下面语句。如果循环变量不大于终值,则执行循环,遇到 Next 子句,循环变量增加一个步长,返回 For 子句再次判断循环变量是否大于终值,确定是否继续执行循环。

假设步长为负,执行流程如图 4-6(b)所示。在 For 子句中,判断循环变量是否小于终值,如果小于终值,不执行循环,否则执行循环,遇到 Next 子句,循环变量增加一个步长(负值)。

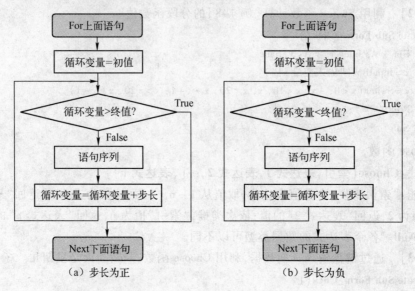

（a）步长为正　　　　　　　（b）步长为负

图 4-6　For…Next 循环执行流程

关于 For…Next 循环语句,几点说明如下:

（1）循环变量是一个数值变量,初值、终值和步长是数值表达式。如果步长为正,初值应当小于或等于终值。如果步长为负,初值应当大于或等于终值。如果省略 Step 子句,则默认步长为 1。

（2）Next 与 For 子句中的循环变量必须是同一个变量,Next 中的循环变量可以省略。

（3）For…Next 循环用于循环次数已知的情况,循环次数的计算公式如下:

循环次数 = Int((终值 − 初值)/步长 +1)

从循环次数计算公式可以看出,当初值等于终值时,仅执行一次循环体。

[**例 4-14**]　求 1 + 2 + … + 100 之和。

```
Private Sub Form_Click( )
    Dim sum As Long
    For i = 1 To 100 'Step 2
        sum = sum + i
    Next i
    Print "1 + 2 + … + 100 = "; sum
End Sub
```

如果取消 Step 子句的注释,则步长为 2,求 1 ~ 100 的所有奇数之和。如果初值为 100,而终值为 1,则步长必须为负数。

[**例 4-15**]　程序运行界面如图 4-7 所示,在窗体上放置两个文本框和两个命令按钮。在第一个文本框 Text1 中输入若干字符,单击"逆序"按钮,在第二个文本框 Text2 中逆序显示第一个文本框中的字符。单击"清除"按钮,清除两个文本框中的内容。

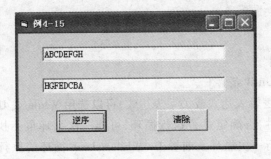

图 4-7 ［例 4-15］程序界面

```
Private Sub Command1_Click( )
    For i = Len( Text1 ) To 1 Step − 1
        Text2 = Text2 + Mid( Text1 , i, 1)
    Next i
End Sub
Private Sub Command2_Click( )
    Text1 = " "
    Text2 = " "
    Text1. SetFocus
End Sub
```

如果初值为 1,而终值为 Len(Text1),也可以实现同样的功能,但需要修改程序代码。

［例 4-16］ 编写一个程序,计算 π 的近似值。在运行程序时,分别输入 1 000、5 000、10 000 等整数,验证计算结果。数列如下:

$$\frac{\pi}{4} = 1 - \frac{1}{3} + \frac{1}{5} - \frac{1}{7} + \cdots + (-1)^{n-1}\frac{1}{2n-1}$$

根据数列的一般项 $(-1)^{\wedge}(n-1)/(2*n-1)$,编写程序代码如下:

```
Private Sub Form_Click( )
    Dim n As Integer, s As Double
    m% = InputBox( "输入正整数")
    For n = 1 To m
        s = s + ( −1)^( n − 1) / (2 ∗ n − 1)
    Next n
    Print "π = "; s ∗ 4
End Sub
```

4. 3. 2　Do…Loop 循环语句

如果事先已经知道循环次数,使用 For…Next 循环比较方便。如果事先不能确定循环次数,可以使用 Do…Loop 循环。Do…Loop 循环的语法格式如下:

(1) 前置条件:

Do［**While**|**Until** 条件］

　［语句序列］

Loop

（2）后置条件：

Do

　　[语句序列]

Loop [While|Until 条件]

通常"条件"是一个逻辑表达式或关系表达式，可以选用 While 或 Until 判断条件。

前置形式先检查条件，再确定是否执行循环，可能一次循环也不执行。后置形式先执行循环，再检查条件，至少执行一次循环。前置 Do While…Loop 循环的执行流程如图 4-8（a）所示。后置 Do…Loop Until 循环的执行流程如图 4-8（b）所示。

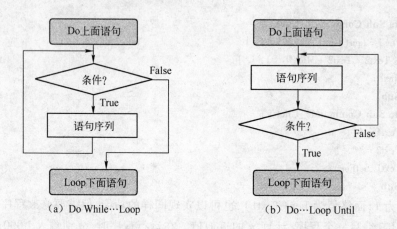

图 4-8　Do…Loop 循环执行流程

关于 Do…Loop 循环，几点说明如下：

（1）While 表示当条件为 True 时执行循环，条件为 False 时不执行循环。Until 与之相反，条件为 False 时执行循环，直到条件为 True 时结束循环。

（2）"语句序列"中必须有控制结束循环的变量，否则永远执行循环（死循环）。

（3）省略"While|Until 条件"，则为无条件循环，此时"语句序列"中必须包含结束循环的语句（Exit Do 或 GoTo），否则为死循环。

[**例 4-17**]　　通过键盘输入一个正整数 n，用 Do…Loop 循环求 n 的阶乘。

可以使用 4 种形式的 Do…Loop 循环实现，本例仅使用两种形式实现。在窗体上放置两个命令按钮，分别用前置 While 循环和后置 Until 循环实现。两种循环的程序代码如下：

```
Private Sub Command1_Click( )
    Dim t As Double, n%, i%
    n = InputBox("输入正整数", "阶乘")
    t = 1
    i = 1
    Do While i <= n
        t = t * i
        i = i + 1
    Loop
    Print n & " ! = " & t
```

```
        End Sub
        Private Sub Command2_Click( )
            Dim t As Double, n% , i%
            n = InputBox( " 输入正整数 " , " 阶乘 " )
            t = 1
            i = 1
            Do
                t = t * i
                i = i + 1
            Loop Until i > n
            Print n & " ! = " & t
        End Sub
```

[例 4-18]　目前世界人口约 60 亿,假设每年增长 1% ,求多少年后人口达到 80 亿?

```
        Private Sub Form_Click( )
            Dim r As Single , n As Integer
            p = 60
            r = 0. 01
            Do
                p = p * ( 1 + r )
                n = n + 1
            Loop While p < 80
            Print " 需要年数: " & n
        End Sub
```

4.3.3　循环嵌套

在解决实际问题时,经常需要在一个循环里面包含另一个完整的循环,即循环嵌套。两种循环语句自身可以嵌套,也可以相互嵌套。循环嵌套时需要注意如下几点:

(1) 外循环必须完全包含内循环,循环之间不能交叉嵌套。

(2) 内循环和外循环的循环控制变量不能同名。

(3) 循环转移遵循"允许转出,禁止转入"原则,即可用 Exit For、Exit Do 或 GoTo 语句退出循环,而不能使用 GoTo 语句进入循环。

[例 4-19]　通过键盘输入两个正整数,求 $m! + (m+1)! + \cdots + n!$,其中 $1 \leqslant m \leqslant n$。

```
        Private Sub Form_Click( )
            Dim m% , n% , i%
            m = InputBox( " m = " )
            n = InputBox( " n = " )
            Do While m <= n
                i = 1 : t = 1
                Do While i <= m
                    t = t * i
                    i = i + 1                        '循环控制变量
                Loop
```

```
        s = s + t
        m = m + 1                    '循环控制变量
     Loop
     Print "m! +... + n! =" & s
  End Sub
```

[**例 4-20**]　在窗体上输出如图 4-9 所示的"九九乘法表"。

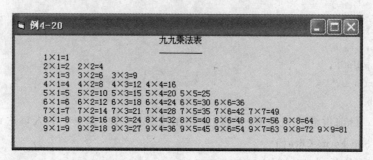

图 4-9　九九乘法表

```
Private Sub Form_Click()
     Print Tab(35); "九九乘法表"
     Print Tab(35); "_____"
     For i = 1 To 9
        For j = 1 To i
           s = i & " × " & j & " = " & i * j
           Print Tab(j * 8); s;
        Next j
        Print
     Next i
End Sub
```

4.3.4　退出循环

在 For…Next 循环中,是否结束循环取决于循环次数;在 Do…Loop 循环中,是否结束循环由循环控制变量的取值决定。在 For…Next 循环中,使用 Exit For 语句,在 Do…Loop 循环中,使用 Exit Do 语句,可以提前结束循环。Exit For 和 Exit Do 语句经常配合选择结构使用,当满足某种条件时,提前退出本层循环(而不是多层循环)。

[**例 4-21**]　编写程序,在窗体上输出 10~50 之间的素数。

只能被 1 和它本身整除的自然数称为素数。要判断一个数 n 是否为素数,可以使用整数 $2 \sim (n-1)$ 逐个整除 n,如果都不能整除,则 n 是素数,否则 n 不是素数。

```
Private Sub Form_Click()
     For n = 10 To 50
        For i = 2 To n - 1
           If n Mod i = 0 Then Exit For
        Next i
        If i = n Then Print i;
```

```
    Next n
    Print
End Sub
```

数学上已经证明,只要除到$\sqrt{n}$即可。读者可以修改程序代码,提高程序执行速度。

4.3.5 GoTo 语句

使用 GoTo 语句可从过程内部无条件地转移到某个语句,从该语句执行程序。通常情况下,GoTo 语句与选择结构联合使用。GoTo 语句的语法格式如下:

GoTo 标号|行号

标号的命名规则与变量相同,结尾必须有冒号;行号是一个整数,结尾可以省略冒号。标号或行号在程序中必须存在且唯一,否则就会出现错误。

[例 4-22] 用 GoTo 语句构成一个循环结构的程序,求 $1 + 2 + 3 + \cdots + 100$ 的值。

```
Private Sub Form_Click( )
    Dim n As Integer, s As Integer
500: n = n + 1                    '行号
    s = s + n
    If n = 100 Then GoTo Finish
    GoTo 500
Finish: Print s                   '标号
End Sub
```

4.3.6 DoEvents 语句

DoEvents 语句用来转让控制权,让操作系统处理其他事件,如屏幕显示、键盘事件和鼠标事件等。DoEvents 语句通常放在执行时间较长的循环中,防止呈现"死锁"状态。

[例 4-23] 在窗体上放置一个文本框 Text1,编写程序验证 DoEvents 语句的功能。

```
Private Sub Form_Click( )
    Dim n As Long
    For n = 1 To 500000
        Text1 = n
        'If n Mod 10000 = 0 Then DoEvents
    Next n
End Sub
```

程序运行后,单击窗体,既不在文本框 Text1 中显示 n 的值,又不响应用户操作,如改变窗体大小、移动窗体等,系统呈现"死锁"状态。在执行循环时,系统非常繁忙,直到循环结束,再显示 n 的值或响应用户操作。

如果取消 DoEvents 语句的注释,则可在文本框 Text1 中显示 n 的值或响应用户操作。如果每次循环都执行 DoEvents 语句,将会降低程序的运行速度。在上面例题中,DoEvents 语句放在 If 语句中,每执行若干次循环,执行一次 DoEvents 语句,在文本框中显示一次运算结果。

实 验 四

一、实验目的

(1) 熟练掌握顺序结构,能够编写顺序结构程序,用 InputBox 函数输入数据,用 MsgBox 函数和 MsgBox 语句输出信息。

(2) 熟练掌握选择结构,能够使用单分支、双分支和多分支结构编写程序,能够使用条件函数编写简单的分支结构程序。

(3) 熟练掌握两种循环结构,能够使用两种循环结构编写应用程序。一般掌握循环嵌套、退出循环和 GoTo 语句,一般了解 DoEvents 语句。

二、实验指导

在编写程序代码时,出现错误是难免的。通常情况下,只要认真检查程序代码,即可发现错误。如果错误比较隐蔽,就需要借助调试工具查找和纠正错误。发现并修改程序中错误的过程称为程序调试。Visual Basic 提供了一套完整的程序调试工具,利用程序调试工具,可以快速、准确排查程序代码中的错误。

1. 中断模式

在设计模式下,可以设计程序界面,编写程序代码。在运行模式下,可以查看程序的运行效果。中断模式用来调试程序,可以编辑程序代码,检查或修改变量和属性的值,查看(但不能修改)程序界面。进入中断模式的方法如下:

(1) 在程序运行时,执行"运行"→"中断"命令,或单击"中断"按钮。

(2) 在程序代码中插入 Stop 语句,执行到 Stop 语句时,自动进入中断模式。

(3) 在程序中设置断点,执行到断点时,自动进入中断模式。

(4) 当程序运行出错时,出现一个对话框,单击"调试"按钮,进入中断模式。

2. 设置断点

在程序中设置断点,运行程序时可以进入中断模式,以便查找并修改程序中的错误。在程序处于设计或中断状态下,在代码窗口中设置断点的常用方法如下:

(1) 将插入点放在需要设置断点的语句中,执行"调试"→"切换断点"命令或按 F9 键。

(2) 将插入点放在需要设置断点的语句中,单击鼠标右键,选择"切换"→"断点"命令。

(3) 在代码窗口中,单击左边的边界标识条(灰色区域),将右边语句设置为断点。

如图 4-10 所示,设置为断点的语句红色反相显示,边界标识条上出现一个红色圆点。非执行语句不能设置断点(如定义变量语句),如果一行中有以冒号分隔的多个语句,第一个语句设置为断点。当程序运行时,不执行设置为断点的语句。

设置断点就是切换断点,无断点时设置断点,有断点时清除断点。如果设置了多个断点,执行"调试"→"清除所有断点"命令或按 Ctrl + Shift + F9 键,清除已经设置的所有断点。

3. 单步执行

利用断点只能判断错误出现在某个部分。在中断模式下,可以跟踪程序的执行,逐个判断语句是否正确。单步执行就是每次执行一个语句,按 F8 键或执行"调试"→"逐语句"命令,程序开始单步执行。单步执行过程如下:

(1) 如果存在 Click 事件过程,按 F8 键进入运行模式,需要单击窗体或命令按钮,才能进入中断模式。

(2) 每按一次 F8 键,边界标识条上的黄色箭头下移一个语句,指向待执行语句,待执行语句的背景为黄色,如图 4-10 所示。

(3) 将鼠标指向变量或属性,显示变量值或属性值,检查执行结果是否正确。

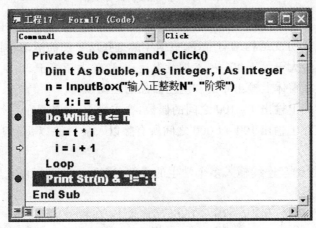

图 4-10 设置断点和单步执行

三、实验内容

[**实验 4-1**] 编写程序,计算存款的本金和利息:$s = p(1 + r)^n$,其中,p 为存款金额,n 为存款年数,r 为利率,s 为 n 年后本金和利息之和。通过键盘输入存款金额 p、利率 r 和存款年数 n,用输出对话框输出 s,精确到两位小数。

[**实验 4-2**] 通过键盘输入两个实数,在窗体上按由大到小的顺序输出这两个数。

[**实验 4-3**] 通过键盘输入年份,判断是否为闰年。符合下面两个条件之一,则为闰年:

(1) 公元年份能被 4 整除但不能被 100 整除。

(2) 公元年份能被 400 整除。

[**实验 4-4**] 求解一元二次方程 $ax^2 + bx + c = 0$。通过键盘输入 a、b、c 三个数,如果 $b^2 - 4ac \geq 0$,则有两个实数根;如果 $b^2 - 4ac < 0$,则有两个虚根,虚部加字母 i 表示。

[**实验 4-5**] 程序界面如图 4-11 所示,用 If…ElseIf…End If 语句编写代码,实现所要求的功能。在文本框 Text1 中输入学生成绩 x,单击"判断"按钮,在文本框 Text2 中显示成绩等级。单击"清除"按钮,清除两个文本框中的内容。成绩等级划分如下:

(1) 成绩范围为 $90 \leq x \leq 100$,显示等级"优秀!"。

(2) 成绩范围为 $80 \leq x < 90$,显示等级"良好!"。

(3) 成绩范围为 $70 \leq x < 80$,显示等级"中等!",

(4) 成绩范围为 $60 \leq x < 70$,显示等级"及格!"。

(5) 成绩范围为 $x < 60$,显示等级"重考!"。

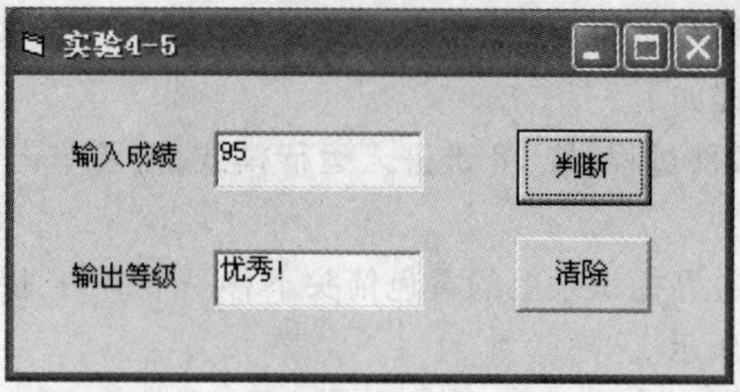

图4-11 〔实验4-5〕程序界面

〔**实验4-6**〕用Select Case语句编写程序,实现〔实验4-5〕所要求的功能。

〔**实验4-7**〕用If多分支结构编写程序,根据年龄选择所参加的运动项目。年龄大于等于50岁,参加慢跑运动;年龄大于等于40岁,参加竞走运动;年龄大于等于30岁,参加跳绳运动;其他年龄参加长跑运动。在窗体上输出年龄和应当参加的运动项目。

〔**实验4-8**〕在窗体上输出1~100之间的偶数,要求每10个数显示一行。

〔**实验4-9**〕在窗体上输出100~1 000之间所有除以3余2、除以5余3、除以7余2的数(三个条件同时满足)。

〔**实验4-10**〕通过键盘连续输入多个学生的成绩,当输入－1时,停止输入,计算平均成绩,在窗体上输出计算结果。

〔**实验4-11**〕编写程序,用Do…Loop Until循环求1－2+3－4+5－6+…+99－100的值。

〔**实验4-12**〕编写程序,用For…Next语句求$m!+(m+1)!+\cdots+n!$,其中$1 \le m \le n$。

〔**实验4-13**〕勾股定理中三个数的关系是$a^2+b^2=c^2$。编写程序,输出1~20之间满足这个关系的整数组合,如3、4、5。

〔**实验4-14**〕如果一个数的因子之和等于这个数本身,则称这样的数为"完全数"。例如,整数28就是一个完全数,因子之和1+2+4+7+14=28。编写程序,求1~500之间的完全数。

〔**实验4-15**〕编写程序,求自然对数e的近似值,要求误差小于0.000 01。计算公式如下:

$$e = 1 + \frac{1}{1!} + \frac{1}{2!} + \frac{1}{3!} + \cdots + \frac{1}{n!}$$

习 题 四

一、选择题(至少选择一个正确答案)

1. 在编写程序代码时,下列正确的叙述有( )。

   A)一个语句可以书写在多行   B)代码中的冒号用于语句续行

   C)一行可以书写多个语句   D)注释语句影响程序运行结果

2. 关于简单语句,下面正确的叙述有( )。

   A)赋值语句兼有计算功能   B)赋值语句将数据放在内存单元

   C)End语句用来调试程序   D)Stop语句用来结束程序的运行

3. 关于InputBox函数,下面正确的叙述有( )。

   A)返回字符数据   B)可显示多行提示信息

   C)返回数值数据   D)可以不显示标题文本

4. 关于MsgBox函数和MsgBox语句,下面正确的叙述有( )。

A）均可设置图标和按钮类型　　　　　　B）MsgBox 函数返回一个整数

C）均可改变程序的执行流程　　　　　　D）MsgBox 语句返回一个整数

5. 通常情况下,选择结构和循环结构中的"条件"有(　　　)。

　　A）数值表达式　　　　B）关系表达式　　　　C）字符表达式　　　　D）逻辑表达式

6. 关于多分支选择结构 If…ElseIf…End If,下面错误的叙述有(　　　)。

　　A）如果满足多个"条件",执行多个语句序列

　　B）所有"条件"都不满足,不执行任何语句

　　C）省略全部可选子句,可以退化为单分支选择结构

　　D）省略某些可选子句,可以退化为双分支选择结构

7. 在 Select Case 结构中,错误或不合适的 Case 子句有(　　　)。

　　A）Case 10 To 5 , 3 , 1　　　　　　　　B）Case Is < " H" , Is > 10

　　C）Case Is > 10 And Is < 50　　　　　　D）Case x, y, 5 To 10

8. 关于 For…Next 循环,下面正确的叙述有(　　　)。

　　A）循环次数无法确定　　　　　　　　B）Exit For 语句可以退出多层循环

　　C）步长可为一个小数　　　　　　　　D）如果步长为 0,则永远执行循环

9. 关于 Do…Loop While 循环,下面正确的叙述有(　　　)。

　　A）"条件"为常数 0,一次循环也不执行　　B）"条件"为常数 0,只能执行一次循环

　　C）"条件"为常数 5,将会永远执行循环　　D）使用 Exit Do 语句只能退出一层循环

10. 关于循环嵌套的概念,下面正确的叙述有(　　　)。

　　A）多层循环不能交叉嵌套　　　　　　B）用 GoTo 语句可以进入多层循环

　　C）多个循环变量不能重名　　　　　　D）用 GoTo 语句可以退出多层循环

二、填空题

1. 执行下面程序段,窗体上显示_____,循环执行次数为_____。

```
s = 0
For i = 2. 5 To 4. 9 Step 0. 6
    s = s + 0. 5
Next i
Print s
```

2. 执行下面程序段,窗体上显示_____,循环执行次数为_____。

```
x = 0
For i = 28 To 8 Step − 5
    x = x + i \ 10
Next i
Print x
```

3. 程序段如下,Print 语句的执行次数为_____。

```
For i = 1 To 5
    For j = 3 To 1. 5 Step − 0. 5
        Print " Hello!"
    Next j, i
```

4. 执行下面程序段,窗体上显示_____。

```
For i = 1 To 50
    For j = 1 To 50
```

```
                x = 10
                For k = 1 To 3
                        x = x + 5
        Next k, j, i
        Print x
```

5. 执行下面程序段,窗体上显示_____,循环执行次数为_____。

```
        x = 0
        Do While x < 5
                x = x + 1.5
        Loop
        Print x
```

6. 执行下面程序段,窗体上显示_____,循环执行次数为_____。

```
        x = 5
        Do
                x = x - 1.5
        Loop While x > 0
        Print x
```

7. 执行下面程序段,窗体上输出_____,循环执行次数为_____。

```
        x = 0
        Do Until x >= 100
                x = (x + 2) * 5
        Loop
        Print x
```

8. 执行下面程序段,窗体上显示_____,循环执行次数为_____。

```
        x = 0
        Do
                x = x + 2
                Print x
        Loop Until x = 5
```

9. 程序段如下,试填写适当语句,使得程序执行5次循环。

```
        x = 0
        Do Until _____
                x = x + 2
        Loop
```

10. 下面程序计算一个表达式的值,这个表达式是_____。

```
        Private Sub Form_Click( )
                Dim s As Double, x As Double, n As Integer
                For i = 1 To 100
                        x = n / i
                        n = n + 1
                        s = s + x
                Next i
        End Sub
```

数组应用　第 5 章

前面介绍的变量都是简单变量,一个变量只能存放一个数据。如果需要存放一批数据,就需要使用数组。将数组元素的下标和循环语句联合使用,可以解决很多实际问题。本章介绍数组及其应用,内容包括固定数组、动态数组、控件数组和记录数组。

在学习本章内容时,除理解基本概念外,还要注重实验教学,完成指定的实验内容,能够使用数组编写程序,解决实际应用问题。

5.1　固定数组

按开辟内存空间的时刻不同,数组可以分为固定数组和动态数组。固定数组占用固定的内存空间,程序运行过程中不能改变数组的维数、大小和数据类型。本节介绍固定数组,5.2 节介绍动态数组。

5.1.1　定义数组

数组和变量都是存放数据的内存单元。数组是一批有序变量的集合,用一个名字来表示,占用一片连续的内存空间。构成数组的成员称为数组元素,数组元素用下标表示,下标的个数称为数组的维数,只有一个下标的数组称为一维数组,具有两个下标的数组称为二维数组,依次类推。

简单变量可以不定义直接使用,而数组必须先定义后使用。定义数组就是指定数组名、数组维数和元素个数,程序运行时按照定义分配内存空间。定义数组的语法格式如下:

　　　Dim 数组名([下界 1 To] 上界 1 [,[下界 2 To] 上界 2]...) [As 类型名] [,…]

除了使用关键字 Dim 外,还可以使用关键字 Static、Public、Private 定义数组。数组名和变量名的命名规则相同,同一个过程中两者不能同名。As 子句指定数组的数据类型,如果省略,则定义变体类型的数组。每个下标的范围从“下界”到“上界”。

[例 5-1]　定义一维数组和二维数组。

Dim X(5) As Integer, Y(-5 To 5) As String * 5

Dim A(1 To 3, 1 To 6) As Single, B#(4,9)

数组 X 定义为一维整型数组,省略了下标下界,默认下界为 0,下标范围为 0 ~ 5,6 个数组元素为 X(0)、X(1)、X(2)、X(3)、X(4)、X(5),如表 5-1 所示。

表 5-1 一维数组示例

X(0)	X(1)	X(2)	X(3)	X(4)	X(5)

数组 Y 定义为一维定长字符数组,每个数组元素存放 5 个字符,下标范围为 -5 ~ 5,11 个数组元素为 Y(-5),…,Y(0),…,Y(5)。

数组 A 定义为二维单精度数组,第一维下标范围为 1 ~ 3,第二维下标范围为 1 ~ 6,元素个数为 18(3 × 6),如表 5-2 所示。

表 5-2 二维数组示例

A(1,1)	A(1,2)	A(1,3)	A(1,4)	A(1,5)	A(1,6)
A(2,1)	A(2,2)	A(2,3)	A(2,4)	A(2,5)	A(2,6)
A(3,1)	A(3,2)	A(3,3)	A(3,4)	A(3,5)	A(3,6)

数组 B 用类型符定义为二维双精度数组,两个下标下界默认为 0,第一维下标范围为 0 ~ 4,第二维下标范围为 0 ~ 9,元素个数为 50(5 × 10)。

在内存中,一维数组元素按下标顺序连续存放,二维数组元素按列连续存放。

在定义数组时,几点说明如下:

(1)"下界 To 上界"用来指定下标范围,下标范围是长整数的取值范围,下界必须小于或等于上界。如果省略"下界 To",默认下界为 0。下标个数就是数组的维数,最多可以定义 60 维数组。

(2)一维数组的元素个数为"上界 - 下界 +1",多维数组的元素个数等于各维元素个数的乘积。

(3)在数组定义语句中,下界和上界必须是数值常量,而不能是变量。

(4)定义数组后,数值数组的全部元素的初值为 0,字符数组的全部元素的初值为空字符串,变体数组的全部元素的初值为空。

(5)可以指定默认下标下界为 0 或 1,语句格式如下:

Option Base 0|1

Option Base 语句必须放在数组定义之前,只能出现在窗体模块或标准模块的通用部分,而不能出现在过程中。在定义多维数组时,每维下标的默认下界均从 0 或 1 开始。

5.1.2 使用数组

使用数组就是引用数组中的元素。每个数组元素就是一个变量,凡是可以使用变量的位置都可以使用数组元素。引用数组元素的语法格式如下:

数组名(下标 1 [,下标 2] [,…])

　　需要注意,与定义数组不同,引用数组时的下标只能指定一个数组元素,下标可以是常量、变量或数值表达式。一维数组一个下标,二维数组两个下标,依次类推。

　　给数组元素赋初值的方法与给简单变量赋初值的方法相同,如使用赋值语句、InputBox 函数等,但通常都与循环语句配合使用。此外,也可以使用 Array 函数为数组元素赋值。

　　在窗体上输出数组元素时,通常将循环语句和 Print 方法联合使用,输出数组元素。一维数组使用单层循环结构,二维数组使用双重循环结构。除此之外,还可以在文本框或标签中输出数组元素。

　　在使用数组时,如果下标超出定义范围,将会出现错误。因此,为了提高程序的通用性,可以使用函数测试数组的下标范围。测试数组下标范围的两个函数如下:

　　　　LBound(数组名 [,维次])

　　　　UBound(数组名 [,维次])

　　"维次"指定测试数组的第几维下标,省略时默认为第一维。LBound 函数返回下标下界,UBound 函数返回下标上界。两个函数联合使用,可以计算元素个数。

[例 5-2]　　用 InputBox 函数和循环语句给数组赋值,在窗体上逆序输出所有数组元素。

```
Private Sub Form_Click( )
    Dim i% , X(1 To 5) As Integer
    For i = LBound(X) To UBound(X)
        X(i) = InputBox("X(" & i & ")")
    Next i
    For i = UBound(X) To LBound(X) Step -1
       Print X(i);
    Next i
    Print
End Sub
```

[例 5-3]　　用赋值语句给一维数组赋值,再将数组中的元素逆序存放,在窗体上输出逆序后的所有数组元素。

```
Private Sub Form_Click( )
    Dim X(1 To 10) As Integer
    For i = 1 To 10
        X(i) = i + 10
    Next i
    For i = 1 To 5
        t = X(i)
        X(i) = X(11 - i)
        X(11 - i) = t
    Next i
    For i = 1 To 10
        Print X(i);
    Next i
    Print
End Sub
```

[**例 5-4**] 用赋值语句给二维数组赋值,按矩阵形式输出所有元素;转置数组,再输出转置后的数组。数组转置就是行列交换,第一行变为第一列,第二行变为第二列,依次类推。运行程序,单击窗体,输出结果如图 5-1 所示。

```
Option Base 1                    '默认下标下界为 1
Private Sub Form_Click( )
    Dim A%(3, 5), B%(5, 3)  '用类型符定义数组
    For i = 1 To 3
        For j = 1 To 5
            A(i, j) = Fix(Rnd * 90) + 10
        Next j
    Next i
    For i = 1 To 3                    '按矩阵形式输出
        For j = 1 To 5
            Print A(i, j),
        Next j
        Print
    Next i
    For i = 1 To 3                    '行列交换
        For j = 1 To 5
            B(j, i) = A(i, j)
        Next j
    Next i
    Print
    For i = 1 To 5                    '输出转置结果
        For j = 1 To 3
            Print B(i, j),
        Next j
        Print
    Next i
End Sub
```

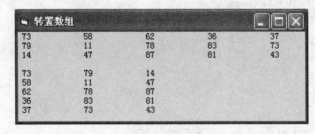

图 5-1 [例 5-4]运行结果

5.1.3 变体数组

整型数组的所有元素只能存放整数,单精度数组的所有元素只能存放单精度实数,字符数组的所有元素只能存放字符数据。而变体类型的数组,每个数组元素可以存放不同类型的数据。

使用 Array 函数,可将一组不同类型的数据赋值给变体数组。Array 函数格式如下:

数组变量名 = Array(数组元素值列表)

数组变量只能是变体类型,必须作为变体变量定义或不定义直接使用。一旦用 Array 函数赋值,就成为一维数组,便可引用数组中的元素。在使用 Array 函数时,两点注意如下:

(1)数组的默认下标从 0 开始,用 Option Base 语句可使下标从 1 开始。各个数组元素的取值按照 Array 函数的值列表。

(2)使用 Array 函数只能对一维数组赋值,而不能对多维数组赋值。

[例 5-5] 先定义数组变量,再用 Array 函数赋值,在窗体上显示赋值结果。

```
Option Base 1
Private Sub Form_Click()
    Dim A As Variant, B
    A = Array("姓 名", "数学", "英语")
    B = Array("王名举", 88.2!, 92.8!)
    C = Array("黎建业", 82.6!, 90.5!)
    Print A(1), A(2), A(3)
    Print B(1), B(2), B(3)
    Print C(1), C(2), C(3)
End Sub
```

5.1.4 For Each…Next 语句

For Each…Next 语句专门用于数组操作,与 For…Next 循环的作用基本相同。

语句格式:**For Each 变体变量名 In 数组名**

> **语句序列**
> **[Exit For]**
> **…**

Next 变体变量名

语句功能:依次查询、输出或读取所有数组元素,循环次数由数组中的元素个数决定。

[例 5-6] 用 For Each…Next 语句查找数组中 50 ~ 55 之间的元素。

```
Private Sub Form_Click()
    Dim S(1 To 100) As Integer
    For i = 1 To 100
        S(i) = Fix(Rnd * 100)
    Next i
    For Each v In S
        If v >= 50 And v <= 55 Then Print v;
    Next v
    Print
End Sub
```

在执行 For Each…Next 循环过程中,变体变量 v 的取值不断变化。第一次执行循环,v 是数组中的第一个元素;第二次执行循环,v 是数组中的第二个元素,依次类推。

5.2 动态数组

在实际应用中,数据大小可能事先无法确定,可能很小,也可能很大。如果定义的数组太小,将不能存放全部数据;如果定义的数组太大,将占用大量内存空间,使得程序运行速度变慢,使用动态数组就可以避免这种情况。动态数组比固定数组灵活,在程序运行中可以有效利用内存空间。

5.2.1 定义动态数组

在定义动态数组时,只指定数组名和数据类型,而不指定数组维数和数组大小。在使用动态数组时,可以随时指定数组的维数和大小,并分配相应的内存空间。动态数组使用完毕,可以释放它所占用的内存空间。

通常情况下,创建动态数组的方法如下:

先用 Dim 语句定义一个数组,不指定数组维数。语句格式如下:

Dim 数组名( ) [As 类型名] [,…]

再用 ReDim 语句指定数组的维数和大小,指定或不指定数据类型。语句格式如下:

ReDim 数组名([下界 1 To] 上界 1 [,[下界 2 To] 上界 2]…) [As 类型名] [,…]

在 Dim 语句中指定数据类型,ReDim 语句中的 As 子句可以省略,如果不省略,则必须与 Dim 语句中的数据类型保持一致。ReDim 语句可以改变动态数组的大小和维数,而不能改变数据类型。

可以不使用 Dim 语句,直接使用 ReDim 语句定义动态数组的维数、大小和数据类型。在使用 ReDim 语句时,几点说明如下:

(1) ReDim 语句中的下标下界和下标上界可以是常量、变量或数值表达式。

(2) ReDim 语句只能出现在过程中,可以重复使用,多次改变数组的大小和维数。

(3) ReDim 语句会丢失数组中的原有数据,使用 Preserve 参数,可以保留原有数据。

[例 5-7] 定义一个动态数组,用 ReDim 语句改变元素个数和数组维数。

```
Private Sub Form_Click( )
    Dim X( ) As Integer
    m = InputBox("第一维上界!")
    n = InputBox("第二维上界!")
    ReDim X(m)                    '默认下标下界为 0
    X(m) = 10
    ReDim Preserve X(m + n)       '保留 X 中的原有数据
    X(m + n) = 50
    Print X(m), X(m + n)          '输出:10   50
    ReDim X(1 To m, 1 To n)       '改变数组大小和维数
    X(m, n) = 100
    Print X(m, n)                 '输出:100
End Sub
```

5.2.2 删除动态数组

在程序运行过程中,可以使用 Erase 语句释放动态数组占用的内存空间,如果再次使用动态数组,可以再次使用 ReDim 语句定义动态数组,重新分配内存空间。

语句格式:**Erase 数组名 1** [**,数组名 2**] [**,…**]

语句功能:释放动态数组占用的内存空间或清空固定数组的所有元素。

Erase 语句用于动态数组时,从内存中删除所有数组元素。Erase 语句用于固定数组时,只是清空所有元素,不释放固定数组占用的内存空间,数值数组的所有元素都置为 0,变长字符数组置为空串,定长字符数组用 ASCII 码 0 填充,变体数组置为空(Empty)。

[**例 5-8**] 查找一维数组中的最小元素和最大元素及其下标。

```
Private Sub Form_Click( )
    Dim n As Integer
    Dim Max As Integer, iMax As Integer     'iMax 为最大元素的下标
    Dim Min As Integer, iMin As Integer     'iMin 为最小元素的下标
    n = InputBox( "输入下标上界!" )
    ReDim A( n ) As Integer                 '直接定义动态数组
    For i = 0 To n
        A( i ) = Int( Rnd * 1000 )
    Next i
    Max = A( 0 ) : Min = A( 0 )
    For i = 1 To n
        If A( i ) > Max Then Max = A( i ) : iMax = i
        If A( i ) < Min Then Min = A( i ) : iMin = i
    Next i
    Print "Max = " ; Max, "iMax = " ; iMax
    Print "Min = " ; Min, "iMin = " ; iMin
    Erase A
End Sub
```

[**例 5-9**] 输出 n × n 数组的左上三角元素,不包含次对角线上的元素。

```
Option Base 1
Private Sub Form_Click( )
    n% = InputBox( "输入下标上界 n!" )
    ReDim A( n, n )
    For i = 1 To n
        For j = 1 To n
            A( i, j ) = Int( Rnd * 90 ) + 10
        Next j
    Next i
    For i = 1 To n - 1
        For j = 1 To n - i
            Print A( i, j ) ;
        Next j
```

```
        Print
    Next i
    Erase A
End Sub
```

[**例 5-10**] 在一维有序数组中连续插入多个数组元素。程序运行界面如图 5-2 所示,在文本框 Text1 中输入数组元素值,单击"插入"按钮,按照数据排序方式插入数组元素。单击"显示"按钮,在文本框 Text2 中显示插入结果。Text2 的 MultiLine 属性设置为 True。

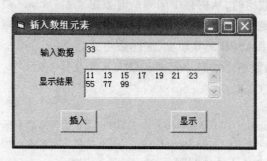

图 5-2 [例 5-10]程序界面

首先在一维有序数组中查找待插入元素的下标 t,然后将 t 位置以后的所有元素后移一个位置,最后在 t 位置插入输入的数据。

```
Dim n As Integer
Dim A( )
Private Sub Command1_Click( )
    If n = 0 Then A = Array(11, 13, 15, 17, 19)
    n = UBound(A)
    For t = 0 To n                  '查找插入位置 t
        If Val(Text1) < A(t) Then Exit For
    Next t
    ReDim Preserve A(n + 1)
    For i = n To t Step - 1         't 以后元素向后移动
        A(i + 1) = A(i)
    Next i
    A(t) = Val(Text1)               '在 t 位置插入元素
    n = n + 1
    Text1 = " "
    Text1. SetFocus
End Sub
Private Sub Command2_Click( )
    Text2 = " "
    If n = 0 Then Exit Sub
    For i = 0 To n
        Text2 = Text2 & A(i) & Space(2)
    Next i
End Sub
```

其中，Exit Sub 语句用来退出过程，并不结束程序的运行。

5.3 控件数组

前面介绍的数组由一组相关数据组成，而控件数组由若干类型相同的控件组成，一个数组元素就是一个控件，所有控件共用一个相同的 Name 属性，响应相同的事件过程。当多个同类控件需要共用同一段程序代码时，使用控件数组编写的程序代码简短，消耗的系统资源较少。控件数组常用于命令按钮、单选按钮和菜单控件的分组。

5.3.1 设计阶段创建控件数组

在程序设计阶段，有两种方法在窗体上创建控件数组，并修改控件数组元素的下标。

1. 修改名称法

在窗体上绘制出控件数组中的所有控件，利用属性窗口修改每个控件的 Name 属性，使得所有同类控件的 Name 属性相同。当修改第二个控件的 Name 属性时，出现如图 5-3 所示的对话框，询问是否创建控件数组。单击"是"按钮，创建控件数组；单击"否"按钮，不创建控件数组。

图 5-3　创建控件数组

2. 复制粘贴法

在窗体上创建一个新控件，或选中要创建数组的控件，单击工具栏中的"复制"按钮，再单击"粘贴"按钮，出现如图 5-3 所示的对话框，确定是否创建控件数组。

控件数组至少包含一个控件，每个控件都有一个唯一的 Index 属性值（下标或索引）。共用的事件过程传递 Index 属性值，在程序代码中用选择结构判断，根据 Index 属性值区分控件数组中的控件。关于 Index 属性，几点说明如下：

（1）Index 属性的取值范围从 0 ~ 32 767，编号可以连续，也可以不连续。

（2）Index 属性是只读属性，只能在属性窗口中设置属性值。

（3）独立控件的 Index 属性值为空，而不是数值 0。如果要从控件数组中移去某个控件，可以先改变这个控件的 Name 属性，再将 Index 属性设置为空。

[**例 5-11**]　在窗体上放置一个文本框，再创建一个包含三个命令按钮的控件数组，Name 属性设置为 cmdColor，Index 属性分别设置为 100、200 和 300。单击"红色"按钮，文本框的背景颜色变为红色；单击"绿色"按钮，变为绿色；单击"蓝色"按钮，变为蓝色。

```
Private Sub cmdColor_Click(Index As Integer)
    Text1. FontSize = 20            '共用代码
```

```
        Text1. FontName = "隶书"
        Text1 = "事件驱动编程机制"
Select Case Index
        Case 100
                Text1. BackColor = vbRed
        Case 200
                Text1. BackColor = vbGreen
        Case 300
                Text1. BackColor = vbBlue
End Select
End Sub
```

[例 5-12] 在窗体上放置一个标签和18个命令按钮,设计一个简单计算器,程序运行界面如图 5-4 所示。单击数字或负号按钮(+/-),在标签中显示数字;单击运算按钮,执行加、减、乘、除运算;单击等号按钮,在标签中显示计算结果;单击"清除"按钮,清除标签中的内容;单击"退格"按钮,从右向左逐位清除标签中的内容。

图 5-4 简单计算器

在窗体上绘制图 5-4 中的控件,各个控件的属性设置如下:

(1)窗体的 MaxButton 属性设置为 False,BorderStyle 属性设置为1,程序运行时不能改变窗体大小。

(2)标签的 Name 属性设置为 num,BorderStyle 属性设置为1,白色背景。

(3)18 个命令按钮构成一个控件数组,控件数组的 Name 属性设置为 cmdButton。10 个数字按钮的 Index 属性设置为 0~9,负号按钮(+/-)的 Index 属性设置为 10,4 个运算按钮的 Index 属性设置为 11~14,等号按钮的 Index 属性设置为 15,"清除"按钮的 Index 属性设置为 16,"退格"按钮的 Index 属性设置为 17。

```
        Private n1%, n2%, i As Integer
Private Sub cmdButton_Click( Index As Integer)
        Select Case Index
                Case 0 To 9             '单击数字按钮
                        num = num + cmdButton( Index). Caption
                Case 10                 '单击负号按钮( +/- )
                        num = " - " & num
                Case 11 To 14           '单击运算按钮( + , - , × , ÷ )
                        i = Index
                        n1 = Val( num)
                        num = ""
                Case 15                 '单击等号按钮
                        n2 = Val( num)
                        If i = 11 Then num = n1 + n2
                        If i = 12 Then num = n1 - n2
```

```
            If i = 13 Then num = n1 * n2
            If i = 14 Then num = n1 / n2
        Case 16                '清除
            num = " "  :  n1 = 0  :  n2 = 0
        Case 17                '退格
            If Len( num ) > 0 Then num = Left( num, Len( num ) - 1 )
    End Select
End Sub
```

上面例题只是用来说明控件数组的应用,程序功能并不完善。例如,没有编写错误处理程序代码,如果除数为零,程序运行将会出现错误。

5.3.2 运行阶段创建控件数组

第 2 章介绍了 Load 和 UnLoad 语句,在程序运行阶段,可用 Load 语句向控件数组中添加控件元素,或用 UnLoad 语句从控件数组中删除控件元素。在用 Load 语句添加控件时,必须先在设计阶段创建一个控件并设置 Index 属性,使其成为控件数组中的第一个元素。

用 Load 语句添加的控件,其 Visible 属性默认为 False,需要设置为 True,否则不可见。用 UnLoad 语句只能删除用 Load 语句添加的控件,不能删除设计阶段创建的控件。

[例 5-13] 在窗体上放置两个命令按钮和一个单选按钮,单击一次“添加”按钮,添加一个单选按钮(本例最多添加 5 个);单击一次“删除”按钮,删除一个单选按钮(本例最多删除 5 个)。

在窗体上绘制一个单选按钮,单选按钮的 Index 属性设置为 0。再绘制两个命令按钮,并设置 Caption 属性。在程序代码中,用窗体变量 i 记录控件数组中的控件个数。

```
Dim i As Integer
Private Sub Command1_Click( )
    If i = 5 Then Exit Sub
    i = i + 1
    Load Option1( i )
    Option1( i ). Visible = True
    Option1( i ). Top = Option1( i - 1 ). Top + 350
End Sub
Private Sub Command2_Click( )
    If i = 0 Then Exit Sub
    UnLoad Option1( i )
    i = i - 1
End Sub
```

上面例题中,Exit Sub 语句用来退出过程,并不结束程序运行。

5.4 记录数组

在实际应用中,某些数据不能直接使用标准数据类型表示。为了表示复杂结构的数据,可以使用 Visual Basic 提供的记录类型。一组记录变量可以存放二维表格中的一行数据,一个记录数组可以存放二维表格中的全部数据。

5.4.1 记录类型

标准数据类型由 Visual Basic 系统定义,记录类型由用户定义,因此记录类型又称自定义类型。记录类型由若干标准数据类型组成,记录变量可以存放一组相关的数据,包含了一组相关信息。记录变量的操作如下:

(1) 定义记录类型,语句格式如下:

  [Public | Private] Type 记录类型名

    元素名 1 As 类型名 1

    元素名 2 As 类型名 2

    …

    元素名 n As 类型名 n

  End Type

只能在窗体模块或标准模块的通用部分定义记录类型。用关键字 Public(默认)定义的记录类型,可在整个工程中使用;用 Private 定义的记录类型,只能在窗体模块或标准模块内部使用。在窗体模块中,必须使用 Private 定义记录类型。记录类型名和元素名由用户指定,命名规则与变量相同,类型名可以是任何标准数据类型、数组或其他记录类型。

(2) 声明记录类型的变量,语句格式如下:

  Dim | Static | Private 记录变量名 As 记录类型名

(3) 引用记录变量中的元素,语句格式如下:

  记录变量名 . 元素名

[例 5-14] 在窗体上输出记录变量中的元素。

```
Private Type student
    numb As String * 6          '学号
    name As String * 8          '姓名
    mark As Single              '分数
End Type
Private Sub Form_Click( )
    Dim stu As student          '声明记录变量
    stu. numb = "200901"        '使用记录变量
    stu. Name = "刘琳珊"
    stu. mark = 92.5
    Print stu. numb, stu. Name, stu. mark
End Sub
```

student 是记录类型名,记录类型由标准数据类型 numb、name、mark 组成。

5.4.2 记录数组

除了可以定义记录变量外,还可以定义记录数组。记录数组由一组记录变量组成,定义方法与普通数组相同。记录数组的一个元素可以存放二维表格中的一行数据,一个记录数组可以存放二维表格中的全部数据。记录数组的操作如下：

（1）在窗体模块或标准模块中定义记录类型。

（2）定义记录类型的数组，语句格式如下：

Dim|Static|Private 记录数组名（[下界 To] 上界）As 记录类型名

（3）引用记录数组中的元素，语句格式如下：

记录数组名（下标）. 元素名

[例 5-15] 使用记录数组编写程序，程序运行界面如图 5-5 所示。在文本框 Text1、Text2 和 Text3 中输入学生的学号、姓名和成绩，单击"添加记录"按钮，在记录数组中添加一组数据。单击"显示记录"按钮，在文本框 Text4 中显示所有学生的信息。

图 5-5 记录数组应用

在窗体上添加 3 个标签、4 个文本框和 2 个命令按钮，按照图 5-5 设置标签和命令按钮的 Caption 属性。为了显示多行文本，文本框 Text4 的 MultiLine 属性设置为 True。

```
Private Type student
    numb As String * 6          '学号
    name As String * 8          '姓名
    mark As Single              '分数
End Type
Dim A(1 To 50) As student       '记录数组
Dim n As Integer
Private Sub Command1_Click( )   '添加记录
    n = n + 1
    If n > 50 Then Exit Sub
    A(n). numb = Text1
    A(n). name = Text2
    A(n). mark = Val(Text3)
    Text1 = " " : Text2 = " " : Text3 = " "
    Text1. SetFocus
End Sub
Private Sub Command2_Click( )   '显示记录
    Text4 = " "
    For i = 1 To n
        Text4 = Text4 & A(i). numb & Space(5)
        Text4 = Text4 & A(i). name & Space(5)
        Text4 = Text4 & A(i). mark & vbNewLine
```

```
        Next i
    End Sub
```

一、实验目的

(1)熟练掌握固定数组的定义和使用方法,能够使用固定数组和循环语句编写程序,解决实际应用问题。

(2)熟练掌握动态数组的定义和使用方法,能够使用动态数组编写程序,在程序运行时创建并清除动态数组。

(3)熟练掌握在设计阶段创建控件数组,能够使用控件数组编写简单应用程序。一般了解在运行阶段创建控件数组。

(4)一般掌握记录类型的定义,一般了解记录数组的使用方法。

二、实验指导

使用立即窗口不仅可以验证表达式和函数的功能,而且可以调试程序,基本操作如下:

(1)在设计模式下,可以在立即窗口中执行几乎所有语句,If选择结构和循环结构用冒号间隔,书写为单行形式。

(2)在运行模式下,使用 Print 方法可在立即窗口中输出表达式的值,跟踪表达式值的变化,生成可执行文件后,自动删除 Debug 对象的 Print 方法。

(3)在中断模式下,可以在立即窗口中用 Print 方法查看变量、属性和表达式的值,或者给变量和属性赋值。

利用本地窗口,可以查看所有变量、表达式和属性的值,通过分析变量、表达式和属性的值,可以观察程序执行过程或排查程序中的错误。本地窗口只能在中断模式下使用,基本操作如下:

(1)先设置断点,再运行程序,或按 F8 键单步执行程序,使程序处于中断状态。

(2)执行"视图"→"本地窗口"命令,打开如图 5-6 所示的本地窗口。

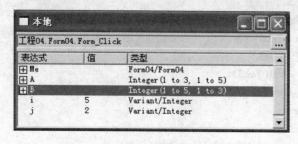

图 5-6 本地窗口

(3)窗口上面显示工程名、模块名和过程名,列表第一行显示当前模块名,窗体模块显示"Me",第二行和第三行是数组,下面是当前过程中的变量。单击模块名前面的加号按钮,展开显示当前模块中的全局变量、模块变量、窗体和控件的属性值。

三、实验内容

[**实验 5-1**]定义一个一维定长字符数组,用循环语句和 InputBox 函数在数组中输入 5 个英文字母。再将数组中的元素逆序存放,在窗体上输出逆序结果。例如:

输入字母:A,B,C,D,E

逆序存放:E,D,C,B,A

[**实验 5-2**]用 Array 函数建立一个具有 10 个元素的整型数组,查找并输出能被 3 整除的数组元素和元素下标。

[**实验 5-3**]在窗体上放置两个命令按钮,编写两个事件过程,实现功能如下:

(1)单击"循环左移"按钮,用 Array 函数创建具有 10 个元素的数组,再将数组中的元素向左循环移动一个位置,第一个元素放在最后面。在窗体上输出移动后的数组元素。

(2)单击"循环右移"按钮,用 Array 函数创建具有 10 个元素的数组,再将数组中的元素向右循环移动一个位置,最后一个元素放在最前面。在窗体上输出移动后的数组元素。

[**实验 5-4**]定义一个 5×5 的二维数组,随机存放 10 ~ 60 之间的整数。程序运行界面如图 5-7 所示,输出内容如下:

(1)按矩阵形式输出所有数组元素。

(2)在每行尾部输出各行元素之和。

(3)在每列的下面输出主对角线上的元素。

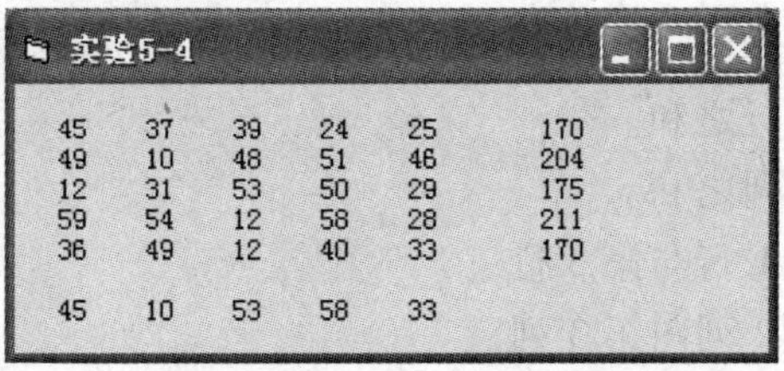

图 5-7 [实验 5-4]运行界面

[**实验 5-5**]定义一个 M×N 的动态数组,从键盘输入 M 和 N 的值,用随机函数给数组元素赋值,存放 100 ~ 999 之间的整数,实现功能如下:

(1)在窗体上按矩阵形式输出所有数组元素。

(2)在数组中查找最大元素,输出最大元素的值、行号和列号。

(3)在数组中查找最小元素,输出最小元素的值、行号和列号。

[**实验 5-6**]定义一个 N×N 的动态数组,从键盘输入 N 的值,实现功能如下:

(1)主对角线上的元素赋值为 1,其余元素赋值为 0。

(2)在窗体上按矩阵形式输出所有数组元素。

[**实验 5-7**]编写一个程序,实现功能如下:

(1)用 Dim 语句定义一个动态数组,用 Array 函数给 10 个元素赋值。

(2)在窗体上输出所有数组元素。

(3)从第 4 个元素开始,后面所有元素依次向前移动 3 个位置。

(4)用 ReDim 语句重新分配内存单元,删除最后 3 个数组元素。

（5）在窗体上输出删除后的所有数组元素。

［**实验 5-8**］程序运行界面如图 5-8 所示，在窗体上放置 4 个标签、3 个文本框和 4 个命令按钮，其中 4 个命令按钮构成一个控件数组。在文本框 Text1 和 Text2 中输入数字，在文本框 Text3 中显示运算结果。单击加号按钮" + "，执行加法运算；单击减号按钮" - "，执行减法运算；单击乘号按钮" * "，执行乘法运算；单击除号按钮"/"，执行除法运算。单击任意按钮，窗体的标题栏均显示计算机系统的当前时间。

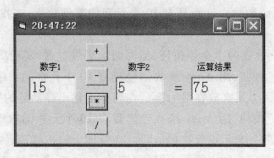

图 5-8 ［实验 5-8］程序界面

［**实验 5-9**］编写程序，定义一个二维数组，实现功能如下：

（1）用 Array 函数给一维数组赋值，再放到二维数组中。二维数组如下：

    25 36 78
    12 26 88
    80 91 18

（2）输出二维数组的各行之和。

（3）输出二维数组的各列之和。

（4）交换二维数组的第 1 行与第 3 行。

（5）交换二维数组的第 2 列与第 3 列。

（6）在窗体上按矩阵形式输出交换后的所有数组元素。

［**实验 5-10**］程序界面如图 5-9 所示，编写程序代码，完善［例 5-10］的功能。

（1）在文本框 Text1 中输入数组元素值，单击"插入"按钮，插入该数组元素。

（2）在文本框 Text1 中输入数组元素值，单击"删除"按钮，删除该数组元素。

（3）单击"显示"按钮，在文本框 Text2 中显示插入结果，焦点移到文本框 Text1。

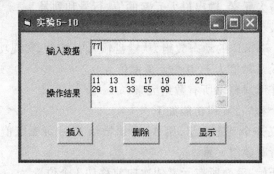

图 5-9 ［实验 5-10］程序界面

一、选择题（至少选择一个正确答案）

1. 关于数组的定义,下面正确的语句有(　　)。

    A) Dim A(3, 5 To 2)　　　　　　　B) Dim A(0 To 0, 15) As Integer

    C) Dim A(0, 2 To 5)　　　　　　　　D) Dim A(-3, 2 To 8) As Integer

2. 默认下标下界为 0,下面定义 20 个数组元素的语句有(　　)。

    A) Dim A(20)　　　　　　　　　　B) Dim A(3, 1 To 5) As Integer

    C) Dim A(19)　　　　　　　　　　D) Dim A(-10 To 10) As String * 1

3. 在引用二维数组中的元素时,下面正确的格式有(　　)。

    A) A(0 To 15)　　　　　　　　　　B) A(LBound(A),10)

    C) A(i+5,j*5)　　　　　　　　　　D) A(i, UBound(A))

4. 在对数组元素赋值时,可以使用(　　)。

    A) 文本框　　　　　　　　　　　　B) Array 函数

    C) 标签　　　　　　　　　　　　　D) InputBox 函数

5. 在用 Dim 语句定义动态数组时,下面正确的语句有(　　)。

    A) Dim A(10)　　　　　　　　　　B) Dim A( ) As Integer

    C) Dim A( )　　　　　　　　　　　D) Dim A As String * 2

6. 在用 ReDim 语句定义动态数组时,下面正确的叙述有(　　)。

    A) 可以改变数组的维数　　　　　　B) 可以保留原有的数据

    C) 可以改变数组的类型　　　　　　D) 可以改变数组的大小

7. 关于变体数组的概念,下面正确的叙述有(　　)。

    A) 可以定义为动态数组

    B) 每个元素可以存放不同类型的数据

    C) 可以定义为固定数组

    D) 可以不定义直接用 Array 函数赋值

8. 如果移除控件数组中的一个控件,必须执行的操作有(　　)。

    A) 修改 Name 属性　　　　　　　　B) Index 属性设置为空

    C) 删除 Name 属性　　　　　　　　D) Index 属性设置为 0

9. 在设计阶段创建控件数组时,下面正确的叙述有(　　)。

    A) 所有控件的 Name 属性相同

    B) 所有控件的 Caption 属性相同

    C) 所有控件共用同一事件过程

    D) 所有控件的 Index 属性相同

10. 在运行阶段创建控件数组时,下面错误的叙述有(　　)。

    A) 可用 Load 语句创建第一个控件元素

    B) 新建控件的 Visible 属性均为 True

    C) UnLoad 语句不能删除 Load 语句创建的控件

    D) UnLoad 语句不能删除在设计阶段创建的控件

二、填空题

1. 用_____语句,可使默认下标下界从 1 开始。

2. _____函数用来测试数组下标的下界,_____函数用来测试数组下标的上界。

3. 假设用 Array 函数给数组 X 赋值,定义数组 X 的语句为_____,或者不定义数组 X,直接使用 Array 函数赋值。

4. 分析下面事件过程,输出结果为_____。

```
Private Sub Form_Click()
    Dim city As Variant
    city = Array(1, 3, 5, 7, 9, 11, 13, 15)
    Print city(2), city(city(2))
End Sub
```

5. 分析下面事件过程,输出结果为_____。

```
Private Sub Form_Click()
    Dim X(50, 50) As Integer
    For i = 0 To 50
        For j = 0 To 50
            X(i, j) = i + j
        Next j
    Next i
    Print X(10, 20), X(50, X(3, 7))
End Sub
```

6. 分析下面事件过程,输出结果为_____。

```
Private Sub Form_Click()
    Dim A%(10), B%(10)
    n = 3
    For i = 1 To 5
        A(i) = i * 2
        B(n) = n + i
    Next i
    Print A(n), B(n)
End Sub
```

7. 分析下面事件过程,输出结果为_____。

```
Private Sub Form_Click()
    Dim A(10) As Integer
    For i = 1 To 10
        A(i) = 10 - i
    Next i
    Print A(A(3)), A(A(8) * A(6))
End Sub
```

8. 分析下面事件过程,输出结果为_____。

```
Private Sub Form_Click()
    Dim A(3, 5)
    For i = 1 To 3
        For j = 1 To 5
            A(i, j) = A(i - 1, j - 1) + i + j
```

```
        Next j
    Next i
    Print A(3, 4)
End Sub
```

9. 事件过程如下,程序运行时依次输入 3、5、7,窗体上输出_____。

```
Private Sub Form_Click()
    Dim A%(10), B%(10)
    For k = 1 To 5 Step 2
        A(k) = InputBox("输入数据!")
        B(10 - k) = A(k)
    Next k
    Print A(k - 2), B(k)
End Sub
```

10. 下面程序用来查找并输出最小数组元素,试补充适当语句,完善程序功能。

```
Option Base 1
Private Sub Form_Click()
    Dim X, min As Integer
    X = Array(12, 11, 17, 5, 9, 13, 15, 18, 16, 20)
    _____
    For i = 1 To 10
        If _____ Then min = X(i)
    Next i
    Print "最小数组元素:", min
End Sub
```

第6章　过程设计

过程是实现特定功能的一段程序代码。Visual Basic 的应用程序由过程组成,设计应用程序就是定义常量、声明变量和编写过程。过程有事件过程和通用过程之分,事件过程用来响应事件,构成应用程序的主体。通用过程用来完成某种特定功能,多个事件过程可以反复调用通用过程,不仅可以避免程序代码重复,同时还提高了代码的可靠性和可维护性。

本章主要介绍通用过程,在学习本章内容时,除理解基本概念外,务必注重编程实践,按照课程要求,完成指定实验内容。通过本章的学习,要求读者能够编写比较复杂的应用程序。

6.1　Sub 过程

Visual Basic 有两种形式的通用过程:Sub 过程(子程序过程)和 Function 过程(函数过程)。本节介绍 Sub 过程,6.2 节再介绍 Function 过程。

6.1.1　Sub 过程的定义

可以在窗体模块或标准模块中定义 Sub 过程。定义 Sub 过程就是指定过程的作用范围、过程名称、调用参数和构成过程主体的程序代码。Sub 过程的一般定义格式如下:

　　　　[**Private | Public**] [**Static**] **Sub** 过程名 [**(** 形参列表 **)**]

　　　　　　[语句序列]

　　　　　　[**Exit Sub**]

　　　　　　[语句序列]

　　　　End Sub

Sub 过程以 Sub 开始,以 End Sub 结束,其间是实现过程功能的程序代码,又称为"过程体"。Exit Sub 语句用来退出过程,但不结束程序运行。正常情况下,执行到 End Sub 语句结束过程,Exit Sub 语句可在满足某种条件时提前结束过程。

语句格式中的参数含义如下:

（1）作用范围：关键字 Private 指定 Sub 过程为私有过程，只有本模块中的过程可以调用，其他模块中的过程不能调用。关键字 Public（默认）指定 Sub 过程为公有过程，工程中的所有过程都可以调用。关键字 Static 的作用将在本章后续内容介绍。

（2）过程名：过程名由用户指定，命名规则与变量相同，同一模块的过程不能重名。

（3）形参列表：形参列表就是变量列表，每个变量就是一个形参，形参之间用逗号分隔。形参具有确定的数据类型，用来接收调用程序传递过来的数据。

可以在窗体模块或标准模块中建立 Sub 过程。先打开窗体模块或标准模块的代码窗口，从对象下拉列表框中选择"通用"选项，输入过程开始语句并按 Enter 键，自动出现过程结束语句，在过程开始语句和过程结束语句之间，输入实现过程功能的程序代码。例如：

```
Sub max( )            '键盘输入
    （在此输入代码）
End Sub               '自动续补
```

6.1.2　Sub 过程的调用

只有调用过程，才能执行过程中的程序代码。可以使用 Call 语句调用 Sub 过程，也可以将 Sub 过程作为语句使用。两种调用方法如下：

调用格式 1：**Call　过程名[（实参列表）]**

调用格式 2：**过程名［实参列表］**

实参之间用逗号分隔，如果没有参数，可以省略"实参列表"和圆括号。需要注意，调用格式 2 的"实参列表"两边没有圆括号。

定义过程时的参数称为形式参数，简称形参；调用过程时的参数称为实际参数，简称实参。实参具有确定的值，可以是常量、变量或表达式。形参是定义了数据类型的变量，用来接收实参传递的数据。实参和形参的数据类型必须相同。

［**例 6-1**］　编写一个没有参数的 Sub 过程，计算圆的面积。

打开窗体的代码窗口，单击对象下拉列表框的下拉按钮，选择"通用"选项，输入"Sub area"后按 Enter 键，显示通用过程模板，输入程序代码。通用过程如下：

```
Sub area( )
    Dim r As Single
    Dim s As Single
    r = InputBox( "输入半径" )
    s = 3.14 * r * r
    Print s
End Sub
```

在窗体的代码窗口中，单击对象下拉列表框的下拉按钮，选择窗体对象"Form"；单击事件下拉列表框的下拉按钮，选择窗体的"Click"事件，代码窗口中显示事件过程模板，输入过程调用语句。事件过程如下：

```
Private Sub Form_Click( )
    Call area
End Sub
```

本例在通用过程中计算并输出圆的面积,定义通用过程时没有形参,调用通用过程时没有实参。因此,在事件过程和通用过程之间,不存在参数或数据传递问题。

[**例6-2**] 编写一个带有参数的 Sub 过程,计算圆的面积。

通常情况下,通用过程都带有参数,用来在事件过程和通用过程之间传递数据。在代码窗口中,编写通用过程和事件过程如下:

```
Private Sub area(x As Single, s As Single)
    s = 3. 14 * x * x
End Sub
Private Sub Form_Click()
    Dim r As Single
    Dim a As Single
    r = InputBox("输入半径")
    area r, a
    Print a
End Sub
```

当程序运行时,单击窗体,通过键盘输入实参 r,r 获得一个确定值。调用通用过程 area,实参 r 传递给形参 x。在 area 过程中计算圆的面积,放在变量 s 中。area 过程执行结束,返回事件过程,形参变量 s 传递给实参变量 a,在窗体上输出圆的面积。

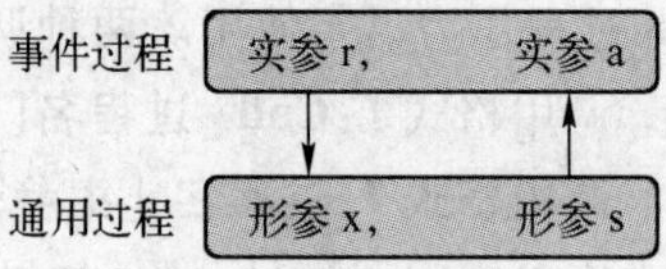

在上面例题中,参数之间的传递关系如图 6-1 所示。为了查看过程调用和参数传递,可以按 F8 键单步执行程序,将鼠标指针指向实参和形参,查看变量的取值。

图 6-1 [例6-2]参数传递

[**例6-3**] 编写一个 Sub 过程,计算 2! +4! +6! +8! +10!。

新建一个工程,打开窗体模块的代码窗口,编写事件过程,调用通用过程 Fact 求阶乘。程序代码如下:

```
Private Sub Form_Click()
    Dim sum As Long, t As Long, i As Integer
    For i = 2 To 10 Step 2
        Call Fact(i, t)
        sum = sum + t
    Next
    Print "2! +4! +6! +8! +10! = "; sum
End Sub
```

执行"工程"→"添加模块"命令,打开标准模块的代码窗口,编写通用过程如下:

```
Sub Fact(n As Integer, p As Long)
    p = 1
    For i = 1 To n
        p = p * i
    Next
End Sub
```

用通用过程 Fact 计算 n 的阶乘。在循环中调用 Fact 过程,实参 i 传递给形参 n,n 的阶乘放在变量 p 中。每次 Fact 过程执行完毕,返回到事件过程,形参变量 p 传递给实参变量 t,变量 t 再累加到变量 sum。经过 5 次调用 Fact 过程,便可求得 5 个数的阶乘之和。

6.1.3 Sub Main 过程

如果一个应用程序只有一个窗体,可在窗体的 Load 事件过程中设置应用程序的运行环境。如果一个应用程序包含多个窗体,可在 Sub Main 过程中设置程序运行环境,如窗体的背景颜色、前景颜色、字体、字号、边框属性等,还可以显示或隐藏窗体。

1. 建立 Sub Main 过程

通常在标准模块中创建 Sub Main 过程,一个工程只能有一个 Sub Main 过程。执行"工程"→"添加模块"命令,打开标准模块的代码窗口,输入 Sub Main 并按 Enter 键,自动续补过程结束语句 End Sub,然后输入程序代码。

2. 运行 Sub Main 过程

如果已经创建了 Sub Main 过程,可以使用 Sub Main 过程启动应用程序。在运行 Sub Main 过程前,需要设置 Visual Basic 系统的工作环境,设置方法如下:

(1) 选择"工程"→"工程属性"命令,或右击工程窗口中的工程,从快捷菜单中选择"<工程名>属性"命令,均会出现如图 2-10 所示的"工程属性"对话框。

(2) 在"工程属性"对话框中,选择"通用"选项卡,从"启动对象"下拉列表框中选择"Sub Main",单击"确定"按钮。

[例 6-4] 新建一个工程,添加一个标准模块,打开标准模块代码窗口,编写 Sub Main 过程。将 Sub Main 过程设置为启动过程。

```
Sub main( )
    Form04. Show
    Form04. Caption = Now
    Form04. BackColor = vbRed
End Sub
```

6.2 Function 过程

Function 过程(函数过程)是通用过程的另一种形式,可以使用函数名(过程名)返回处理结果。如果通用过程只返回一个处理结果,使用 Function 过程比较方便。

6.2.1 Function 过程的定义

与 Sub 过程一样,可以在窗体模块或标准模块中定义 Function 过程。定义 Function 过程就是指定过程作用范围、函数名称、调用参数和实现函数功能的程序代码。Function 过程的一般定义格式如下:

[**Public|Private**][**Static**] **Function** 函数名[(形参列表)][**As** 类型名]
    [语句序列]

　　　　　　[函数名 = 表达式]

　　　　　　[**Exit Function**]

　　　　　　[语句序列]

　　　　　　[函数名 = 表达式]

　　　End Function

　　关键字 Public、Private 和 Static 的作用与 Sub 过程中的相同,函数名由用户指定,命名规则与变量的命名规则相同。"形参列表"与 Sub 过程中的相同,参数之间用逗号分隔。Exit Function 语句用来提前退出过程,但不结束程序运行。需要说明的两点如下:

　　(1) Sub 过程的处理结果只能通过参数传递给调用程序,而 Function 函数名可以返回一个值。As 子句用来指定返回值的数据类型,如果省略 As 子句,则返回变体类型的数据。

　　(2) 函数过程的返回值通过"函数名 = 表达式"语句实现,"表达式"的值就是函数的返回值。如果省略"函数名 = 表达式"语句,则返回一个默认值,数值函数过程返回 0 值,字符函数过程返回空串,变体函数过程返回空值。函数中可有多条"函数名 = 表达式"语句,以退出函数前最后一次执行的赋值语句确定返回值。

　　建立 Function 过程与建立 Sub 过程相同。打开窗体模块或标准模块的代码窗口,从对象下拉列表框中选择"通用"选项,输入过程开始语句并按 Enter 键,自动出现过程结束语句。例如:

　　Function max( )　　　　　　'键盘输入

　　　　(在此输入代码)

　　End Function　　　　　　　'自动续补

6.2.2　Function 过程的调用

　　通常 Function 过程的返回值由"函数名 = 表达式"语句决定,在调用 Function 函数时,必须有接收函数返回值的变量。常见调用形式为赋值语句或 Print 方法,也可以放在表达式中,作为表达式的一个语法成分。

　　实际上,调用 Function 函数的方法与调用内部函数的方法完全相同,内部函数的功能由 Visual Basic 系统定义,而 Function 函数的功能由用户自己定义。

　　[**例 6-5**]　在窗体模块中编写一个 Function 过程,求矩形周长。

```
Function Girth( x As Single, y As Single) As Single
    Girth = 2 * ( x + y )
End Function
Private Sub Form_Click( )
    Dim a!, b!, g!
    a = InputBox( "输入宽度:" )
    b = InputBox( "输入高度:" )
    g = Girth( a, b )
    Print "矩形周长:"; g, Girth( a, b )
End Sub
```

　　[**例 6-6**]　编写一个 Function 函数,求两个数的最大值。

```
Function max( m,n )
```

```
        If m < n Then max = n Else max = m
End Function
Private Sub Form_Click( )
        Print max( max( 5 , 6 ) , 7 ) , max( max( 5 , 7 ) , max( 3 , 9 ) )
End Sub
```

上面例题中,形参变量和函数的返回值都省略了 As 子句,默认为变体类型。在事件过程中,嵌套调用 max 函数。

[**例 6-7**] 程序界面如图 6-2 所示,在文本框 Text1 中输入学生成绩,单击"判断"按钮,在文本框 Text2 中显示成绩等级。单击"清除"按钮,清除两个文本框中的内容。

打开窗体模块的代码窗口,编写事件过程如下:

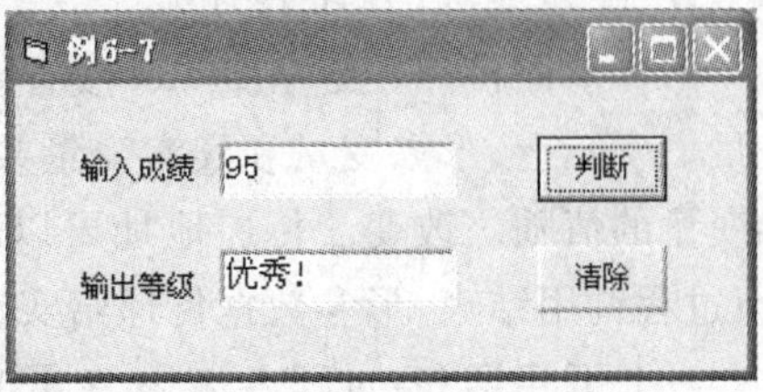

```
Private Sub Command1_Click( )
        Dim x As Integer
        x = Text1
        Text2 = judge( x )
End Sub
Private Sub Command2_Click( )
        Text1 = " "
        Text2 = " "
        Text1. SetFocus
End Sub
```

图 6-2 [例 6-7]程序界面

打开标准模块的代码窗口,编写通用过程如下:

```
Function judge( x As Integer )  As String
        Select Case x
                Case 0 To 59
                        judge = "重考!"
                Case 60 To 69
                        judge = " 及格!"
                Case 70 To 79
                        judge = " 中等!"
                Case 80 To 89
                        judge = " 优良!"
                Case 90 To 100
                        judge = " 优秀!"
                Case Else
                        judge = " 数据无效!"
        End Select
End Function
```

6.3   过程的参数传递

从前面例题可以看出,一个过程调用通用过程,实参传递给形参,形参变量接收实参数据。

通用过程执行结束,处理结果返回调用过程。参数传递实际上就是实参与形参的结合。

6.3.1 参数传递方式

参数列表是调用过程与被调用过程之间传递数据的通道,定义 Sub 或 Function 过程时,形参列表指定传递数据的个数和类型,每个形参就是一个变量。定义形参的一般格式如下:

[ByVal|ByRef] 变量名 [As 类型名]

As 子句指定参数的数据类型,如果省略,默认为变体类型。除了使用类型名外,还可以使用类型符指定参数的数据类型。关键字 ByVal 和 ByRef 指定参数传递方式。

1. 传递地址(按址传递)

形参前面使用关键字 ByRef 或省略关键字,在调用过程时,实参变量的内存地址传递给形参变量。实际上,形参变量和实参变量共用同一内存单元,在被调用过程中改变形参变量的值,实参变量的值随之改变。传递地址可以理解为双向传递,在调用过程时,实参数据传递给形参变量;过程调用结束,形参数据传递给实参变量。参数传递示意如下:

调用语句:过程名 实参变量1,实参变量2,…

定义语句:过程名(形参变量1,形参变量2,…)

2. 传递数据(按值传递)

形参前面使用关键字 ByVal,在调用过程时,实参变量的值传递给形参变量。形参变量和实参变量占用不同的内存单元,在被调用过程中改变形参变量的值,不会影响实参变量的值。传递数据可以理解为单向传递,在调用过程时,实参数据传递给形参变量;过程调用结束,形参数据并不传递给实参变量。参数传递示意如下:

调用语句:过程名 实参变量1,实参变量2,…

↓ ↓ …

定义语句:过程名(形参变量1,形参变量2,…)

[**例 6-8**] 编写一个通用过程,验证参数的传递方式。

```
Sub Test(x%, ByVal y%)
    x = x + 10
    y = y + 10
    Print x, y                    '输出: 20    20
End Sub
Private Sub Form_Click()
    Dim a%, b%
    a = 10
    b = 10
    Call Test(a, b)
    Print a, b                    '输出: 20    10
End Sub
```

在上面例题中,形参变量 x 传递地址,形参变量 y 传递数据。变量 x 和变量 a 共用同一内存单元,过程中改变了变量 x 的值,变量 a 的值随之改变。变量 y 和变量 b 属于不同的内存单元,虽然过程中改变了变量 y 的值,但变量 b 的值并不改变。

[**例 6-9**] 编写两个通用过程,在过程中交换两个形参变量的值。过程 Swap1 传递数据,过程 Swap2 传递地址。

```
Sub Swap1(ByVal x As Integer, ByVal y As Integer)
    t = x : x = y : y = t
End Sub
Sub Swap2(ByRef x As Integer, ByRef y As Integer)
    t = x : x = y : y = t
End Sub
Private Sub Form_Click()
    a% = 10
    b% = 50
    Swap1 a, b
    Print "传值调用:"; a, b          '输出:10        50
    Swap2 a, b
    Print "传址调用:"; a, b          '输出:50        10
End Sub
```

调用过程 Swap2 可以实现两个数的交换,而调用过程 Swap1 不能实现两个数的交换。原因在于:Swap2 传递地址,实参和形参为同一内存单元,属于双向传递;而 Swap1 传递数据,实参和形参为不同的内存单元,属于单向传递。

[**例 6-10**] 在窗体模块中编写一个 Function 过程,求任意两个自然数的最大公约数和最小公倍数。

利用反复相除,可以求得自然数 m 和 n 的最大公约数。用 m 除以 n 得余数 r,若 r = 0,则 n 为最大公约数,算法结束。若 r≠0,则 n 赋值给 m,r 赋值给 n,再用 m 除以 n。重复此过程,直到 r = 0 为止。m 和 n 的乘积再除以最大公约数即为最小公倍数。

```
Function gcd(ByVal m As Integer, ByVal n As Integer) As Integer
    Dim r As Integer
    Do                    '求最大公约数
        r = m Mod n
        m = n
        n = r
    Loop While r < > 0
    gcd = m
End Function
Private Sub Form_Click()
    Dim a%, b%
    a = InputBox("输入第一个整数!")
    b = InputBox("输入第二个整数!")
    If a < = 0 Or b < = 0 Then Exit Sub
    d = gcd(a, b)
    Print "最大公约数:"; d, "最小公倍数:"; a * b/d
End Sub
```

在窗体的单击事件中,调用函数 gcd,实参 a、b 传递给形参 m、n,求 m、n 的最大公约数,函数名返回结果。

传址调用可以在过程中改变实参变量的值,这种现象称为过程的副作用。有时副作用正是希望得到的结果,而有时必须消除副作用。如果不希望产生副作用,可以使用传值调用。在传递批量数据或参数调用比较频繁时,传址调用会减少内存开销,程序运行效率较高。

关于过程的参数传递,几点说明如下:

(1) 实参个数必须等于形参个数,排列次序对应,数据类型相同。

(2) 形参必须是变量或数组,而不能是常量或表达式,不能使用数组元素和定长字符变量作为形参。

(3) 实参可以是常量、变量、数组元素、数组或表达式。常量或表达式作为实参,只能按值传递。

(4) 实参变量名和形参变量名可以相同,也可以不相同,并不影响参数传递。

(5) 将实参变量放在一对圆括号内,则实参变量总是按值传递,而不按形参列表中的方式传递。

6.3.2　数组参数

数组或数组元素都可以作为实参。数组元素的传递方式与变量相同,数组作为参数时,应当遵循如下规则:

(1) 在形参列表和实参列表中,仅保留数组名和圆括号,省略维数和下标。

(2) 只传递数组的起始地址,数组名前面不能使用关键字 ByVal。

(3) 在过程中,用 LBound 和 UBound 函数测试数组的下界和上界。

[**例6-11**]　编写一个用数组名作为参数的过程,验证参数的传递方式。

```
Private Sub Form_Click( )
    Dim A(11 To 15) As Integer
    For i = 11 To 15
        A(i) = i              '赋值:11   12   13   14   15
    Next i
    Call Add(A( ))
    For i = 11 To 15
        Print A(i);           '输出:61   62   63   64   65
    Next i
End Sub
Sub Add(X( ) As Integer)
    For i = LBound(X) To UBound(X)
        X(i) = X(i) + 50
    Next i
End Sub
```

在上面例题中,实参数组 A 的起始地址传递给形参数组 X,数组 A 和数组 X 共用同一段内存单元,改变数组 X 的元素值,数组 A 的元素值随之改变。

[**例6-12**]　编写一个 Function 过程,求数组中的最大元素。

```
Private Sub Form_Click()
    Dim A(1 To 10) As Integer
    For i = 1 To 10
        A(i) = Int(Rnd * 100)
        Print A(i);
    Next i
    Print : Print "最大元素:"; max(A())
End Sub
Function max(X() As Integer) As Integer
    Dim m As Integer
    For i = LBound(X) To UBound(X)
        If X(i) > m Then m = X(i)
    Next i
    max = m
End Function
```

6.3.3 对象参数

变量和数组可以作为参数传递,窗体或控件也可以作为参数传递。在定义过程时,对象形参的类型指定为 Form(窗体)或 Control(控件)。如果控件作为参数,还可以使用表 2-1 中的控件类型名,如 Label、TextBox 等。在调用过程时,对象参数传递地址。

[例 6-13] 编写一个包含对象参数的过程,单击窗体,调用通用过程,设置标签数组中的标签标题、标签位置、文本字号等属性。

在窗体上创建一个包含 6 个标签的标签数组 Label1,Index 属性从 0 ~ 5。标签数组中的标签作为实参,而 Control 类型的变量作为形参。程序代码如下:

```
Sub setLbl(lblX As Control, n As Integer)
    lblX.Caption = "第" & n & "个标签"
    lblX.FontSize = 12
    lblX.Left = 500
    lblX.Top = n * 500
    lblX.AutoSize = True
End Sub
Private Sub Form_Click()
    Dim i As Integer
    For i = 0 To 5
        Call setLbl(Label1(i), i)
    Next i
End Sub
```

6.3.4 可选参数

在调用过程时,可选参数可以接收实参,也可以不接收实参,实参和形参的个数可以相等,也可以不相等。形参前面加关键字 Optional,即可定义可选参数。定义格式如下:

Optional [ByVal|ByRef] 变量名 [As 类型名]

在使用可选参数时,几点说明如下:

(1)可选参数必须放在所有必选参数的后面。

(2)调用过程时,如果传递实参,可选参数接收实参。如果未传递实参,可选参数为空值,数值参数为 0,字符参数为空串。

(3)用 IsMissing 函数测试是否传递实参。如果没有传递实参,函数值返回 True;如果传递实参,函数值返回 False。IsMissing 函数仅适用于变体形参。

[例 6-14] 编写一个包含可选参数的过程,使用不同个数的实参调用过程。

```
Private Sub Form_Click()
    Test 10, 20
    Test 10, 20, 30
End Sub
Sub Test(x%, Optional ByVal y%, Optional z)
    If IsMissing(z) Then
        Print x + y                        '第一次调用输出:30
    Else
        Print x + y + z                    '第二次调用输出:60
    End If
End Sub
```

6.3.5 可变参数

所谓可变参数就是形参的个数和类型不确定,取决于实参的个数和类型。使用关键字 Param-Array 声明一个长度可变的变体数组,即可定义可变参数。定义格式如下:

ParamArray 数组名() [As Variant]

在使用可变参数时,几点说明如下:

(1)可变参数只能是形参列表中的最后一个参数,必须是一个变体数组,且不能与关键字 ByVal、ByRef 或 Optional 一起使用。

(2)在调用过程时,实参不能是数组名,可以是常量、变量或数组元素。

(3)可变参数是一个变体数组,常用 For Each…Next 循环处理可变参数。

[例 6-15] 编写一个包含可变参数的过程。

```
Private Sub Form_Click()
    Print Test("求和:", 3, 5, 7)
    Print Test("求和:", 3, 5, 7, 9)
End Sub
Function Test(Title$, ParamArray X()) As Single
    Dim sum As Single, n%, v
    For Each v In X
        sum = sum + v
    Next v
    Test = sum
    Print Title;
End Function
```

　　在调用 Test 过程时,字符串实参总是传递给形参 Title,其余为可变形参。第一次调用时,3个实参传递给可变参数;第二次调用时,4 个实参传递给可变参数。

6.4　过程和变量的作用域

　　Visual Basic 应用程序又称工程,通常情况下,一个工程可以包含若干窗体模块和标准模块。窗体模块可以包含事件过程和通用过程,标准模块只包含通用过程。在窗体模块和标准模块中,可以在通用部分定义模块变量、全局变量和记录类型。根据定义位置和使用命令的不同,过程和变量都有各自的作用范围,即作用域。

6.4.1　过程的作用域

　　过程可被调用的范围称为过程的作用域,按作用域的不同,过程可以分为模块过程和全局过程。在窗体模块或标准模块中,用关键字 Private 定义的过程为模块过程或私有过程,只能被本模块中的其他过程调用;用关键字 Public(默认)定义的过程为全局过程或公有过程,可被工程中的所有过程调用。

　　过程的作用域如表 6-1 所示,几点说明如下:

表 6-1　过程的作用域

过 程 种 类	模块过程(私有过程)	全局过程(公有过程)
声明语句	Private	Public
声明位置	窗体模块或标准模块	窗体模块或标准模块
作用范围	只能被本模块中的其他过程调用	可被工程中的所有过程调用

　　(1) 其他模块中的过程均可调用窗体模块中定义的全局过程,在调用语句中,过程名前面必须加过程所在的窗体名。例如,在标准模块中调用窗体 Form1 中的全局过程 MySub,两种调用语句如下:

　　　　Form1. MySub［实参列表］

　　　　Call Form1. MySub［(实参列表)］

　　(2) 其他模块中的过程均可调用标准模块中定义的全局过程,如果多个标准模块中定义的全局过程名相同,调用语句中必须加标准模块名。例如,标准模块 Module1 和 Module2 中都有一个全局过程 MySub,则调用语句如下:

　　　　Call Module1. MySub［(实参列表)］

　　　　Call Module2. MySub［(实参列表)］

　　(3) 如果一个工程只包含一个窗体,可在窗体模块中定义通用过程;如果一个工程包含多个窗体,应在标准模块中定义公有过程,所有窗体模块均可调用标准模块中的公有过程。

6.4.2　变量的作用域

　　变量的作用域就是变量的使用范围。在窗体模块、标准模块和过程中都可以声明和使用变量,根据变量声明的位置和声明语句,变量可以分为过程变量(局部变量)、模块变量(私有变量)和全局变量(公有变量)。三种变量的作用范围如表 6-2 所示。

表 6-2 变量的作用域和生存期

变 量 种 类	过程变量(局部变量)		模块变量(私有变量)	全局变量(公有变量)
声明语句	Dim(自动)	Static(静态)	Private,Dim	Public,Global
声明位置	过程内部	过程内部	模块通用部分	模块通用部分
作用范围	过程内部	过程内部	模块内所有过程	工程中所有过程
生存周期	过程运行期间	程序运行期间	模块运行期间	程序运行期间

1. 过程变量(局部变量)

凡在过程中用关键字 Dim 或 Static 声明的变量都是过程变量(局部变量),过程中未声明而直接使用的变量也是过程变量。只有过程内部的程序代码才能使用过程变量,因此过程变量的作用范围仅限于过程内部。

2. 模块变量(私有变量)

在窗体模块或标准模块的通用部分,用关键字 Private 或 Dim 声明的变量属于模块变量(私有变量)。模块内部的所有过程都可以使用模块变量,模块之外的过程不能使用模块变量,因此模块变量的作用范围仅限于模块内部。

用关键字 Private 或 Dim 都可声明模块变量,建议用关键字 Private 声明模块变量,用关键字 Dim 声明过程变量,这样便于区别过程变量和模块变量,提高程序代码的可读性。

3. 全局变量(公有变量)

在窗体模块或标准模块的通用部分,用关键字 Public 或 Global 声明的变量属于全局变量(公有变量)。工程中的所有过程都可以使用全局变量,全局变量的作用范围是整个工程。

任何一个过程都可以修改全局变量的值,因此应当慎重使用全局变量,减少不必要的麻烦。应当尽量使用局部变量,使用局部变量的过程更具独立性和通用性。

6.4.3 变量的生存期

除作用域外,变量还有生存期。生存期是程序运行期间变量存在的期限。在程序运行过程中,全局变量一直存在。按变量的生存期,过程变量(局部变量)又可分为自动变量和静态变量(见表 6-2)。

(1)自动变量:用关键字 Dim 声明的过程变量称为自动变量,自动变量仅在过程执行期间存在,一旦过程执行完毕,自动变量立即消失,同时释放它所占用的内存空间。再次执行过程,自动变量重新初始化。

(2)静态变量:用关键字 Static 声明的过程变量称为静态变量,静态变量在程序运行期间一直存在,即便过程执行结束,也不释放它所占用的内存空间。再次执行过程,静态变量保持上次过程执行结束时的值。

在定义过程时,使用关键字 Static,过程中的所有变量都是静态变量。如果省略 Static 关键字,则过程中的所有变量都是自动变量。Static 关键字只影响过程内部定义的变量,不影响过程外部定义的变量。

[例6-16] 编写一个程序,连续单击窗体,验证静态变量的生存期。

```
Private Sub Form_Click( )
    Static n As Integer
    n = n + 1
    Print "第" & n &"次单击"
End Sub
```

上面例题中,变量 n 为静态变量,定义后初值为 0。程序运行后,第一次单击窗体,第一次执行事件过程,变量 n 的值加 1,窗体上显示"第 1 次单击";第一次事件过程执行结束,变量 n 的值保持 1。第二次单击窗体,变量 n 从 1 开始再加 1,窗体上显示"第 2 次单击"。依次类推,第 i 次单击窗体,变量 n 的值就是 i,窗体上显示"第 i 次单击"。

如果用关键字 Dim 声明变量 n,则第一次单击窗体,变量 n 的值虽然加 1,但事件过程执行结束,变量 n 立即从内存消失。再次单击窗体,变量 n 再从 0 开始加 1。因此,每次单击窗体,总是显示"第 1 次单击"。

[例6-17] 编写一个过程,连续单击窗体,验证模块变量的生存期。

```
Dim n As Integer
Private Sub Form_Click( )
    n = n + 1
    Print "第" & n &"次单击"
End Sub
```

将变量 n 声明为模块变量,可以得到[例6-16]的效果,但变量 n 的作用范围是窗体模块,窗体模块中的其他过程都可以改变 n 的值。

[例6-18] 在窗体上放置一个标签和一个计时器,从左到右逐字显示标签中的文字。

用计时器指定显示文字的时间间隔,用字符处理函数提取每次显示的文字,即可实现逐个显示文字的效果。标签的 AutoSize 属性设置为 True,BorderStyle 属性设置为 1,适当设置字体属性。计时器的 Interval 属性设置为 500。

```
Public s As String              '标准模块代码
Sub main( )
    Form18. Show
    s = " Visual Basic 程序设计"
    Form18. BackColor = vbGreen
End Sub
Private Sub Timer1_Timer( )      '窗体模块代码
    Static n As Integer
    n = n + 1
    If n <= Len( s) Then
        Label1. Caption = Left( s, n)
```

```
        Else
            n = 0
            Label1. Caption = " "
        End If
    End Sub
```

在标准模块和窗体模块中都使用变量 s,因此 s 必须定义为全局变量。在 Sub Main 过程中,先显示窗体,再设置窗体的属性。Timer 事件中定义了静态变量 n,每次事件过程执行结束,仍然保持变量 n 的值,并作为下次调用时的初值。

在使用变量时,应当注意如下几点:

(1) 尽量使用过程变量(局部变量)。当过程执行结束时,如果不需要保留变量的值,可用关键字 Dim 声明自动变量;如果需要保留变量的值,可用关键字 Static 声明静态变量。如果同一模块中的多个过程需要使用同一个变量,可用关键字 Private 在模块的通用部分声明模块变量。如果不同模块中的多个过程需要使用同一个变量,可用关键字 Public 在模块的通用部分声明全局变量。

(2) 如果过程变量、模块变量和全局变量重名,则作用范围较小的变量可见,作用范围较大的变量隐藏。

(3) 如果在不同的模块中定义了同名的全局变量,在使用这样的同名变量时,必须在变量名的前面加上窗体模块名或标准模块名。

6.5　多重过程调用

前面介绍了过程的定义和调用方法,本节介绍过程的嵌套调用和递归调用,同时给出几个典型实例,作为本章内容的综合应用。

6.5.1　嵌套调用

在定义过程时,过程之间相互平行、相互独立,一个过程内部不能包含另一个过程的定义,即过程不能嵌套定义。在调用过程时,一个过程可以调用另一个过程,称为过程的嵌套调用。如图 6-3 所示,事件过程调用第一个过程,第一个过程调用第二个过程,依次类推,可以出现多重过程调用。在一个过程中调用其他过程时,转去执行其他过程,其他过程执行结束,再返回调用过程,继续执行调用语句后面的程序代码。

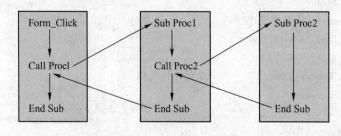

图 6-3　过程的嵌套调用

[**例 6-19**] 程序界面如图 6-4 所示,求组合 $C_n^m = n!/(m!(n-m)!)$ 的值。

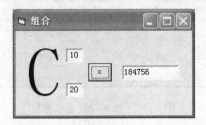

图 6-4 求组合数的窗体

在窗体上放置一个标签 Label1(显示字母 C)、一个命令按钮 Command1 和三个文本框。在文本框 Text1 中输入 m 值,在文本框 Text2 中输入 n 值,单击" = "按钮,文本框 Text3 中显示计算结果。

阶乘运算用函数过程 Fact 实现,组合运算用函数过程 Comb 实现。事件过程调用函数过程 Comb,函数过程 Comb 调用函数过程 Fact。窗体模块的程序代码如下:

```
Private Sub Command1_Click( )
    m = Val( Text1 )
    n = Val( Text2 )
    If m > n Then
        MsgBox "输入错误, 要求 n≥m"
        Exit Sub
    End If
    Text3 = Comb( n, m )
End Sub
Private Function Comb( n, m )
    Comb = Fact( n ) / ( Fact( m ) * Fact( n – m ) )
End Function
Private Function Fact( x )
    p = 1
    For i = 1 To x
        p = p * i
    Next
    Fact = p
End Function
```

通用过程可以放在事件过程的前面,也可放在事件过程的后面。事件过程编写完毕,直接输入通用过程的开始语句并按 Enter 键,即可编写通用过程的程序代码。

[**例 6-20**] 编写延迟程序,程序界面如图 6-5 所示。在文本框中输入延迟秒数,单击"启动"按钮,显示当前秒数和延迟结果。单击"清除"按钮,清除所有文本框中的内容。

Timer 函数返回计算机系统从午夜开始计时的秒数(每天 $24 \times 60 \times 60$ s),将 Timer 函数当前值加上延迟时间,作为循环结束秒数 finish,当 Timer 函数值超过 finish 时,循环结束,停止延迟。

编写事件过程,调用 display 过程,display 过程再调用 delay 过程。程序代码如下:

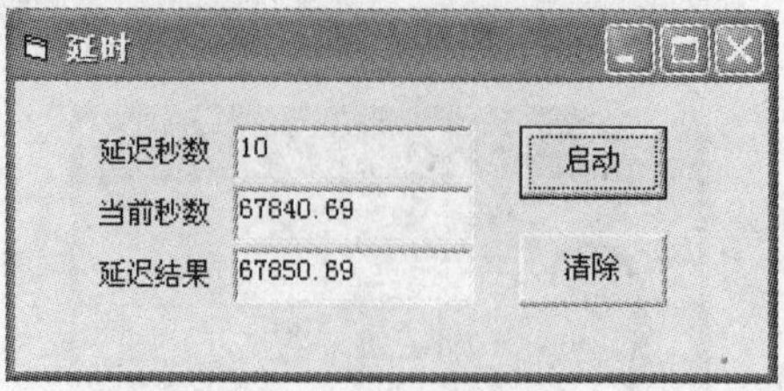

图6-5 ［例6-20］程序界面

```
Private Sub Command1_Click( )
    n% = Text1
    Call display( n)
End Sub
Sub display( n% )
    Text2 = Timer
    For i = 1 To n
        Text3 = delay( 1)
    Next i
End Sub
Function delay( t% )
    finish = Timer + t
    Do While Timer < finish          '本例未考虑延迟跨越午夜零点
        DoEvents
    Loop
    delay = Timer
End Function
Private Sub Command2_Click( )
    Text1 = " "
    Text2 = " "
    Text3 = " "
    Text1. SetFocus
End Sub
```

6.5.2 递归调用

过程的递归调用就是一个过程直接或间接调用自身。如果一个问题规模较大,可以逐步分解为规模较小的同类问题,一直分解到可以直接求解为止,这样的问题可以使用过程的递归调用来解决。例如,可以使用递归调用计算阶乘、级数等数值计算。

［例6-21］ 编写一个程序,用过程的递归调用求解 $n!$。 $n!$ 可用下式计算:

$$n! = \begin{cases} 1 & n = 1 \\ n \times (n-1)! & n > 1 \end{cases}$$

$n!$ 可以分解为 $(n-1)!$, $(n-1)!$ 可以分解为 $(n-2)!$,依次类推,直到分解为 $1!$,而 $1!$ 可以直接得到。因此,求阶乘问题可用过程的递归调用求解。在窗体模块编写程序代码如下:

```
Function Fun(n) As Double
    If n = 1 Then
        Fun = 1
    Else
        Fun = n * Fun(n - 1)
    End If
End Function
Private Sub Form_Click()
    n = InputBox("输入数 n(n≥1)")
    Print n & "! = " & Fun(n)
End Sub
```

为了观察递归调用的执行情况,可以按 F8 键,单步执行程序,输入数 3 或数 5。连续按 F8 键,随着光标移动,查看过程调用情况。

[**例 6-22**] 编写一个递归调用的过程,求两个正整数的最大公约数。

前面[例 6-10]用循环语句求最大公约数,此处用递归调用求最大公约数,两者都使用反复相除算法,但实现算法的程序不同。根据[例 6-10]的分析,程序代码如下:

```
Private Sub Form_Click()
    Dim m As Integer, n As Integer
    m = InputBox("输入数 m:")
    n = InputBox("输入数 n:")
    Print m & "和" & n & "的最大公约数:"; gcd(m, n)
End Sub
Function gcd(m, n)
    r = m Mod n
    If r = 0 Then
        gcd = n
    Else
        gcd = gcd(n, r)
    End If
End Function
```

[**例 6-23**] 编写一个程序,将十进制整数转换为任意进制数。程序界面如图 6-6 所示,窗体上放置三个标签、三个文本框和两个命令按钮。在文本框 Text1 中输入十进制数,单击"转换"按钮,将十进制数转换为 N 进制数。单击"清除"按钮,清除所有文本框中的内容。

图 6-6 十进制数转换为 N 进制数

十进制数可以转换为任意进制数。如果要将一个十进制整数 d 转换为 N 进制数,可用 N 不断除 d,取其余数,直到商为 0。最先得到的余数就是 N 进制数的最低位,最后得到的余数就是 N 进制数的最高位。

```
Dim s As String * 16
Private Sub Command1_Click( )
    Dim d As Long, n As Integer
    s = "0123456789ABCDEF"
    d = Val( Text1 )
    n = Val( Text2 )
    If n < 2 Or n > 16 Then
        MsgBox "目标进制超出范围(2~16)!"
        End
    End If
    Label3 = n & "进制数"
    Call DTON( d, n )
    Command1. Enabled = False
End Sub
Private Sub Command2_Click( )
    Text1 = " "
    Text2 = " "
    Text3 = " "
    Text1. SetFocus
    Command1. Enabled = True
End Sub
Sub DTON( d As Long, n As Integer )
    Dim r As Long
    r = d Mod n
    If d >= n Then Call DTON( d\n, n )
    Text3 = Text3 + Mid( s, r + 1, 1 )
End Sub
```

实 验 六

一、实验目的

(1)熟练掌握 Sub 过程的定义和调用,能够编写 Sub 通用过程,在事件过程中调用 Sub 过程。一般掌握 Sub Main 过程的定义和调用。

(2)熟练掌握 Function 过程的定义和调用,能够编写 Function 通用过程,在事件过程中调用 Function 过程。

(3)熟练掌握参数传递方式,能够使用传值和传址参数编写程序。一般掌握数组参数的传递,一般了解对象参数、可选参数和可变参数。

(4)熟练掌握过程和变量的作用范围,能够编写应用程序,在窗体模块和标准模块中定义全局变量、模块变量和过程变量。

（5）熟练掌握过程的嵌套调用，一般掌握过程的递归调用，能够使用多重调用编写简单应用程序。

二、实验指导

监视程序运行过程是 Visual Basic 常用的程序调试技术。使用监视表达式，可以在程序运行过程中显示变量或表达式的值，或在满足某种条件时中断程序运行。

1. 添加监视

在代码窗口中，按住鼠标左键拖动，选择一个变量、属性或表达式；执行"调试"→"添加监视"命令，打开如图 6-7 所示的"添加监视"对话框。对话框的组成部分如下：

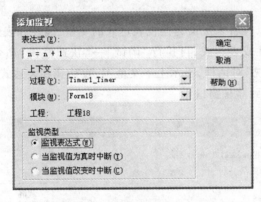

图 6-7 "添加监视"对话框

（1）表达式：在文本框中，可以输入一个变量、属性或表达式。

（2）上下文：上下文是指程序运行过程中计算表达式的范围。在"过程"下拉列表框中，选择一个过程；在"模块"下拉列表框中，选择一个模块。

（3）监视类型：用来设置监视表达式的监视类型，监视类型如下：

● 监视表达式：选中此项，按 F8 键单步执行，在中断模式下，可以在监视窗口中查看过程中变量、属性和表达式的值。

● 当监视值为真时中断：选中此项，在程序运行过程中，当监视表达式的值为真时，程序中断。

● 当监视值改变时中断：选中此项，在程序运行过程中，当监视表达式的值改变时，程序中断。

2. 监视窗口

执行"调试"→"监视窗口"命令，打开如图 6-8 所示的"监视"窗口。在中断状态下，可以在监视窗口中查看变量、属性和表达式的值。监视窗口中列出了工程中的所有监视表达式、监视表达式的值、监视表达式的数据类型和作用范围。连续按 F8 键，单步执行程序，可以改变监视窗口中表达式的值。

不同的监视类型，监视表达式左边显示不同的图标。如果程序不在某个监视表达式的上下文范围内，在监视表达式的"值"列中，显示"溢出上下文"。右击监视窗口中的某个表达式,从快捷菜单中选择"编辑监视"命令,修改监视表达式;选择"删除监视"命令,可以删除监视表达式。

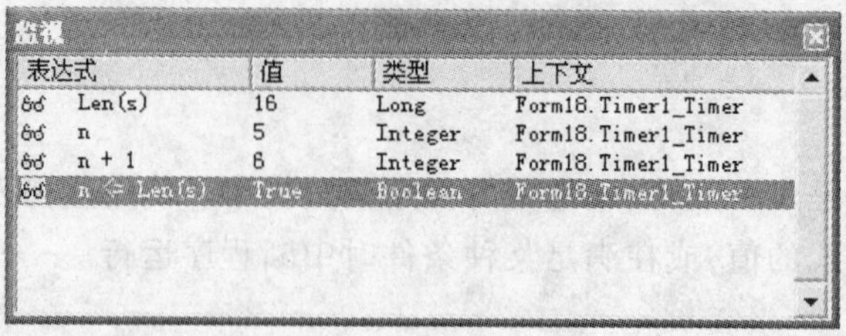

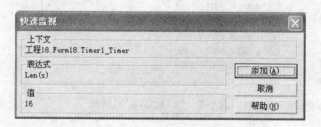

图 6-8 "监视"窗口

3. 快速监视

在中断状态下,还可以查看未定义为监视表达式的变量、属性和表达式的值。先在程序代码窗口中选择一个变量、属性或表达式,再执行"调试"→"快速监视"命令或按 Shift + F9 键,打开如图 6-9 所示的"快速监视"对话框,显示上下文范围、表达式和表达式的值。单击"添加"按钮,可将所选择的表达式添加到监视窗口中。

图 6-9 "快速监视"对话框

三、实验内容

[**实验 6-1**] 在窗体模块中编写一个 Sub Volume 过程,形参 r 接收圆柱体的半径,形参 h 接收圆柱体的高度,形参 v 返回圆柱体的体积。在事件过程中,通过键盘输入半径和高度,调用 Sub Volume 过程,计算圆柱体的体积。在事件过程中,输出圆柱体的体积。

[**实验 6-2**] 在标准模块中编写一个 Function Volume 过程,形参 r 接收圆柱体的半径,形参 h 接收圆柱体的高度。在事件过程中,通过键盘输入半径和高度,调用 Function Volume 过程,返回圆柱体的体积。在事件过程中,输出圆柱体的体积。

[**实验 6-3**] 在窗体模块中编写一个 Sub Week 过程,将整数转换为星期。单击窗体,通过键盘输入 0 ~ 6 的整数,调用 Sub Week 过程,在 Sub Week 过程中,用 Print 方法输出星期。输入整数 0,输出"星期日";输入整数 1,输出"星期一";依次类推,输入整数 6,输出"星期六"。

[**实验 6-4**] 在标准模块中编写一个 Function Week 过程,将整数转换为星期。单击窗体,通过键盘输入 0 ~ 6 的整数,Function Week 过程返回相应的星期。在事件过程中,用 Print 方法输出相应的星期,输入整数 0,输出"星期日";输入整数 1,输出"星期一";依次类推,输入整数 6,输出"星期六"。

[**实验 6-5**]在标准模块中编写一个 Function 过程,程序运行时单击窗体,通过键盘输入一个正整数,调用 Function 过程。如果是奇数,返回"奇数!";如果是偶数,返回"偶数!",在事件过程中输出返回结果。

[**实验 6-6**]编写一个求 3 个数中最大数的函数过程。单击窗体,用数值常量作为实参,两次调用函数,在窗体上输出 3 个数和 5 个数中的最大数。

[**实验 6-7**]编写一个 Sub 过程,统计大写字母和小写字母的个数,其中一个参数接收字符串,另外两个参数返回大写字母和小写字母的个数。程序运行界面如图 6-10 所示,窗体上放置 3 个标签、3 个文本框和 2 个命令按钮。在文本框 Text1 中输入若干字符,单击"统计"按钮,下面两个文本框显示大写字母的个数和小写字母的个数。单击"清除"按钮,清除 3 个文本框中的内容。

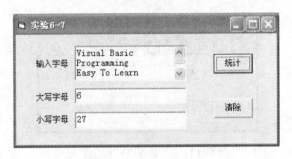

图 6-10　[实验 6-7]程序界面

编程提示:如果使用 ASCII 码编写程序,大写字母 65～90,小写字母 97～122。

[**实验 6-8**]编写一个过程 Function PI,在事件过程中调用通用过程,输入 1 000、10 000、50 000 等数字,函数返回 π 的近似值。π 的计算公式如下:

$$\frac{\pi}{4} = 1 - \frac{1}{3} + \frac{1}{5} - \frac{1}{7} + \cdots + (-1)^{n-1}\frac{1}{2n-1}$$

[**实验 6-9**]编写程序求自然常数。单击窗体,通过键盘输入数据 n。事件过程调用 Sum 过程求和,Sum 过程调用 Fact 过程求阶乘,在窗体上输出计算结果。计算公式如下:

$$e = 1 + \frac{1}{1!} + \frac{1}{2!} + \frac{1}{3!} + \cdots + \frac{1}{n!}$$

[**实验 6-10**]编写三个通用过程,求如下数列的值:

$$1 + x + \frac{x^2}{2!} + \frac{x^3}{3!} + \cdots + \frac{x^n}{n!}$$

单击窗体,通过键盘输入 x 和 n 的值。事件过程调用 Sum 过程求和,Sum 过程调用 Fact 过程求阶乘和 Power 过程求幂乘,在窗体上输出计算结果。

[**实验 6-11**]水仙花数是一个三位数,各位数的立方之和等于这个数,如 $153 = 1^3 + 5^3 + 3^3$,153 就是一个水仙花数。编写一个求水仙花数的过程,输出 100～999 之间的所有水仙花数。

[**实验 6-12**]编写两个参数的通用过程,一个参数用来接收一个字符,另一个参数用来接收字符个数。调用通用过程,输出如图 6-11 所示的等腰三角形,底边长度为字符个数。

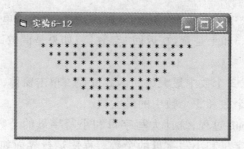

图 6-11 ［实验 6-12］运行结果

［**实验 6-13**］程序界面如图 6-12 所示,用来实现十进制整数与八进制整数的相互转换。在其中一个文本框输入数据,单击"转换"按钮,另一个文本框显示转换结果。单击"清除"按钮,清除两个文本框中的内容。

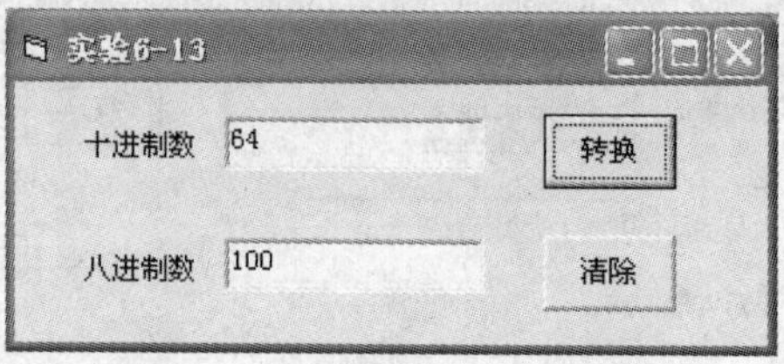

图 6-12 ［实验 6-13］程序界面

编程提示:将十进制数 d 转换为八进制数,可用 8 除 d,取其余数,直到商为 0。最先得到的余数是八进制数的最低位,最后得到的余数是八进制数的最高位。将八进制数按位权展开,所得值即为相应的十进制数。编写两个通用过程,通用过程 DTOO 将十进制数转换为八进制数;通用过程 OTOD 将八进制数转换为十进制数。

［**实验 6-14**］编写一个文章整理程序,对输入的任意大小写英语单词进行整理。要求所有句子开头应为大写字母,其他都是小写字母。在窗体中放置 2 个文本框和 1 个命令按钮,其中一个文本框用来输入待整理的文章,另一个文本框输出整理后的文章。输入完毕,单击命令按钮,得到整理结果。

［**实验 6-15**］共有 5 个人坐成一排,先问第 5 个人的年龄,他说比第 4 个人大 2 岁。第 4 个人说比第 3 个人大 2 岁,第 3 个人说比第 2 个人大 2 岁,第 2 个人说比第 1 个人大 2 岁,第 1 个人说他 10 岁。编写一个递归调用函数 age,求第 5 个人的岁数。用函数 age(n) 求第 n 个人的年龄,求解公式如下:

$$age(n) = \begin{cases} 10 & n = 1 \\ age(n-1) + 2 & n > 1 \end{cases}$$

习 题 六

一、选择题(至少选择一个正确答案)

1. 关于通用过程的概念,下面正确的叙述有( )。

   A) 可以嵌套定义   B) 只能在通用部分定义

C) 可以嵌套调用   D) 可以用参数传递数据

2. 关于 Function 过程,下面正确的叙述有(　　)。

     A) 函数名可以返回变体类型   B) 只能用函数名返回处理结果

     C) 可以在表达式中调用函数   D) 可以使用参数返回处理结果

3. 通常情况下,调用过程 Sub MySub(x%)的正确语句有(　　)。

     A) MySub 20000   B) Print MySub(5)

     C) s = MySub(100)   D) Call MySub(20)

4. 通常情况下,调用过程 Function MyFun(x%)的正确语句有(　　)。

     A) MyFun 20000   B) Print MyFun(5)

     C) s = MyFun(100)   D) Call MyFun(20)

5. 如果只退出过程而不结束程序运行,可以使用的语句有(　　)。

     A) Exit Sub   B) Exit Do

     C) Exit For   D) Exit Function

6. 关于参数传递,下面错误的叙述有(　　)。

     A) 数组元素可以作为形参   B) 定长字符变量可以作为形参

     C) 整个数组可以作为形参   D) 形参和实参变量名可以相同

7. 关于实参的概念,下面正确的叙述有(　　)。

     A) 字符常量可以作为实参   B) 实参的类型必须与形参相同

     C) 数组元素可以作为实参   D) 实参的个数必须与形参相等

8. 如果要求过程返回两个参数,下面正确的定义格式有(　　)。

     A) Sub Test(ByVal x, ByVal y)   B) Sub Test(ByVal x, ByRef y)

     C) Sub Test(ByRef x, ByRef y)   D) Sub Test(x As Variant, y)

9. 如果要求过程在整个工程可以调用,下面正确的定义格式有(　　)。

     A) Public Sub Test(x)   B) Sub Test(x)

     C) Static Sub Test(x)   D) Function Test(x)

10. 只能传递地址的形参有(　　)。

     A) 数组   B) 常量

     C) 对象   D) 变量

11. 关于变量的作用域,下面错误的叙述有(　　)。

     A) 可在过程中声明全局变量   B) Static 只能声明局部变量

     C) 可用 Static 声明模块变量   D) 只能用 Dim 声明模块变量

12. 在通用部分声明变量时,可以使用的关键字有(　　)。

     A) Public   B) Dim

     C) Static   D) Private

13. 在过程中定义变量时,可以使用的关键字有(　　)。

     A) Public   B) Dim

     C) Static   D) Private

14. 在定义变量时,下面正确的叙述有(　　)。

     A) 不同过程中可以定义同名变量

     B) 模块变量与局部变量可以同名

     C) 全局变量与局部变量可以同名

     D) 全局变量与模块变量可以同名

15. 关于在过程中用 Static 声明的变量,下面错误的叙述有( )。

A) 过程执行结束马上消失   B) 每次调用过程都要初始化

C) 过程执行结束仍然存在   D) 每次调用过程使用已有值

二、填空题

1. 运行下面程序,窗体上显示＿＿＿＿＿＿＿＿＿＿＿＿＿。

```
Private Sub Form_Click( )
    Dim x As Integer, y%
    x = 10
    y = 20
    Add x, y
    Print x, y
End Sub
Sub Add( x As Integer, y% )
    x = x + 10
    y = y + 10
End Sub
```

2. 运行下面程序,窗体上显示＿＿＿＿＿＿＿＿＿＿＿＿＿。

```
Private Sub Form_Click( )
    x% = 10
    y% = 20
    Call Add( x, y )
    Print x, y
End Sub
Sub Add( ByVal x% , ByVal y% )
    x = x + 10
    y = y + 10
End Sub
```

3. 运行下面程序,窗体上显示＿＿＿＿＿＿＿＿＿＿＿＿＿。

```
Sub Test( ByVal x, y )
    x = x + y
    y = x + y
End Sub
Private Sub Form_Click( )
    a = 50
    b = 10
    Test a, b
    Print a; b
End Sub
```

4. 运行下面程序,窗体上显示＿＿＿＿＿＿＿＿＿＿＿＿＿。

```
Private Sub Form_Click( )
    a! = 19
    b! = 7
    smd a, b
```

```
        Print a, b
    End Sub
    Sub smd(x!, y!)
        t = x
        x = t \ y
        y = t Mod y
    End Sub
```

5. 运行下面程序,窗体上显示_____。

```
    Private Sub Form_Click( )
        x = 2
        Test x + 3
        Print x
    End Sub
    Private Sub Test( x As Integer)
        Print 3 * x;
    End Sub
```

6. 运行下面程序,窗体上显示_____。

```
    Private Sub Form_Click( )
        Call Test(5, y)
        Call Test(5, y)
        Print y
    End Sub
    Sub Test( x, y)
        x = x + 5
        y = x + y
    End Sub
```

7. 运行下面程序,窗体上显示_____。

```
    Private Sub Form_Click( )
        Print fun(10)
    End Sub
    Function fun( m% )
        For i = m To 1 Step -2
            s = s + i
        Next i
        fun = s
    End Function
```

8. 运行下面程序,窗体上显示_____。

```
    Function fun( ByVal m% )
        fun = m Mod 5
    End Function
    Private Sub Form_Click( )
        Dim sum As Integer
        For i = 1 To 10
            sum = sum + fun(i)
```

```
        Next
            Print sum
        End Sub
```

9. 运行下面程序,窗体上显示_____。

```
    Sub Fun( X( ) As Integer, m% )
        For i = 1 To 5
            m = m + X( i )
        Next
    End Sub
    Private Sub Form_Click( )
        Dim A( 5 ) As Integer, n%
        For i = 1 To 5
            A( i ) = i + i
        Next
        Fun A( ), n
        Print n
    End Sub
```

10. 在程序运行时,单击窗体,窗体上显示_____。

```
    Private Sub Form_Click( )
        Print Fun( 1 ) + Fun( 2 ) + Fun( 3 )
    End Sub
    Function Fun( x As Integer )
        Fun = x + 2
    End Function
```

11. 在程序运行时,第一次单击窗体,窗体上显示_____;第二次单击窗体,窗体上显示_____;第三次单击窗体,窗体上显示_____。

```
    Sub Form_Click( )
        Static x As Integer
        x = x + 5
        Print x
    End Sub
```

12. 在程序运行时,第一次单击窗体,窗体上显示_____;第二次单击窗体,窗体上显示_____;第三次单击窗体,窗体上显示_____。

```
    Dim x As Integer
    Sub Form_Click( )
        x = x + 10
        Print x
    End Sub
```

13. 运行下面程序,窗体上显示_____。

```
    Private Sub Form_Click( )
        a = " ABCDE"
        b = "12345"
        s = Fun( a ) + Fun( b )
```

```
        Print s, Fun(s)
    End Sub
    Function Fun(x) As String
        Fun = Mid(x, 2, Len(x) - 2)
    End Function
```

14. 下面程序求数组的所有元素之和,并输出求和结果。试补充语句,完善程序功能。

```
    Function Sum(X() As Integer) As Integer
        Dim s As Integer
        For i = 1 To 10
            s = _____
        Next i

        _____
    End Function
    Private Sub Form_Click()
        Dim A(1 To 10) As Integer
        For i = 1 To 10
            A(i) = i
        Next i
        Print "求和结果:"; _____
    End Sub
```

15. 下面程序通过键盘输入一个十进制正整数,利用递归调用将十进制数转换为十六进制数。试补充语句,完善程序功能。

```
    Private Sub Form_Click()
        n% = InputBox("输入一个十进制正整数!")

        _____
        Print
    End Sub
    Sub DTOH(n As Integer)
        Dim r%, s As String * 16
        s = "0123456789ABCDEF"
        r = n Mod 16
        If n >= 16 Then

            _____
        End If
        Print Mid(s, r + 1, 1);
    End Sub
```

第7章 控件设计

在设计 Visual Basic 应用程序时,程序代码和程序界面密切相关。为了学习编写代码,第 2 章介绍了几个简单控件,本章继续介绍常用控件。按照控件的作用,可将控件分为图形控件、量值控件、选值控件和文件系统控件。通过本章的学习,要求读者能够灵活运用常用控件的属性、方法和事件。

在学习本章内容时,除理解基本概念外,务必注重实验教学环节,按照教学要求,完成指定的实验内容,能够编写程序解决实际应用问题。

7.1 图形控件

图形控件用来在窗体上显示图像或几何图形,Visual Basic 6.0 的 4 个标准图形控件包括:直线(Line)、形状(Shape)、图像框(Image)和图文框(PictureBox)。利用图形控件,可以设计出丰富多彩的程序界面。

7.1.1 直线和形状

直线控件(Line)用来在窗体上显示线条,形状控件(Shape)用来在窗体上显示简单图形,如矩形、正圆、椭圆、圆角矩形等。直线和形状没有方法和事件,常用属性如下。

1. BorderWidth(边框宽度)

设置直线和形状的边框宽度,可以在属性窗口或程序代码中设置。属性取值以像素为单位,范围为 1 ~ 32 767,默认为 1。

2. BorderStyle(边框样式)

设置直线和形状的边框线型,属性取值如表 7-1 所示。仅当 BorderWidth 属性取值为 1 时,BorderStyle 属性才能生效,否则只产生实线效果。

表 7-1 BorderStyle 属性

取　　值	效　　果	取　　值	效　　果
0	透明	2	虚线
1	实线(默认)	3	点线

续表

取　值	效　果	取　值	效　果
4	点划线	6	内侧实线
5	双点划线	—	—

3. BorderColor(边框颜色)

设置直线和形状的边框颜色,可以在属性窗口或程序代码中设置。

4. Shape(外形)

仅适用于形状控件,用来设置形状控件的几何形状,属性取值如表 7-2 所示。

表 7-2　Shape 属性

取　值	效　果	取　值	效　果
0	矩形(默认)	3	正圆
1	正方形	4	圆角矩形
2	椭圆	5	圆角正方形

5. BackStyle(背景样式)

仅适用于形状控件,用来设置形状控件内部的背景风格。属性值为 0,透明背景(默认),BackColor 属性失效;属性值为 1,不透明背景,内部颜色由 BackColor 属性决定。

6. FillStyle(填充样式)

仅适用于形状控件,用来设置形状控件内部的填充方式,属性取值如表 7-3 所示。

表 7-3　FillStyle 属性

取　值	效　果	取　值	效　果
0	颜色填充	4	左下斜线填充
1	透明填充(默认)	5	右下斜线填充
2	水平直线填充	6	水平和垂直直线填充
3	垂直直线填充	7	交叉斜线填充

7. FillColor(填充颜色)

仅适用于形状控件,用来设置形状内部的填充颜色。

[例 7-1] 程序界面如图 7-1 所示,窗体上放置一个形状控件和两个命令按钮。单击"形状"按钮,循环显示几何图形。单击"填充"按钮,循环显示填充样式,随机设置边框宽度和填充颜色。

```
Private Sub Command1_Click( )
    Static i As Integer
    Shape1. Shape = i
    i = i + 1
```

```
        If i = 6 Then i = 0
    End Sub
    Private Sub Command2_Click( )
        Static i As Integer
        Shape1. FillStyle = i
        i = i + 1
        If i = 8 Then i = 0
        Shape1. BorderWidth = Rnd ∗ 5 + 1
        Shape1. FillColor = QBColor( Rnd ∗ 15)
    End Sub
```

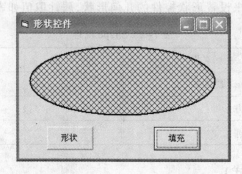

图 7-1　[例 7-1]程序界面

7.1.2　图像框

图像框(Image)用来在窗体上显示图像。Visual Basic 6.0 支持的图像文件格式有:BMP 文件(位图文件)、DIB 文件、ICO 文件(图标文件)、CUR 文件(光标文件)、JPG 文件、GIF 文件、WMF 或 EMF 文件(图元文件)。

图像框可以响应多个事件,但通常很少使用图像框的事件,此处仅介绍图像框的常用属性。除了前面介绍的 Name、Left、Top、Width、Height、Enabled、Visible 等属性外,需要补充的常用属性如下。

1. Picture(默认属性)

Picture 属性用来加载图像文件,设置方法如下:

(1)属性窗口设置。选中 Picture 属性,单击属性右边的省略号按钮,打开"加载图片"对话框,选择图像文件。

(2)复制粘贴设置。先将图片复制到 Windows 剪贴板,再粘贴到图像框。

(3)程序代码设置。在程序代码中调用 LoadPicture 函数,函数格式如下:

[对象名 .]**Picture = LoadPicture**("图像文件标识")

如果省略"对象名",则设置窗体的 Picture 属性。"图像文件标识"包括图像文件所在的盘符、路径、文件基本名和文件扩展名,如果图像文件与当前窗体文件保存位置相同,可以省略盘符和路径。例如:

Image1. Picture = LoadPicture("C:\图片\Picture1. JPG")

2. Stretch(图片拉伸)

Stretch 属性用来设置是否自动调整图像大小。属性值为 False(默认),图像大小保持不变,自动调整图像框大小,使两者完全吻合;属性值为 True,自动调整图像大小,图像框大小保持不变,使两者完全吻合。

3. BorderStyle(边框样式)

设置图像框的边框样式。属性值为 0,图像框无边框;属性值为 1,固定单线边框。

[例 7-2]　在窗体文件所在的文件夹中,放置 5 个图像文件,程序运行时自动循环显示 5 个图像文件。在显示过程中,每幅图片从左到右逐渐显示。

在窗体上放置一个计时器 Timer1 和一个图像框 Image1,计时器的 Interval 属性设置为 2 000,图像框的 Stretch 属性设置为 True。编写程序代码如下:

```
Private n As Integer
Private Sub Timer1_Timer( )
    n = n + 1
    s = " picture" & n & ". jpg"
    Image1. Picture = LoadPicture( s)
    Caption = s                         '窗体标题显示文件名
    If n = 5 Then n = 0
    w = Image1. Width                   '从左到右显示图片
    For i = 0 To w
        Image1. Width = i
    Next i
End Sub
```

程序设计完毕,将窗体文件、工程文件和图像文件保存在同一文件夹,然后关闭工程。打开图像文件、窗体文件和工程文件所在的文件夹,双击工程名称,再次启动工程文件,即可按照默认路径加载图像文件。

7.1.3　图文框

图文框(PictureBox)不仅可以显示图像,还可以作为容器控件,用来输出字符、绘制图形或放置其他控件。窗体的多数事件、方法和属性同样适用于图文框,此处仅介绍图文框的几个常用属性。

1. Picture(默认属性)

用来在图文框中显示图片,设置方法与图像框完全相同。

2. AutoSize(自动大小)

自动设置图文框大小,使图文框大小适合图像大小。AutoSize 属性设置为 False(默认),图文框大小保持不变,超出图文框的图片自动截去;AutoSize 属性设置为 True,自动调整图文框大小,以适合图片大小。

3. Align(放置位置)

设置图文框在窗体上的显示位置。Align 属性的 5 种取值如下:

0——可以放在窗体任意位置(默认)。

1——与窗体同宽,位于窗体顶端。

2——与窗体同宽,位于窗体底端。

3——与窗体同高,位于窗体左侧。

4——与窗体同高,位于窗体右侧。

4. Appearance(外观)

设置图文框的显示风格。属性设置为 0,按平面风格显示;属性设置为 1,按三维效果显示(默认)。

[例 7-3] 程序界面如图 7-2 所示,在窗体上放置一个图文框和三个命令按钮,适当设置窗体、图文框和命令按钮的属性。单击"显示图片"按钮,在图文框中显示图像;单击"显示文字"按钮,在图文框中显示文本。单击"清除"按钮,清除图文框中的图像和文本。

图 7-2 [例 7-3]程序界面

```
Private Sub Command1_Click( )
    Picture1. Picture = LoadPicture("P5. JPG")
End Sub
Private Sub Command2_Click( )
    Picture1. FontSize = 16
    Picture1. FontName = "隶书"
    Picture1. Print Tab(15); "百年名校"
    Picture1. Print
    Picture1. Print Tab(15); "世纪辉煌"
End Sub
Private Sub Command3_Click( )
    Picture1. Cls                          '清除文本
    Picture1. Picture = LoadPicture( )     '清除图像
End Sub
```

图像框的英文单词是 Image,图文框的英文单词是 PictureBox,为了明确区分两者的中文名称,本书按照控件的功能,将 Image 控件称为图像框,将 PictureBox 控件称为图文框。两种控件的功能区别如下:

(1) 图文框是容器控件,可以显示图像和文本,放置标签、文本框、命令按钮等其他控件。图像框不是容器控件,不能显示文本,不能放置其他控件。

(2) 图文框的功能非常丰富,属性、方法和事件较多,常用方法有 Print、Cls、Move、PSet(画点)、Line(画线)和 Circle(画圆)等。图像框的功能相对单一,只有一个常用方法 Move。

（3）与图文框相比,图像框占用内存较少,图像显示速度较快。如果仅显示图像,应当优先考虑使用图像框。

7.2 量值控件

量值控件包括滚动条(HScrollBar 或 VScrollBar)、滑动块(Slider)和进度条(ProgressBar),三种控件都有水平和垂直形式,都是通过 Value 属性形象直观地表示一个量值。本节重点介绍滚动条和进度条。

7.2.1 滚动条

水平滚动条 HScrollBar 如图 7-3 所示,垂直滚动条 VScrollBar 如图 7-4 所示。可将滚动条看做具有数字刻度的线段,最小值位于线段的左端或上端,最大值位于线段的右端或下端。拖动滚动条上的滑块,可以改变当前量值。

前面介绍的 Name、Width、Height、Left、Top、Enabled、Visible 等属性均适用于滚动条,需要补充的常用属性如下:

1. Min 和 Max(最小值和最大值)

Min 和 Max 属性分别设置滚动条能够表示值域的下限和上限,取值范围从 - 32 768 ～ 32 767。

2. Value(量值,默认属性)

设置或返回滑块在滚动条上的位置,取值范围不得超出 Min 和 Max 属性的取值。

3. SmallChange 和 LargeChange(小变化和大变化)

单击滚动条两端的滚动箭头,改变滑块的位置,由 SmallChange 属性指定 Value 属性的增值或减值;单击滑块两边的空白区域,同样可以改变滑块的位置,由 LargeChange 属性指定 Value 属性的增值或减值。

滚动条的两个常用事件是 Scroll 和 Change。只要改变 Value 属性值,就会触发 Change 事件;仅当按住鼠标左键拖动滑块时,才会触发 Scroll 事件。在拖动滑块的过程中,Value 属性取值不断改变,连续触发 Scroll 事件,仅当松开鼠标按键时,才触发 Change 事件。

[例 7-4] 利用三个水平滚动条,设置文本框的文本颜色。

在窗体上放置一个文本框、三个滚动条和三个标签,三个滚动条的 Min 属性设置为 0,Max 属性设置为 255,SmallChange 属性设置为 10,LargeChange 属性设置为 20。程序界面如图 7-3 所示,程序代码如下:

```
Private Sub HScroll1_Change( )
        Text1. ForeColor = RGB( HScroll1. Value, HScroll2, HScroll3)
End Sub
Private Sub HScroll2_Change( )
        Text1. ForeColor = RGB( HScroll1. Value, HScroll2, HScroll3)
End Sub
```

```
Private Sub HScroll3_Change( )
    Text1. ForeColor = RGB( HScroll1. Value，HScroll2，HScroll3 )
End Sub
```

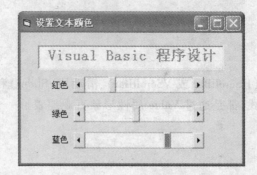

图 7-3 [例 7-4] 程序界面

[例 7-5] 程序运行界面如图 7-4 所示，在窗体上放置一个图像框 Image1、一个垂直滚动条 VScroll1 和一个标签 Label1，拖动滚动条上的滑块，缓慢显示图像框中的图像。

图 7-4 [例 7-5] 程序界面

在属性窗口中，设置 Image1 的 Picture 属性，将 Stretch 属性设置为 False。程序运行时，向下拖动滑块，自上而下显示图像，标签中显示"当前图片高度：XXXX"。程序代码如下：

```
Private Sub Form_Load( )
    VScroll1. Min = 0
    VScroll1. Max = Image1. Height        '与图像高度相同
    Image1. Height = 0                    '初始不显示图像
End Sub
Private Sub VScroll1_Scroll( )
    Image1. Height = VScroll1
    Label1 = "当前图片高度:" & VScroll1. Value
End Sub
```

[例 7-6] 在窗体上放置一个标签和一个水平滚动条 HScroll5，拖动滚动条的滑块，改变标签字号。标签的 AutoSize 属性设置为 True，背景设置为白色，程序界面如图 7-5 所示。

图 7-5 [例 7-6] 程序界面

```
Private Sub Form_Load( )
        HScroll5. Min = 10
        HScroll5. Max = 50
End Sub
Private Sub HScroll5_Scroll( )
        Label1. FontSize = HScroll5. Value
End Sub
```

7.2.2 进度条

Visual Basic 的控件分为 3 类:标准控件(内部控件)、ActiveX 控件和可插入对象。标准控件包含在 Visual Basic 6.0 系统中,启动系统后工具箱中显示控件图标,用户既不能添加,也无法删除。ActiveX 控件是扩展名为 OCX 的文件,用户可以在工具箱中添加或删除 ActiveX 控件的图标。可插入对象是 Windows 应用程序的对象,如"Microsoft Office Word 文档"、"Microsoft Office Excel 工作表"、"Microsoft Office PowerPoint 演示文稿"、"位图图像"、"音效"、"Windows Media Player"等。同样可以在工具箱中添加或删除可插入对象的图标,如同标准控件一样使用。

进度条(ProgressBar)属于 ActiveX 控件,使用前需要先添加到工具箱中。添加进度条控件的方法如下:

(1)执行"工程"→"部件"命令,或右击工具箱,选择"部件"命令,均可出现如图 7-6 所示的"部件"对话框。

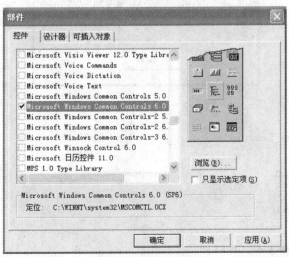

图 7-6 "部件"对话框

（2）选择"控件"选项卡，在列表框中选中"Microsoft Windows Common Controls 6.0"复选框。

（3）单击"确定"按钮，工具箱中出现若干控件图标。

在工具箱中，进度条控件的图标为"▥"，滑动块（Slider）控件的图标为"▱"。滑动块控件的常用属性和使用方法与滚动条相同。

进度条用来显示一个耗时较长的操作进度，如文件复制进度、文件下载进度、程序安装进度等。通常不需要编写进度条的事件代码，常用属性有 Min、Max 和 Value，其中 Min 和 Max 属性值不能小于 0，Value 属性值只能在程序代码中设置。需要补充的常用属性如下。

1. Orientation（放置方向）

Orientation 属性用来设置进度条的放置方向。属性默认值为 0，水平放置；如果设置为 1，则垂直放置。

2. Scrolling（显示样式）

Scrolling 属性用来指定连续或分段显示进度。属性默认值为 0，分段显示进度；属性值设置为 1，连续显示进度。

3. Align（放置位置）

Align 属性用来设置进度条在窗体上的位置，属性取值如下：

0——放在窗体任意位置（默认）。

1——放在窗体顶端。

2——放在窗体底端。

3——放在窗体左边。

4——放在窗体右边。

[例7-7]　设计一个计数程序，程序界面如图 7-7 所示。窗体上放置一个进度条 pb、两个标签和一个命令按钮。单击命令按钮，进度条显示计数进度，第一个标签显示进度百分比，第二个标签显示计数数字。

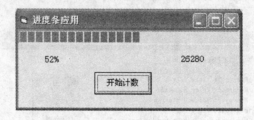

图 7-7　［例 7-7］程序界面

```
Private Sub Form_Load()
    pb. Align = 1
    pb. Scrolling = 0
    pb. Min = 1
    pb. Max = 50000
End Sub
Private Sub Command1_Click()
    For i = pb. Min To pb. Max
```

```
        pb. Value = i
        Label1 = Format( pb. Value / pb. Max , "00% " )
        Label2. Caption = i
        DoEvents
    Next i
End Sub
```

量值控件通过 Value 属性将量值直观显示出来。滚动条的 Value 属性既可在属性窗口中设置，又可在程序代码中设置，而进度条的 Value 属性只能在程序代码中设置。

7.3 选值控件

在设计应用程序时，经常需要为用户提供选择输入。利用选值控件，可以实现选择输入。单选按钮、复选框、列表框和组合框均可提供多个项目，供用户从中选择。

7.3.1 单选按钮和复选框

单选按钮（OptionButton）用于唯一选择。在一个容器内，如果存在多个单选按钮，只能选择其中一个。如果需要选择窗体上的多个单选按钮，必须使用框架对单选按钮分组。

复选框（CheckBox）用来选择多个选项，同一个容器内，可以同时选择多个复选框。

前面介绍的 Name、Caption、Left、Top、Width、Height、Enabled、Visible、BackColor、ForeColor、Picture 等属性均适用于单选按钮和复选框，需要补充的常用属性如下。

1. Value（默认属性）

用来表示单选按钮或复选框是否选中。单选按钮的 Value 属性为逻辑数据，True 表示选中，False 表示未选中。选中时按钮中心有一个圆点（图 7-8）。

复选框的 Value 属性值为一个整数，3 种取值如下：

0——未选中复选框。

1——选中复选框，框内显示符号"√"（图 7-8）。

2——复选框被禁止，框内显示灰色符号"√"。

2. Style（按钮样式）

用来设置单选按钮或复选框的样式。Style 属性只读，两种取值如下：

0——标准样式（默认，图 7-8 左边按钮）。

1——图形样式，外观与命令按钮相同（图 7-8 右边按钮）。

3. Alignment（标题位置）

设置单选按钮或复选框的图标与标题文本的相对位置。两种属性取值如下：

0——图标在左边，标题文本在右边（默认，图 7-8 左边两个控件）。

1——图标在右边，标题文本在左边（图 7-8 汉字标题的控件）。

当 Style 属性设置为 1 时，Alignment 属性的设置无效。

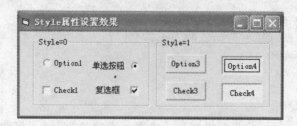

图 7-8 Style 属性设置效果

［例 7-8］ 在窗体上放置一个文本框、一个命令按钮、两个单选按钮和两个复选框。单选按钮设置文本框中的文本颜色,复选框设置文本是否粗体和斜体。选中单选按钮和复选框,单击"确定"按钮,设置生效。

在属性窗口中,将 Option1 的 Value 属性设置为 True,适当设置文本框的属性。程序界面如图 7-9 所示,程序代码如下:

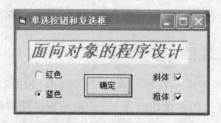

图 7-9 ［例 7-8］程序界面

Private Sub Command1_Click( )
    Text1. FontBold = IIf(Check1 , True , False)
    Text1. FontItalic = IIf(Check2 , True , False)
    Text1. ForeColor = IIf(Option1 , vbRed , vbBlue)
End Sub

7.3.2 框架

框架(Frame)是一个容器控件,用于窗体上的控件分组。一个框架内的控件在视觉和逻辑上构成一个整体,随框架一起移动、删除、屏蔽或激活。用框架对单选按钮进行分组,具有特殊用途。整个窗体上未经分组的单选按钮只能选中其中一个,在窗体上放置多个框架,每个框架内可以选中一个单选按钮,在整个窗体上,可以选中多个单选按钮。

可以先在窗体上绘制框架,然后在框架内添加控件。如果窗体上已经绘制控件,则分组操作如下:

(1) 在窗体上绘制框架。

(2) 选中需要分组的控件,单击"标准"工具栏中的"剪切"按钮。

(3) 选中框架,单击"标准"工具栏中的"粘贴"按钮。

用鼠标左键单击,选中框架内的一个控件;在未选中框架的状态下,按住 Shift 或 Ctrl 键,单击框架内的控件,可以选中框架内的多个控件。

框架可以响应 Click、DblClick 等多个事件,但通常很少使用框架的事件。前面介绍的 Name、

Caption、Width、Height、Left、Top、Enabled、Visible、BorderStyle、BackColor、ForeColor、Font 等属性均适用于框架。其中,Caption 属性是框架最常用的属性,用来在框架的左上角显示标题文本。Caption 属性设置为空字符串,框架呈现为一个封闭矩形。

需要注意,设置框架的 Enabled 或 Visible 属性,会同时作用于框架内的所有控件。

[例 7-9] 程序界面如图 7-10 所示,窗体上放置一个形状控件 Shape1 和三个框架,每个框架内放置两个单选按钮。选中单选按钮,单击"确认"按钮,设置形状 Shape1 的属性。

```
Private Sub Form_Load( )
    Option1. Value = True
    Option3. Value = True
    Option5. Value = True
    Shape1. FillStyle = 7
End Sub
Private Sub Command1_Click( )
    Shape1. Shape = IIf( Option1 , 0 , 3 )
    Shape1. BorderWidth = IIf( Option3 , 2 , 5 )
    Shape1. BorderColor = IIf( Option5 , vbRed , vbBlue )
End Sub
```

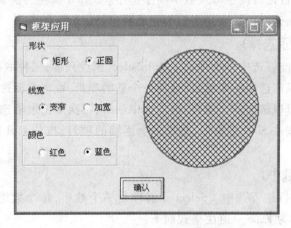

图 7-10 [例 7-9]程序界面

7.3.3 列表框

列表框(ListBox)用来列出多个可供选择的项目,用户可以根据需要,从列表框中选择一个或多个项目。

前面介绍的 Name、Width、Height、Left、Top、Enabled、Visible、BackColor、ForeColor、Font 等属性均适用于列表框,需要补充的常用属性如下。

1. List(项目列表)

设置或返回列表框中的项目。

在设计阶段,单击 List 属性右边的下拉箭头,直接输入项目文本,按 Ctrl + Enter 键换行,按 Enter 键结束输入。如果列表框中的项目较多,右侧自动出现垂直滚动条。

List 属性是一个数组,在程序代码中通过下标设置项目文本,语法格式如下:

　　列表框名 . List(下标)

下标从 0 开始,可以是整型常量、整型变量或数值表达式。

2. ListCount(项目个数)

返回列表框中的项目个数。

属性窗口中没有 ListCount 属性,只能在程序代码中引用属性值。

3. Text(项目文本)

返回最后一次选中项目的文本。

属性窗口中没有 Text 属性,只能在程序代码中引用属性值。

4. ListIndex(项目序号)

返回最后一次选中项目的序号。项目序号从 0 开始,最大序号为 ListCount − 1。根据项目序号,可以得到项目文本。

属性窗口中没有 ListIndex 属性,只能在程序代码中引用属性值。

5. Sorted(项目排序)

设置列表框中的项目是否按字母或数字顺序排序。Sorted 属性为逻辑数据,设为 True,自动按字母或数字升序排序,否则按加入列表框的先后顺序排序(默认)。

6. MultiSelect(多重选择)

用来设置一次是否能够选中多个项目。MultiSelect 属性只读,三种取值如下:

0——默认选择。只能选中一个项目,选择一个新的项目,取消前面选择的项目。

1——简单复选。可以选中多个项目,单击选中项目,再次单击取消选中的项目。

2——扩展复选。按住 Shift 键单击,选择多个连续的项目;按住 Ctrl 键单击,选择多个不连续的项目。

7. Selected(是否选中)

返回列表框中的项目是否选中。Selected 属性是一个数组,每个数组元素的取值为逻辑数据,选中为 True,未选中为 False。语法格式如下:

　　列表框名 . Selected(下标)

8. Style(样式)

设置列表框的外观。属性值为 0(默认),标准样式;属性值为 1,复选框样式。

Style 属性为只读,只能在属性窗口中设置,而不能在程序代码中设置。

[**例 7−10**] 编写一个程序,将列表框的 List 属性作为一维数组使用。程序界面如图 7−11 所示,窗体上放置一个列表框、一个文本框和两个命令按钮。单击"添加"按钮,在列表框中添加若干整数;单击"求和"按钮,将所有项目求和,求和结果在文本框中显示。

```
Private Sub Command1_Click()              '添加项目
    Dim i As Integer
    For i = 0 To 9
        List1. List(i) = i + 11
    Next i
```

```
    End Sub
Private Sub Command2_Click( )                '项目求和
    Dim sum% , i%
    For i = 0 To List1. ListCount − 1
        sum = sum + List1. List( i)
    Next i
    Text1 = sum
End Sub
```

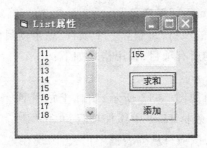

图 7-11   [例 7-10]程序界面

[**例 7-11**]   程序界面如图 7-12 所示,窗体上放置一个列表框、一个文本框、一个标签和一个命令按钮。编写程序代码,将屏幕字体名称在列表框中显示出来,标签中显示字体数目。从列表框中选择一个字体名称,单击"设置"按钮,设置文本框中文本的字体。

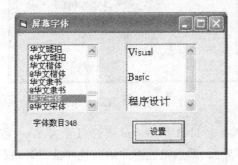

图 7-12   [例 7-11]程序界面

```
Private Sub Form_Load( )
    Dim i As Long
    For i = 0 To Screen. FontCount − 1
        List1. List( i) = Screen. Fonts( i)
    Next i
    Label1 = "字体数目" & List1. ListCount
End Sub
Private Sub Command1_Click( )
    Text1. FontName = List1. Text
End Sub
```

其中,Screen 是屏幕对象,通过 Screen 对象的属性获得屏幕字体。FontCount 属性返回屏幕字体数目,Fonts 属性返回屏幕字体名称。Fonts 属性是一个数组,下标取值范围从 0 ~ FontCount − 1。

列表框的常用事件只有 Click 和 DblClick,常用方法如下:

(1) AddItem:在列表框中添加一个项目,调用格式如下:

列表框名 . AddItem 项目文本[,项目序号]

"项目文本"为字符常量或字符变量,"项目序号"指定添加位置,取值范围为 0 ~ ListCount。如果省略"项目序号",Sorted 属性设置为 True,将项目添加到适当的排序位置;Sorted 属性设置为 False,则项目添加到列表框的尾部。

(2) RemoveItem:删除列表框的一个项目,调用格式如下:

列表框名 . RemoveItem 项目序号

"项目序号"指定将要删除的项目,每删除一个项目,剩余项目的项目序号重新排列。

(3) Clear:清除列表框中的所有项目,调用格式如下:

列表框名 . Clear

[例7-12] 程序运行界面如图 7-13 所示,窗体上放置两个列表框。在文本框中输入文本,单击"添加"按钮,在左边列表框 List1 中添加项目;单击"删除"按钮,删除 List1 中选中的项目。双击一个列表框中的项目,该项目从列表框中消失,出现在另一个列表框中。

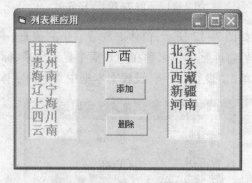

图 7-13 [例7-12]程序界面

在属性窗口中,将左边列表框 List1 的 Sorted 属性设置为 True,将右边列表框 List2 的 Sorted 属性设置为 False。按照程序界面,适当设置控件的其他属性,编写程序代码如下:

```
Private Sub Command1_Click( )
    For i = 0 To List1. ListCount – 1              '避免重复项目
        If Text1 = List1. List( i) Then Exit Sub
    Next i
    List1. AddItem Text1
    Text1 = " "
End Sub
Private Sub Command2_Click( )
    List1. RemoveItem List1. ListIndex
End Sub
Private Sub List1_DblClick( )
    List2. AddItem List1. Text
    List1. RemoveItem List1. ListIndex
End Sub
```

```
Private Sub List2_DblClick( )
    List1. AddItem List2. Text
    List2. RemoveItem List2. ListIndex
End Sub
```

7.3.4　组合框

组合框(ComboBox)由文本框和列表框组合而成,属性和方法与列表框的基本相同,需要补充的两个属性如下。

1. Style(样式)

用来设置组合框的类型(见图 7-14)。属性只读,三种取值如下:

0——下拉组合框(Dropdown ComboBox):由一个文本框和一个下拉列表框组成,可以从列表中选择项目或在文本框中输入项目(默认样式)。

1——简单组合框(Simple ComboBox):由一个文本框和一个列表框组成,可以从列表框中选择项目或在文本框中输入项目。

2——下拉列表框(Dropdown ListBox):由一个文本框和一个下拉列表框组成,只能从下拉列表框中选择项目,不能在文本框中输入项目。

2. Text(项目文本)

返回选中项目的文本。

组合框没有 MultiSelect 属性,只能从组合框中选择一个项目。

组合框可以响应 Click、DblClick 和 Change 事件。单击组合框中的项目,触发 Click 事件;双击组合框中的项目,触发 DblClick 事件;Text 属性变化时,触发 Change 事件。

[例 7-13]　　在窗体上放置一个文本框 Text1、三个标签和三个组合框。左边组合框 Combo1 的 Style 属性设置为 0,中间组合框 Combo2 的 Style 属性设置为 1,右边组合框 Combo3 的 Style 属性设置为 2。程序设计要求如下:

(1) 在属性窗口中,输入中间组合框 Combo2 的项目,即"红色"、"绿色"和"蓝色"。

(2) 在启动窗体时,添加左边组合框 Combo1 的项目(字号大小)和右边组合框 Combo3 的项目(仅横排汉字的字体名称)。

(3) 单击 Combo1 的下拉按钮,设置文本框的文本字号;单击 Combo2 列表框中的项目,设置文本框的文本颜色;单击 Combo3 的下拉按钮,设置文本框的文本字体。

在窗体上绘制的组合框,其高度总是保持默认值。当 Style 属性设置为 1 时,可以改变组合框的高度。适当设置标签的属性,程序界面如图 7-14 所示,程序代码如下:

```
Private Sub Form_Load( )
    For i = 10 To 28 Step 2
        Combo1. AddItem i
    Next i
    For i = 0 To Screen. FontCount - 1
        If Screen. Fonts(i)  >  "z" Then
            Combo3. AddItem Screen. Fonts(i)
        End If
```

```
        Next i
    End Sub
    Private Sub Combo1_Click( )
        Text1. FontSize = Val( Combo1. Text)
    End Sub
    Private Sub Combo2_Click( )
        n = Combo2. ListIndex + 1
        Text1. ForeColor = Choose( n, vbRed, vbGreen, vbBlue)
    End Sub
    Private Sub Combo3_Click( )
        Text1. FontName = Combo3. Text
    End Sub
```

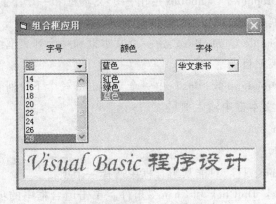

图7-14　[例7-13]程序界面

7.4　文件系统控件

　　为了管理计算机系统的文件,Visual Basic 提供了驱动器列表框、目录列表框和文件列表框。这三个控件联合使用,可以查看指定磁盘、指定目录中的文件信息,或者编写程序代码,管理磁盘文件。

7.4.1　驱动器列表框

　　驱动器列表框(DriveListBox)实际上是一个下拉列表框,文本框中显示当前驱动器名称,单击下拉按钮,显示所有驱动器,可以从中选择一个驱动器。当驱动器列表框获得焦点时,按下盘符名称字母键(如 C、D、E),也可以选择一个驱动器。

　　前面介绍的 Name、Width、Height、Left、Top、Enabled、Visible、BackColor、ForeColor、Font 等属性同样适用于驱动器列表框,几个特有属性如下。

1. Drive(驱动器)

　　设置或返回驱动器名称,语法格式如下:

　　驱动器列表框名 . Drive[= "驱动器名"]

如果省略"驱动器名",则指当前驱动器。只能在程序代码中设置 Drive 属性,且必须是有效驱动器,否则就会出现错误。

2. List(驱动器列表)

返回驱动器列表框中的驱动器名称。

List 属性是一个数组,只能在程序代码中引用属性值。

3. ListCount(驱动器个数)

返回驱动器列表框中的驱动器个数。

4. ListIndex(驱动器序号)

返回选中驱动器的序号。序号从 0 开始,最大序号为 ListCount − 1。

驱动器列表框可以响应多个事件,但通常只需要编写 Change 事件的程序代码。当重新设置驱动器列表框的 Drive 属性时,触发驱动器列表框的 Change 事件。

7.4.2 目录列表框

目录列表框(DirListBox)用来显示当前驱动器的目录结构或当前目录下的所有子目录。当程序运行时,单击某个目录(即文件夹),该目录反相显示;双击某个目录,该目录就成为当前目录,并展开或折叠目录。目录列表框的常用属性如下。

1. Path(路径)

返回或设置当前路径,语法格式如下:

> **目录列表框名 . Path**[= "路径名"]

只能在程序代码中设置 Path 属性,而不能在属性窗口中设置。

2. List(目录列表)

返回目录列表框中的目录名称(文件夹名)。

List 属性是一个数组,只能在程序代码中引用属性值。

3. ListCount(目录个数)

返回当前目录中的下级目录个数。

4. ListIndex(目录序号)

返回当前选中目录的目录序号(单击选中目录,选中后反相显示)。目录序号依次为 0,1,2,…, ListCount − 1。

虽然目录列表框可以响应多个事件,但常用事件只有 Click 和 Change。关于目录列表框的事件,几点说明如下:

(1)单击目录列表框中的目录,选中的目录反相显示,触发目录列表框的 Click 事件。

(2)双击目录列表框中的目录,被双击的目录成为当前目录,显示当前目录的下级目录,同时改变 Path 属性值,触发列表框的 Change 事件。

(3)在程序代码中,设置 Path 属性,同样可以触发目录列表框的 Change 事件。

7.4.3 文件列表框

文件列表框(FileListBox)用来显示当前目录中的文件,通常与驱动器列表框和目录列表框联合使用。除了 List、ListCount、ListIndex 属性外,文件列表框的特有属性如下。

1. Path(路径)

设置或返回文件列表框中的文件路径,语法格式如下:

文件列表框名.Path[="路径名"]

如果省略"路径名",则指当前目录。改变文件列表框的 Path 属性,所列出的文件随之改变。

2. FileName(文件名称)

设置或返回文件列表框中选中的文件名称(不包括盘符和路径),语法格式如下:

文件列表框名.FileName[="文件标识"]

FileName 属性赋值时,文件标识可以包括盘符、路径和文件名,但只返回文件名。

3. Pattern(模式)

设置或返回文件列表框中显示的文件类型,语法格式如下:

文件列表框名.Pattern[="文件名列表"]

文件名之间用分号隔开。Pattern 属性支持星号" * "和问号"?"通配符,一个星号代表多个任意字符,一个问号代表一个任意字符。如果省略"文件名列表",则指所有文件,相当于" * . * "。例如:

```
File1.Pattern = " * .TXT"                '仅显示扩展名为 TXT 的文件
File1.Pattern = " * .EXE; * .COM"         '仅显示扩展名为 EXE 和 COM 的文件
```

[**例 7-14**]　程序界面如图 7-15 所示,在窗体上放置一个驱动器列表框 Drive1、一个目录列表框 Dir1、一个文件列表框 File1 和三个标签。编写程序代码,实现驱动器列表框、目录列表框和文件列表框的同步。双击文件列表框中的可执行文件,执行相应程序。

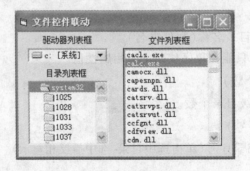

图 7-15　[例 7-14]程序界面

三种文件系统控件联合使用,可以查看计算机的文件系统。三种控件不会自动联动,需要编写程序代码,才能实现三种控件的同步。在驱动器列表框和目录列表框的 Change 事件过程中,用驱动器列表框的 Drive 属性设置目录列表框的 Path 属性,用目录列表框的 Path 属性设置文件列表框的 Path 属性,可以实现三种控件的同步。

根据上面分析,创建程序界面,编写事件过程如下:

```
Private Sub Drive1_Change( )
    Dir1.Path = Drive1.Drive
End Sub
```

```
Private Sub Dir1_Change( )
    File1. Path = Dir1. Path
End Sub
Private Sub File1_DblClick( )
    Shell File1. FileName
End Sub
```

当程序运行时,单击驱动器列表框,选择驱动器;双击目录列表框中的目录,设置当前目录;在文件列表框中,查看文件信息。选择"c:\Windows\system32"路径,查找可执行程序 calc. exe(计算器)、freecell. exe(空当接龙)、mspaint. exe(画图)或 sol. exe(纸牌)等,双击程序名,执行相应程序。

[**例 7-15**] 程序界面如图 7-16 所示,使用通配符在文件列表框中分类显示文件。

图 7-16 [例 7-15]程序界面

在窗体上放置一个驱动器列表框、一个目录列表框和一个文件列表框,再创建一个框架,并将 4 个复选框放在框架内部。编写程序代码如下:

```
Private Sub Drive1_Change( )
    Dir1. Path = Drive1. Drive
End Sub
Private Sub Dir1_Change( )
    File1. Path = Dir1. Path
End Sub
Private Sub chkPtn_Click( Index As Integer )
    Dim p As String
    If chkPtn( 0 ) = 1 Then p = p & " * . TXT" & " ; "
    If chkPtn( 1 ) = 1 Then p = p & " * . BMP" & " ; "
    If chkPtn( 2 ) = 1 Then p = p & " * . EXE" & " ; "
    If chkPtn( 3 ) = 1 Then p = p & " * . COM" & " ; "
    If p = " " Then                      '4 个复选框都未选
       p = " * . * "                     '显示所有类型的文件
    Else
```

```
    p = Left(p, Len(p) - 1) '去掉最后一个分号
  End If
  File1. Pattern = p
End Sub
```

实 验 七

一、实验目的

（1）熟练掌握图形控件，能够使用图形控件的常用属性和方法编写程序代码。

（2）熟练掌握量值控件，能够使用量值控件的常用属性、方法和事件编写程序代码。

（3）熟练掌握选值控件，能够使用选值控件的常用属性、方法和事件编写程序代码。

（4）一般掌握文件系统控件，能够使用文件系统控件的基本属性和事件编写程序代码。

二、实验内容

[**实验 7-1**]在窗体上添加一个图像框和三个命令按钮，单击不同的命令按钮，在图像框中显示不同的图像文件。

[**实验 7-2**]在窗体上放置两个图像框和一个命令按钮，在属性窗口中设置两个图像框 Image1 和 Image2 的 Picture 属性，Stretch 属性设置为 True。程序运行时，单击命令按钮，交换图像框 Image1 和 Image2 中显示的图像。

[**实验 7-3**]在窗体上添加三个图像框和一个计时器，在属性窗口中设置三个图像框的 Picture 属性。运行程序时，每隔 1 000 ms，循环显示三个图像框中的图像。

[**实验 7-4**]在窗体上放置两个图像框、一个命令按钮和一个计时器，图像框 Image1 代表"云层"，Image2 代表"火箭"。单击"发射"按钮，"火箭"徐徐上升，进入"云层"消失。

[**实验 7-5**]在窗体上添加一个水平滚动条和一个图像框，拖动滚动条上的滑块，从左到右逐渐显示图像框中的图像。

[**实验 7-6**]在窗体上放置一个进度条、一个计时器和一个命令按钮，用来模拟某种操作进度。进度条的 Min 属性设置为 0，Max 属性设置为 5 000；计时器的 Interval 属性设置为 10 ms。程序运行时，单击"开始"按钮，进度条开始显示进度。

[**实验 7-7**]程序界面如图 7-17 所示，在文本框中输入姓名，选择不同的数据，单击"提交"按钮，在下面文本框中显示采集到的数据。单击"重填"按钮，清空两个文本框。

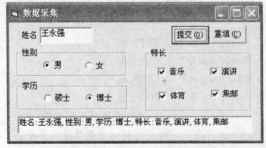

图 7-17 [实验 7-7]程序界面

[**实验7-8**]在窗体上添加一个列表框和一个组合框,两者的 Style 属性都设置为1。在启动程序时,向组合框中添加若干项目。单击组合框中的项目,将所选择的项目添加到列表框中。双击列表框中的项目,从列表框中删除所选择的项目。

[**实验7-9**]程序界面如图7-18所示,窗体上放置三个列表框、一个组合框、一个标签和两个命令按钮。启动程序时,向列表框 List1 和 List2 中各添加10个整数。在组合框中选择一种运算,选择列表框 List1 和 List2 中的项目,单击"运算"按钮,在列表框 List3 中显示运算结果。单击"清除"按钮,清除列表框 List3 中的项目。

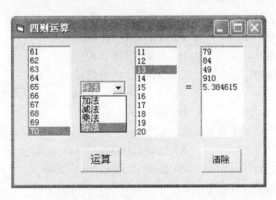

图7-18　[实验7-9]程序界面

[**实验7-10**]在窗体上放置三个文件系统控件和一个图像框,图像框的 Stretch 属性设置为True。利用三个文件系统控件查找图像文件,双击文件列表框中的图像文件,在图像框中显示图像。

一、选择题(至少选择一个正确答案)

1. 设置形状控件的 BackColor 属性,但背景颜色未发生变化,其原因可能是形状控件的(　　)。

    A)FillStyle 属性为0　　　　　　　　B)BackStyle 属性为0

    C)Shape 属性为0　　　　　　　　　D)BorderStyle 属性为0

2. 关于图像框和图文框,下面错误的叙述有(　　)。

    A)两者都可以显示文本

    B)两者装入图像的方法相同

    C)两者都属于容器控件

    D)两者都用 Cls 方法清除图像

3. 关于滚动条,下面错误的叙述有(　　)。

    A)Max 和 Min 属性的取值范围为0～32 767

    B)Value 属性的取值范围从 Max 到 Min

    C)单击滚动箭头,触发 Scroll 事件和 Change 事件

    D)拖动滑块,触发 Scroll 事件和 Change 事件

4. 关于进度条控件,下面正确的叙述有(　　)。

    A)Min 和 Max 属性的取值不能小于0

B) 可以响应 Scroll 和 Change 事件

C) 只能在代码中引用 Value 属性值

D) 可在窗体上水平放置或垂直放置

5. 关于单选按钮和复选框,下面正确的叙述有(　　)。

A) Value 属性取值均为 True 或 False

B) 可以改变图标与标题文本的相对位置

C) Style 属性设置为 0,两者外观相同

D) Style 属性设置为 1,两者外观相同

6. 关于框架控件,下面正确的叙述有(　　)。

A) 不能设置背景颜色 　　　　　　　B) 可以呈现封闭矩形样式

C) 可以放置其他控件 　　　　　　　D) 经常用于单选按钮分组

7. 在窗体上放置一个列表框 List1,可以返回项目文本的语句有(　　)。

A) List1. Text 　　　　　　　　　　B) List1. List(ListIndex)

C) List1. List 　　　　　　　　　　D) List1. List(i)

8. 调用组合框 Combo1 方法的正确语句有(　　)。

A) Combo1. AddItem "北京" 　　　　B) Combo1. RemoveItem "北京"

C) Combo1. AddItem,100 　　　　　D) Combo1. RemoveItem 1000

9. 关于目录列表框,下面正确的叙述有(　　)。

A) 单击某个文件夹,目录反相显示,选中一个目录

B) 双击某个文件夹,选择当前目录,显示下层目录

C) 双击某个文件夹,触发目录列表框的双击事件

D) 双击某个文件夹,触发目录列表框的 Change 事件

10. 关于文件列表框,下面正确的叙述有(　　)。

A) 不能响应任何事件 　　　　　　　B) FileName 属性仅返回文件名

C) 通常并不单独使用 　　　　　　　D) Path 属性返回路径和文件名

二、填空题

1. 语句＿＿＿＿＿＿＿＿＿＿＿＿＿＿＿＿＿,可将窗体文件所在目录中的图像文件 Rose. bmp 装入图文框 Picture1;语句＿＿＿＿＿＿＿＿＿＿＿,清除 Picture1 中的图像。

2. 为了使图像框中的图像能够自动缩放以适应图像框的大小,图像框的＿＿＿＿＿＿属性应当设置为＿＿＿＿＿＿。设置图文框的＿＿＿＿＿＿属性,可以自动调整图文框的大小,而不是图像大小。

3. 拖放滚动条上的滑块,连续触发＿＿＿＿＿＿事件;单击滚动箭头按钮或单击滑块两边空白区域,触发＿＿＿＿＿＿事件。

4. 进度条控件属于＿＿＿＿＿＿控件,必须先被添加到工具箱中,然后才能使用。右击工具箱,选择"＿＿＿＿＿＿"命令,可以添加进度条控件。

5. 选中单选按钮,Value 属性值为＿＿＿＿;选中复选框,Value 属性值为＿＿＿＿。

6. 为了使单选按钮或复选框的图标位于右边,标题文本位于左边,＿＿＿＿＿＿属性应当设置为＿＿＿＿＿＿。

7. 为了使列表框中的项目自动升序排序,＿＿＿＿＿＿属性应当设置为＿＿＿＿＿＿。

8. 当组合框的＿＿＿＿＿＿属性设置为＿＿＿＿＿＿时,只能选择项目,而不能输入项目。

9. ListIndex 属性的最小值为＿＿＿＿＿＿,最大值为＿＿＿＿＿＿。

10. 事件过程如下,程序运行时单击窗体,窗体上输出＿＿＿＿＿＿＿＿＿＿。

Private Sub Form_Load( )

```
    For i = 0 To 5
        Combo1. AddItem i + 10
    Next i
End Sub
Private Sub Form_Click( )
    For i = 0 To Combo1. ListCount − 1
        Print Combo1. List( i ∗ 2 ) ,
    Next i
End Sub
```

第8章　　　绘制图形

利用 Visual Basic 的绘图功能,可以在窗体、图文框或打印机上输出各种各样的图形,如直线、矩形、正圆、椭圆、圆弧、扇形、函数曲线、艺术图案等。本章介绍 Visual Basic 的基本绘图功能,主要内容包括绘图坐标、绘图属性和绘图方法。

通过本章的学习,要求读者能够定义坐标系、绘制基本图形。在学习本章内容时,除了理解基本概念外,务必按照课程要求,完成指定的实验内容。

8.1　　绘图坐标

在绘制图形时,经常使用窗体和图文框两个容器对象。在绘制图形前,需要先定义窗体或图文框的坐标系,如果选择的坐标系不合适,绘制的图形可能无法完整显示或打印出来。

8.1.1　坐标度量单位

默认情况下,坐标的度量单位为 Twip(缇)。ScaleMode 属性用来设置窗体、图文框或打印机的坐标度量单位,属性取值如表 8-1 所示。改变容器对象的 ScaleMode 属性,容器对象中的控件大小和位置采用新的度量单位,而控件的大小和位置保持不变。

表 8-1　ScaleMode 属性

数　值	符 号 常 量	描　述
0	vbUser	用户定义度量单位,定义坐标系后自动设置为 0
1	vbTwips	默认度量单位,与屏幕分辨率无关
2	vbPoints	以点作为度量单位,1 英寸 = 72 点,1 点 = 20 Twip
3	vbPixels	以像素作为度量单位,取值由显示器的分辨率决定
4	vbCharacters	以字符作为度量单位,字符宽 120 Twip,高 240 Twip
5	vbInches	以英寸作为度量单位,1 英寸 = 1 440 Twip
6	vbMillimeters	以毫米作为度量单位,1 mm = 56.7 Twip
7	vbCentimeters	以厘米作为度量单位,1 cm = 567 Twip

在传统图形设计中,以像素作为坐标的度量单位。一个像素是屏幕上的一个点,像素大小与显示器分辨率有关,分辨率越高,像素就越小,反之则越大。如果在不同分辨率的显示器上绘制同一图形,则显示效果不同。Visual Basic 采用 Twip 作为坐标的默认度量单位,Twip 与屏幕的分辨率无关,同一图形在不同屏幕上显示效果相同。

8.1.2 定义容器坐标

Visual Basic 的默认坐标系如图 8-1 所示,坐标原点位于窗体或图文框的左上角,坐标度量单位为 Twip,水平轴线正向从左到右,垂直轴线正向从上到下。

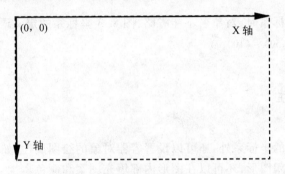

图 8-1 容器对象的默认坐标系

为了使窗体或图文框中绘制的图形能够完整显示出来,有时需要定义窗体或图文框的坐标系,改变坐标原点位置、坐标度量单位和坐标轴线方向。虽然使用窗体或图文框的属性可以定义坐标系,但使用 Scale 方法更加简便。Scale 方法的语法格式如下:

[**对象名.**]**Scale**[(**x1,y1**)-(**x2,y2**)]

对象名:窗体、图文框或打印机(Printer),省略则指当前窗体。

(x1,y1):定义左上角坐标。

(x2,y2):定义右下角坐标。

如果省略所有参数,则取消用户定义的坐标系,采用默认坐标系。

在默认坐标系或用户定义坐标系中,(ScaleLeft,ScaleTop)为容器左上角坐标,(ScaleLeft + ScaleWidth,ScaleTop + ScaleHeight)为容器右下角坐标。4 个属性含义如下:

ScaleLeft:容器左上角的水平坐标。

ScaleTop:容器左上角的垂直坐标。

ScaleWidth:容器内部宽度,不包括两个边框。

ScaleHeight:容器内部高度,不包括两个边框。

[**例 8-1**] 使用 Scale 方法,将坐标原点定义在窗体中心,坐标系如图 8-2 所示。

调用 Scale 方法,ScaleMode 属性的取值自动为 0(用户定义度量单位)。图 8-2 坐标系的定义语句如下:

Scale(-100,100) - (100, -100)

[**例 8-2**] 在窗体上放置一个图文框,调用 Scale 方法,将坐标原点定义在图文框的左下角,坐标系如图 8-3 所示。

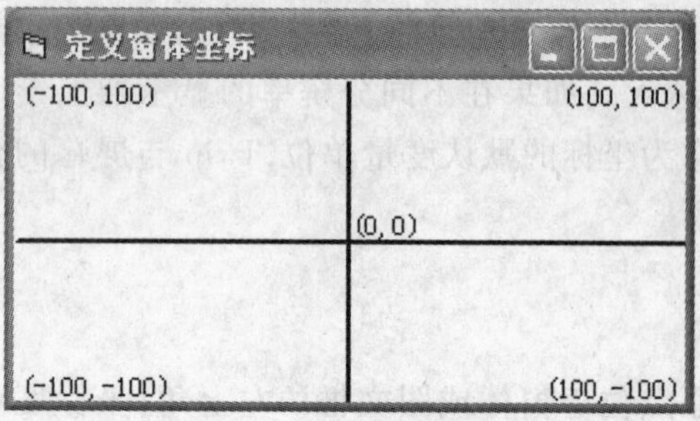

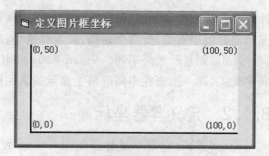

图 8-2 定义窗体坐标系   图 8-3 定义图文框的坐标系

在定义图文框的坐标系时,对象名不能省略,图 8-3 坐标系的定义语句如下:

Picture1. Scale(0,50) - (100,0)

8.2 绘图属性

除了定义容器对象的坐标系外,还可以设置容器对象的绘图属性,如当前坐标、线条宽度、线条样式等。如果绘制封闭图形,还可以在图形内部填充图案和颜色。

8.2.1 当前坐标

在绘制图形时,随着绘图位置的变化,坐标位置不断改变。窗体、图文框和打印机的 CurrentX 和 CurrentY 属性用来返回或设置当前坐标。定义坐标系后,CurrentX 和 CurrentY 属性的取值为容器左上角的坐标;调用 Cls 方法后,CurrentX 和 CurrentY 属性的取值为原点坐标,即 (0,0)。

CurrentX 和 CurrentY 属性在设计阶段不可用,只能在程序运行时引用。

[例 8-3] 定义坐标系,用字符" - "显示水平坐标轴线。

```
Private Sub Form_Click( )
    Scale( -50,50) - (50, -50)
    CurrentY = 0
    For x = -50 To 50
        CurrentX = x
        Print " - " ;
    Next x
End Sub
```

8.2.2 图形样式

设置图形样式的属性有 DrawWidth、DrawStyle、FillStyle、FillColor 和 DrawMode。

1. DrawWidth(线条宽度)

设置线条宽度,以像素为单位,取值范围从 1~32 767,默认为 1。

2. DrawStyle(线条样式)

设置线条样式,属性取值如表 8-2 所示。仅当 DrawWidth 属性设置为 1,DrawStyle 属性才能生效;当 DrawWidth 属性取值大于 1 时,DrawStyle 属性只产生实线效果。在绘制封闭图形时,实线一半在图形里边,另一半在图形外边,而内侧实线全部在图形里边。

表 8-2　DrawStyle 属性

取　值	效　　果	取　值	效　　果
0	实线(默认)	4	双点划线
1	虚线	5	透明
2	点线	6	内侧实线
3	点划线		

3. FillStyle(填充样式)

FillStyle 属性用来设置封闭图形的填充样式,属性取值如表 8-3 所示。

表 8-3　FillStyle 属性

取　值	效　　果	取　值	效　　果
0	颜色填充	4	左下斜线填充
1	透明填充(默认)	5	右下斜线填充
2	水平直线填充	6	水平和垂直直线填充
3	垂直直线填充	7	交叉斜线填充

4. FillColor(填充颜色)

FillColor 属性用来设置封闭图形的填充颜色,通常配合 FillStyle 属性使用。

5. DrawMode(绘图模式)

DrawMode 属性用来产生绘图效果。在绘制图形时,画笔颜色与屏幕颜色执行逻辑运算,得到绘图颜色。例如,屏幕背景为绿色(&HFF00&),画笔颜色为红色(&HFF&),DrawMode 属性设置为 15(Or 运算),则绘制图形的颜色为黄色(&HFFFF&)。

DrawMode 属性取值如表 8-4 所示,几点说明如下:

(1)取值 1、6、7、11、13 和 16 可以预先知道绘图颜色,而其他取值则不然。

(2)取值 7 常用于绘制移动图形,一个图形绘制两次,可以还原绘图前的屏幕颜色,在图形移动过程中,屏幕背景颜色保持不变。

(3)颜色取值是一个长整数(0～16 777 215),逻辑运算 Not、And、Or、Xor 按二进制数逐位执行操作,运算结果还是一个长整数。

表 8-4　DrawMode 属性

数　值	符号常量	含　　义
1	vbBlackness	黑色(绘图颜色总是黑色,与屏幕颜色和画笔颜色无关)
2	vbNotMergePen	非或笔,同 15 反相(绘图颜色 = NOT(屏幕颜色 OR 画笔颜色))

数　值	符 号 常 量	含　　义
3	vbMaskNotPen	与非笔(绘图颜色 = 屏幕颜色 AND NOT 画笔颜色)
4	vbNotCopyPen	非复制笔,同 13 反相(绘图颜色 = NOT 画笔颜色)
5	vbMaskPenNot	与笔非(绘图颜色 = NOT 屏幕颜色 AND 画笔颜色)
6	vbInvert	反转(绘图颜色 = NOT 屏幕颜色)
7	vbXorPen	异或笔(绘图颜色 = 屏幕颜色 XOR 画笔颜色)
8	vbNotMaskPen	非与笔,同 9 反相(绘图颜色 = NOT(屏幕颜色 AND 画笔颜色))
9	vbMaskPen	与笔(绘图颜色 = 屏幕颜色 AND 画笔颜色)
10	vbNotXorPen	非异或笔,同 7 反相(绘图颜色 = NOT(屏幕颜色 XOR 画笔颜色))
11	vbNop	无操作,关闭画图
12	vbMergeNotPen	或非笔(绘图颜色 = 屏幕颜色 OR NOT 画笔颜色)
13	vbCopyPen	复制笔(绘图颜色 = 画笔颜色,默认绘图模式)
14	vbMergePenNot	或笔非(绘图颜色 = NOT 屏幕颜色 OR 画笔颜色)
15	vbMergePen	或笔(绘图颜色 = 屏幕颜色 OR 画笔颜色)
16	vbWhiteness	白色(绘图颜色总是白色,与屏幕颜色和画笔颜色无关)

8.3　绘图方法

绘图方法用来在窗体、图文框或打印机上绘制图形,常用绘图方法有 Line、PSet、Circle 和 Cls。在绘制图形前,往往需要调用 Scale 方法,定义坐标系。

8.3.1　PSet 方法

PSet 方法用来在指定位置绘制一个点,由点构成各种形状的曲线。语法格式如下:

[对象名 .]PSet [Step](x,y)[,颜色]

对象名:窗体、图文框或打印机,若省略则指当前窗体。

(x,y):点的坐标,x 为水平坐标,y 为垂直坐标,均为单精度实数。

颜色:点的颜色。如果省略,则由窗体或图文框的 ForeColor 属性决定。

Step:省略 Step 选项,(x,y)为相对于坐标原点的坐标(绝对坐标);选择 Step 选项,(x,y)为相对于 CurrentX 和 CurrentY 的坐标(相对坐标)。

[例 8-4]　每隔 500 ms 在窗体上画 100 个点,点的大小、位置、颜色随机改变。

Private Sub Timer1_Timer( )

  Cls

```
Dim x As Single,y As Single
For i = 1 To 100
    DrawWidth = 20 * Rnd + 1 '加 1 避免属性值为 0
    x = ScaleWidth * Rnd
    y = ScaleHeight * Rnd
    PSet(x,y),RGB(255 * Rnd,255 * Rnd,255 * Rnd)
Next i
End Sub
```

[**例 8-5**] 坐标原点定义在窗体中心,用 PSet 方法绘制图 8-4 的坐标轴线。

```
Private Sub Form_Click( )
    Dim x As Single,y As Single
    Scale( -100,100) - (100, -100)
    DrawWidth = 2
    For x = -100 To 100
        PSet(x,0),vbRed
    Next x
    For y = -100 To 100
        PSet(0,y),vbRed
    Next y
End Sub
```

图 8-4 坐标轴线

[**例 8-6**] 在窗体上绘制如图 8-5 所示的四叶玫瑰曲线 $r = 90\cos(2t)$,其中 t 为弧度。当曲线为极坐标时,应先计算出直角坐标的位置,在直角坐标中绘制图形。

```
Private Sub Form_Click( )
    Const p = 3.14159265
    Dim x As Single,y As Single
    Dim r As Single,t As Single
    Scale( -100,100) - (100, -100)
    For t = 0 To 2 * p Step 0.0001
        r = 90 * Cos(2 * t)
        x = r * Cos(t)
        y = r * Sin(t)
        PSet(x,y),vbBlue
    Next t
End Sub
```

图 8-5 四叶玫瑰曲线

8.3.2 Line 方法

Line 方法用来绘制直线或矩形,语法格式如下:

[**对象名.**]**Line** [[**Step**] (**x1,y1**)] - [**Step**] (**x2,y2**) [,**颜色**] [,**B**[**F**]]

对象名:窗体、图文框或打印机,若省略则指当前窗体。

(x1,y1) - (x2,y2):绘制直线时,(x1,y1)为直线起点坐标,(x2,y2)为直线终点坐标。绘制矩形时,(x1,y1)为矩形左上角坐标,(x2,y2)为矩形右下角坐标。如果省略(x1,y1),则坐标位置由属性 CurrentX 和 CurrentY 决定。

Step:省略 Step 选项,(x1,y1)和(x2,y2)为相对于坐标原点的坐标(绝对坐标);选择 Step 选项,(x1,y1)和(x2,y2)为相对于 CurrentX 和 CurrentY 的坐标(相对坐标)。

颜色:线条颜色。如果省略,则由窗体或图文框的 ForeColor 属性决定。采用窗体或图文框的背景颜色绘制图形,可以擦除已经绘制的图形。

B[F]:选择参数 B,绘制矩形,否则绘制直线。参数 F 指定用矩形边框颜色填充矩形,只有选择了参数 B,才能使用参数 F。如果省略参数 F,由 FillStyle 和 FillColor 属性决定填充。

[例8-7]　在窗体上绘制一个矩形,连续单击窗体,循环设置矩形的填充样式和线条宽度,随机设置填充颜色。

```
Dim n As Integer
Private Sub Form_Click( )
    Cls
    Scale( -100,100) - (100, -100)
    FillStyle = n
    n = n + 1
    DrawWidth = n
    If n = 8 Then n = 0
    FillColor = QBColor(15 * Rnd)
    Line( -50,50) - (50, -50),vbRed,B
End Sub
```

[例8-8]　定义坐标系,在窗体上绘制图 8-6 的坐标轴线和抛物线 $y = x^2/10$。

```
Private Sub Form_Click( )
    Dim x As Single,y As Single
    Scale( -100,300) - (100, -100)
    DrawWidth = 2
    Line( -100,0) - (100,0),vbBlue
    Line(0,300) - (0, -100),vbBlue
    For x = -50 To 50 Step 0.001
        y = x * x/10
        PSet(x,y),vbRed
    Next x
End Sub
```

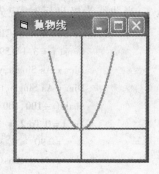

图 8-6　抛物线

[例8-9]　使用默认坐标系,在窗体上绘制如图 8-7 所示的两个等腰三角形。
在绘制多条相互连接的直线时,使用当前坐标和相对坐标十分方便。

```
Private Sub Form_Click( )
    Line(700,200) - (200,1200)
    Line - Step(1000,0)
    Line - (700,200)
    DrawStyle = 2
    Line(1500,200) - (2500,200)
    Line - Step( -500,1000)
    Line - (1500,200)
```

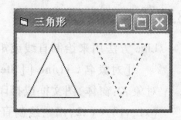

图 8-7　三角形

        End Sub
[例 8-10] 　在默认坐标系下,使窗体背景颜色从上到下渐变。

Private Sub Form_Click( )
        ScaleMode = 3 　　　　　　　　　　　'像素作为度量单位
        For i = 0 To ScaleHeight
            Line(0,i) – (ScaleWidth,i),RGB(Abs(255 – i),i,i)
        Next i
End Sub

8.3.3　Circle 方法

　　Circle 方法用来绘制正圆、椭圆、圆弧和扇形以及由此构成的多种图形。语法格式如下:

　　[对象名 .]Circle [Step](x,y),半径[,颜色][,始角][,终角][,纵横比例]

　　对象名:窗体、图文框或打印机,若省略则指当前窗体。

　　[Step](x,y):指定正圆、椭圆、圆弧、扇形的圆心坐标。省略 Step 选项,则为绝对坐标,否则为相对坐标。

　　半径:指定正圆、椭圆、圆弧、扇形的半径长度,半径长度由水平坐标单位决定。如果绘制椭圆,则为长轴的长度。

　　颜色:图形边线颜色。如果省略颜色参数,则由窗体或图文框的 ForeColor 属性决定绘图颜色。

　　始角,终角:圆弧或扇形的起始角度(始角)和终止角度(终角)。角度以弧度为单位,取值范围从 $-2\pi \sim 2\pi$,始角默认为 0,终角默认为 2π(1°对应 $\pi/180$ rad),按逆时针方向绘制。正数绘制圆弧,负数绘制扇形,一个负号绘制一条圆心到圆弧的连线。

　　纵横比例:椭圆长轴和短轴的比例(长轴/短轴)。默认为 1,绘制正圆;大于 1,绘制高而窄的椭圆;小于 1,则绘制扁而平的椭圆。

　　[例 8-11] 　使用默认坐标系,在窗体上绘制如图 8-8 所示的图形。

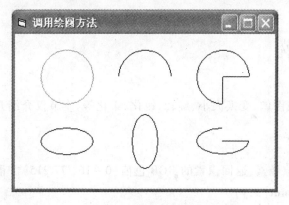

图 8-8　调用绘圆方式

Private Sub Form_Click( )
        Const p = 3. 14159265
        Circle(1000 ,800),500 ,vbRed

```
    Circle(2500,800),500,,,p
    Circle(4000,800),500,,-2 * p,-1.5 * p
    Circle(1000,2000),500,,,,0.5
    Circle(2500,2000),500,,,,2
    Circle(4000,2000),500,,0.5 * p,-2 * p,0.5
End Sub
```

[例 8-12] 定义坐标系,在窗体上绘制如图 8-9 所示的正圆和椭圆。

```
Private Sub Form_click()
    Scale( -50,50) - (50, -50)
    DrawWidth = 3
    FillStyle = 1
    Circle(0,0),40
    DrawWidth = 1
    FillStyle = 5
    Circle(0,0),40,,,,5
    FillStyle = 7
    Circle(0,0),40,,,,0.2
End Sub
```

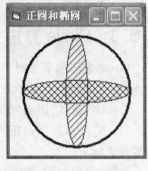

图 8-9　正圆和椭圆

[例 8-13] 定义坐标系,在窗体上绘制如图 8-10 所示的圆饼图形。

```
Private Sub Form_Click()
    Scale( -500,500) - (500, -500)
    FillStyle = 0
    DrawWidth = 2
    FillColor = vbWhite
    For i = 0 To 200 Step 0.01
        Circle(0,i),400,, -1, -6,0.3
    Next i
End Sub
```

图 8-10　圆饼

8.4　图像操作

图像处理包括剪裁图像、变换大小、旋转、锐化、柔化等,本节仅介绍几个基本操作。

8.4.1　读取像素

Point 方法用来读取像素,返回像素的 RGB 色值(0 ~ 16 777 215)。语法格式如下:

　　[对象名.]Point(x,y)

对象名:窗体或图文框,若省略则指当前窗体。

(x,y):点的水平坐标和垂直坐标,均为单精度实数。如果点的坐标在窗体或图文框之外,则返回数值 -1 或逻辑值 True。

在处理图像时,先用 Point 方法读取像素,对像素执行逻辑运算,再用 PSet 方法显示像素,可以改变图像颜色、旋转图像角度、调整图像位置。

[**例 8-14**] 在窗体上放置两个图文框和一个"变换图像"按钮,单击"变换图像"按钮,从第一个图文框读出像素,在第二个图文框中显示变换的图像。程序运行结果如图 8-11 所示。

```
Private Sub cmdTransform_Click( )
    For x = Picture1. ScaleLeft To Picture1. ScaleWidth
        For y = Picture1. ScaleTop To Picture1. ScaleHeight
            pcolor = Picture1. Point( x,y)
            pcolor = ( pcolor Or vbGreen)
            Picture2. PSet( y,x) ,pcolor
        Next y
    Next x
End Sub
```

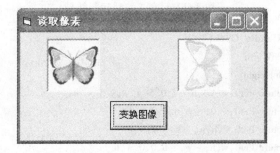

图 8-11 [例 8-14]运行结果

8.4.2 变换图像

在用 Point 和 PSet 方法读写像素时,如果操作整幅图像,处理速度较慢,而使用 PaintPicture 方法可以快速处理图像,实现图像的复制、翻转、缩放、剪裁、定位等操作。PaintPicture 方法只能处理 Picture 属性或 LoadPicture 函数设置的图片,而不能处理用绘图方法绘制的图形,可以处理的图像格式包括:位图文件(bmp)、元图文件(wmf)、光标文件(cur)、图标文件(ico)、设备无关位图文件(dib)。

PaintPicture 方法的语法格式如下:

[**目标对象 .**]**PaintPicture 图源对象,dx,dy[,dw,dh,sx,sy,sw,sh]**

目标对象:接收图像的对象,窗体、图文框或打印机,若省略则指当前窗体。

图源对象:包含图像的对象,窗体、图文框或图像框。

(sx,sy):剪裁图像的左上角位置,默认为(0,0)。

(sw,sh):剪裁图像的宽度和高度。如果省略,则取原始图像的宽度和高度;如果小于原始图像的宽度和高度,则按指定宽度和高度剪裁图像。

(dx,dy):图像左上角在目标对象中的坐标(默认坐标系)。

(dw,dh):图像在目标对象中的宽度和高度。如果省略,则为剪裁的宽度和高度(sw 和 sh);如果大于或小于原始图像的宽度和高度,则图像拉伸或压缩。dw 设置为负数,水平翻转图像;dh 设置为负数,垂直翻转图像;dw 和 dh 均为负数,则水平和垂直翻转图像。

[**例 8-15**]   在默认坐标系中,实现图像缩小定位、水平翻转、垂直翻转和双向翻转。程序运行结果如图 8-12 所示。

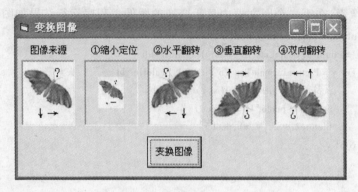

图 8-12   [例 8-15]运行结果

Private Sub cmdHandle_Click( )

    w = Pct0. ScaleWidth

    h = Pct0. ScaleHeight

    Pct1. PaintPicture Pct0,w / 4,h / 4,0.5 * w,0.5 * h

    Pct2. PaintPicture Pct0,w,0, - w,h,0,0,w,h

    Pct3. PaintPicture Pct0,0,h,w, - h,0,0,w,h

    Pct4. PaintPicture Pct0,w,h, - w, - h,0,0,w,h

End Sub

实 验 八

一、实验目的

(1)熟练掌握绘图坐标,能够设置坐标度量单位和定义坐标系。

(2)熟练掌握绘图属性 CurrentX、CurrentY、DrawWidth、DrawStyle、FillStyle 和 FillColor,一般了解绘制属性 DrawMode。

(3)熟练掌握绘图方法 PSet、Line 和 Circle,能够绘制直线、矩形、正圆、椭圆、圆弧、扇形和各种函数曲线。

(4)一般了解读取像素和图像变换,能够编写简单程序,改变图像颜色、翻转图像、缩放图像和剪裁图像。

二、实验内容

[**实验 8-1**]在窗体上放置一个图文框,将坐标原点定义在图文框的左下角,用 PSet 方法绘制如图 8-3 所示的坐标轴线,仅显示坐标原点的值。

[**实验 8-2**]使用默认坐标系,在图文框中绘制一个矩形,边框为红色,线宽为 5,填充样式为 7,填充颜色为绿色。

[**实验 8-3**]将坐标原点定义在窗体中心,用 Line 方法在窗体上绘制如图 8-2 所示的坐标轴

线,仅显示坐标原点的值。

[**实验 8–4**]坐标原点定义在窗体中心,绘制坐标轴线和曲线 $y = 10\sin(x) - 10\cos(2x)$。

[**实验 8–5**]坐标原点定义在窗体中心,绘制坐标轴线和螺旋曲线 $r = 10t(t$ 为弧度)。

[**实验 8–6**]坐标原点定义在窗体中心,在窗体上绘制一个圆弧和一个扇形。

[**实验 8–7**]坐标原点定义在窗体中心,用 Timer 事件在窗体上绘制 50 个同心圆,随机产生线条颜色。

[**实验 8–8**]定义坐标系,在窗体上绘制一个圆柱体。

[**实验 8–9**]在默认坐标系下,使窗体背景颜色从左上角到右下角渐变。

[**实验 8–10**]在窗体上放置一个图文框,设置 Picture 属性,单击窗体改变图像颜色。

习 题 八

一、选择题(至少选择一个正确答案)

1. 调用 Scale 方法,可以定义坐标系的(　　　)。

　A)坐标度量单位　　　　　　　　B)坐标轴线正向

　C)坐标原点位置　　　　　　　　D)坐标轴线长度

2. 执行不带参数的 Scale 语句,则(　　　)。

　A)坐标原点位于窗体左上角　　　B)水平坐标正向从左到右

　C)坐标采用默认的度量单位　　　D)垂直坐标正向从上到下

3. 语句 Scale(50,50) – (–50, –50)定义的坐标系(　　　)。

　A)水平轴线正向向右　　　　　　B)垂直轴线正向向上

　C)水平轴线正向向左　　　　　　D)垂直轴线正向向下

4. 在绘制图形时,窗体或图文框的实际可用宽度为(　　　)。

　A)ScaleWidth　　　　　　　　　B)Width

　C)ScaleHeight　　　　　　　　　D)Height

5. 调用 PSet 方法,可以绘制(　　　)。

　A)直线　　　　　　　　　　　　B)椭圆

　C)斜线　　　　　　　　　　　　D)圆弧

6. 调用 Circle 方法,可以绘制(　　　)。

　A)椭圆　　　　　　　　　　　　B)圆弧

　C)正圆　　　　　　　　　　　　D)扇形

7. 用 Line 方法绘制直线后,当前坐标 CurrentX 和 CurrentY 位于(　　　)。

　A)坐标原点　　　　　　　　　　B)直线起点

　C)直线中心　　　　　　　　　　D)直线终点

8. 利用循环语句绘制直线,下面调用 PSet 方法的正确语句有(　　　)。

　A)PSet(0,y)　　　　　　　　　　B)PSet(10,y)

　C)PSet(x,0)　　　　　　　　　　D)PSet(x,10)

9. 如果要在窗体上绘制一个矩形,下面正确的语句有(　　　)。

　A)Line – (500,500),,B　　　　　B)Line(50,50) – (500,500),,BF

　C)Line – (500,500),,F　　　　　D)Line – Step(500,500),vbRed,B

10. 先定义坐标系 Scale(–10,10) – (10, –10),在窗体上绘制一个圆、椭圆、圆弧或扇形的正确语句有

( )。

    A) Circle(0,0),5,,,,2   B) Circle(-5,5),5,5000,,-5

    C) Circle(0,0),5,,,-6   D) Circle(5,-5),5,,-2,,1/2

二、填空题

1. 如果不设置 DrawWidth 属性,则默认线条宽度为_____。

2. 设置_____属性,可以绘制虚线图形。

3. 设置_____属性,可以填充封闭图形。

4. 设置_____属性,可以改变封闭图形的填充颜色。

5. 调用 Cls 方法后,当前坐标 CurrentX 和 CurrentY 位于_____。

6. 执行 Line(100,-50)-(150,100)后,CurrentX 和 CurrentY 为_____。

7. 执行 Line(100,-50)-Step(150,100)后,CurrentX 和 CurrentY 为_____。

8. 执行语句 Circle(2000,2000),1000,,-1,-3,在窗体上绘制一个_____。

9. 补充下面程序中的语句,完善程序功能,在窗体上绘制一个正圆或椭圆。

    Private Sub Form_Click( )

        Scale(-80,80)-(80,-80)

        For t = 0 To 50 Step 0.00001

            x = 50 * Cos(t)

            _____

            PSet(x,y),&HFF0000

        Next t

    End Sub

10. 先调用_____方法,再调用_____方法,可以改变一幅图片的颜色。

键盘鼠标事件 第9章

键盘事件用来检测是否按下或释放键盘按键,鼠标事件用来检测是否按下或释放鼠标按键、鼠标指针是否移动、鼠标指针位置等。键盘事件和鼠标事件都可以检测 Shift 键、Ctrl 键、Alt 键的状态,实现键盘与鼠标联合操作。

本章介绍键盘事件、鼠标事件和控件的拖放操作。在学习本章内容时,除理解基本概念外,务必按照教学要求,完成指定的实验内容。

9.1　键盘事件

尽管操作系统提供了完善的键盘处理功能,但有时需要编写处理键盘操作的程序代码,修改或增强操作系统的键盘功能。KeyPress、KeyDown 和 KeyUp 键盘事件适用于窗体和大部分控件,几乎可以捕捉所有键盘操作。

9.1.1　KeyPress 事件

KeyPress 事件用来识别键盘按键的 ASCII 码。当按下某些按键时,触发 KeyPress 事件,将按键的 ASCII 码传递给 KeyPress 事件过程。以窗体为例,KeyPress 事件过程如下:

Private Sub Form_KeyPress(KeyAscii As Integer)

　　…

　End Sub

KeyAscii 是 Visual Basic 系统定义的形参变量,用来接收按键的 ASCII 码,在程序代码中,还可以重新命名。KeyPress 事件的几点说明如下:

(1) 只有按下有 ASCII 码的按键,才会触发 KeyPress 事件,如字母键、数字键、标点符号键以及 Enter 键、Esc 键、Tab 键和 Backspace 键等。

(2) 按下并立即松开某个按键,触发一次 KeyPress 事件;按住某个按键不放,连续触发多次 KeyPress 事件。

(3) 在程序代码中修改形参变量 KeyAscii 的取值,可以改变对象接收的 ASCII 码。例如,将 KeyAscii 变量的取值修改为 0,则不显示按键的 ASCII 码,相当于取消击键操作。

[例9-1] 在窗体上显示 ASCII 码和相应字符,按 Enter 键或空格键程序结束。

```
Private Sub Form_KeyPress( KeyAscii As Integer)
        Print KeyAscii,Chr( KeyAscii)
        If KeyAscii = 13 Or KeyAscii = 32 Then End
    End Sub
```

在程序运行时,用 CapsLock 键显示大写字母,用 Shift 键显示上挡字符。按 Shift 键、Ctrl 键、Alt 键、F1 键~F12 键和编辑键(4 个光标键和 Home 键、End 键、Delete 键、Insert 键、PageUp 键、PageDown 键),不触发 KeyPress 事件。

[例9-2] 在窗体上放置一个文本框,编写文本框的 KeyPress 事件过程。在文本框中输入大写字母,显示问号;输入小写字母,显示符号"#";输入数字,显示星号;输入其他字符,取消击键操作。

```
Private Sub Text1_KeyPress( k As Integer)
        Select Case k
            Case 65 To 90              'A ~ Z 的 ASCII 码
                k = Asc("?")           '或使用语句 k = 63
            Case 97 To 122             'a ~ z 的 ASCII 码
                k = Asc("#")           '或使用语句 k = 35
            Case 48 To 57              '数字的 ASCII 码
                k = Asc("*")           '或使用语句 k = 42
            Case Else
                k = 0
        End Select
    End Sub
```

程序代码中没有使用 KeyAscii 作为形参变量名,而是改用 k 作为形参变量名。

9.1.2 KeyDown 和 KeyUp 事件

按下任意键,触发 KeyDown 事件;松开按键,触发 KeyUp 事件。KeyDown 和 KeyUp 事件用来识别按键的扫描码,如果按键没有 ASCII 码,可用 KeyDown 或 KeyUp 事件识别。

扫描码取决于按键在键盘上的位置,键位不同,扫描码就不一样。部分按键的扫描码如表 9-1 所示,详细资料可以编程获得或查阅帮助文档。

表 9-1 部分按键的扫描码

数 值	符号常量	按 键	数 值	符号常量	按 键
48	vbKey0	0 键	96	vbKeyNumpad0	小键盘的 0 键
49	vbKey1	1 键	97	vbKeyNumpad1	小键盘的 1 键
57	vbKey9	9 键	105	vbKeyNumpad9	小键盘的 9 键
65	vbKeyA	A 键	37	vbKeyLeft	两个←键
66	vbKeyB	B 键	38	vbKeyUp	两个↑键
90	vbKeyZ	Z 键	39	vbKeyRight	两个→键
112	vbKeyF1	F1 键	40	vbKeyDown	两个↓键
113	vbKeyF2	F2 键	16	vbKeyShift	两个 Shift 键
123	vbKeyF12	F12 键	17	vbKeyControl	两个 Ctrl 键
32	vbKeySpace	空格键	18	vbKeyMenu	两个 Alt 键

关于键盘按键的扫描码,几点说明如下:

(1) 大写字母和小写字母在同一键位上,扫描码相同,为大写字母的 ASCII 码。

(2) 某些按键上有两个字符(如数字键),扫描码为下档字符的 ASCII 码。

(3) 对于小键盘和大键盘上的按键,编辑键的扫描码相同,数字键的扫描码不同。

以窗体为例,KeyDown 和 KeyUp 事件过程如下:

    Private Sub Form_KeyDown(KeyCode As Integer,Shift As Integer)

       …

    End Sub

    Private Sub Form_KeyUp(KeyCode As Integer,Shift As Integer)

       …

    End Sub

KeyCode 和 Shift 是 Visual Basic 系统定义的形参变量,在程序代码中,还可以重新命名。两个参数的作用如下:

KeyCode:用来接收键盘的扫描码。

Shift:用来接收 Shift、Ctrl、Alt 三个按键的状态信息,参数取值如表 9-2 所示。当按下两个或三个键时,用算术运算符"+"或逻辑运算符"OR"连接数值或符号常量。

表 9-2 Shift 参数取值

数 值	符 号 常 量	描 述
1	vbShiftMask	按下 Shift 键
2	vbCtrlMask	按下 Ctrl 键
4	vbAltMask	按下 Alt 键
3	vbShiftMask + vbCtrlMask	按下 Shift 键和 Ctrl 键
5	vbShiftMask + vbAltMask	按下 Shift 键和 Alt 键
6	vbCtrlMask + vbAltMask	按下 Ctrl 键和 Alt 键
7	vbShiftMask + vbCtrlMask + vbAltMask	按下 Shift 键、Ctrl 键和 Alt 键

[**例 9-3**] 编写程序,验证窗体的 KeyDown 和 KeyUp 事件。

在窗体上放置一个标签,AutoSize 属性设置为 True。两个事件过程如下:

    Private Sub Form_KeyDown(KeyCode As Integer,Shift As Integer)

      Label1. FontSize = 100

      Label1. Caption = " 按下 "

    End Sub

    Private Sub Form_KeyUp(KeyCode As Integer,Shift As Integer)

      Label1. FontSize = 20

      Label1. Caption = " 释放 "

    End Sub

当程序运行时,按下某个按键,标签的字号增大;松开按键,标签的字号减小。需要注意,Tab 键不响应 KeyUp 事件。

[例9-4] 编写程序,检测按键的 ASCII 码和扫描码。

```
Private Sub Form_KeyPress(KeyAscii As Integer)
    Print " ASCII 码:";KeyAscii
End Sub
Private Sub Form_KeyDown(KeyCode As Integer,Shift As Integer)
    Cls
    Print "扫描码:";KeyCode
End Sub
```

按下没有 ASCII 码的按键,只响应 KeyDown 事件,不响应 KeyPress 事件;按下有 ASCII 码的按键,先响应 KeyDown 事件,再响应 KeyPress 事件。按住按键不放,连续触发 KeyDown 和 Key-Press 事件。

[例9-5] 在窗体上放置一个标签,编写窗体的 KeyDown 事件过程,检测 Shift 键、Ctrl 键、Alt 键的状态。

```
Private Sub Form_KeyDown(k As Integer,s As Integer)
    If s = 1 Then Label1. Caption = "Shift"
    If s = 2 Then Label1. Caption = "Ctrl"
    If s = 4 Then Label1. Caption = "Alt"
    If s = 3 Then Label1. Caption = "Shift + Ctrl"
    If s = 2 And k = vbKeyV Then Label1. Caption = "Ctrl + V"
    If s = 6 And k = 13 Then Label1. Caption = "Ctrl + Alt + Enter"
    If s = 5 And k = vbKeyF5 Then Label1. Caption = "Shift + Alt + F5"
End Sub
```

[例9-6] 坐标原点定义在窗体中心,按住光标键,在窗体上绘制直线;按下再松开 Enter 键,清除窗体上绘制的图形。

```
Dim x As Single,y As Single            '定义窗体变量
Private Sub Form_KeyDown(KeyCode As Integer,Shift As Integer)
    Scale(-100,100)-(100,-100)
    DrawWidth = 2
    Select Case KeyCode
        Case vbKeyRight
            PSet(x,y)
            x = x + 1
        Case vbKeyLeft
            PSet(x,y)
            x = x - 1
        Case vbKeyUp
            PSet(x,y)
            y = y + 1
        Case vbKeyDown
            PSet(x,y)
            y = y - 1
    End Select
```

```
        End Sub
    Private Sub Form_KeyUp( KeyCode As Integer ,Shift As Integer )
            If KeyCode = vbKeyReturn Then Cls
        End Sub
```

在使用键盘事件时,应首先考虑使用 KeyPress 事件,再考虑使用 KeyDown 或 KeyUp 事件。KeyDown 和 KeyUp 事件通常用来识别功能键、编辑键、小键盘和大键盘上的数字键以及 Shift 键、Ctrl 键、Alt 键与其他按键的组合。关于键盘事件,几点说明如下:

(1) 按下某些按键,先触发 KeyDown 事件,再触发 KeyPress 事件;当松开按键时,仅触发 KeyUp 事件。

(2) 只有获得焦点的控件才能响应键盘事件,所有控件均未获得焦点,则窗体获得焦点,窗体响应键盘事件。

(3) 窗体的 KeyPreview 属性设置为 True(默认为 False),窗体先识别键盘事件,控件后识别键盘事件。

[**例 9-7**] 在窗体上放置一个文本框,验证窗体的 KeyPreview 属性。

```
    Private Sub Form_KeyPress( KeyAscii As Integer )
        MsgBox "窗体响应键盘事件"
        BackColor = vbRed
    End Sub
    Private Sub Text1_KeyPress( KeyAscii As Integer )
        MsgBox "控件响应键盘事件"
        Text1. BackColor = vbGreen
    End Sub
```

窗体的 KeyPreview 属性设置为 True,窗体先识别键盘事件。运行程序后,文本框获得焦点,在文本框中输入数据,先执行窗体的 KeyPress 事件,后执行文本框的 KeyPress 事件。窗体的 KeyPreview 属性设置为 False,不响应窗体的 KeyPress 事件。运行程序后,文本框获得焦点,在文本框中输入数据,仅触发文本框的 KeyPress 事件。

9.2 鼠标事件

窗体和多数控件都能识别鼠标事件。除了前面介绍的 Click 和 DblClick 两个事件外,还有 MouseDown、MouseUp 和 MouseMove 事件。本节先介绍如何设置鼠标指针的形状,再介绍 MouseDown、MouseUp 和 MouseMove 鼠标事件。

9.2.1 指针形状

1. MousePointer(鼠标指针)

在 Windows 操作环境下,随着工作状态的变化,鼠标指针形状也相应改变,且指针形状的含义遵守俗成约定。在设计 Visual Basic 应用程序时,应当遵守这些约定。MousePointer 属性用来设置鼠标指针的形状,属性取值如表 9-3 所示。一旦设置了某个对象的 MousePointer 属性,当鼠标指针移到该对象时,将按属性设置显示鼠标指针的形状。

表 9-3 MousePointer 属性取值

数 值	符 号 常 量	形 状	含 义	数 值	符 号 常 量	形 状	含 义
0	vbDefault	⌖	系统默认	9	vbSizeWE	↔	水平调整
1	vbArrow	⌖	正常选择	10	vbUpArrow	↑	等待选择
2	vbCrosshair	╂	精确定位	11	vbHourglass	⧖	系统正忙
3	vbIbeam	I	文字编辑	12	vbNoDrop	⊘	操作受限
4	vbIconPointer	⌖	图标	13	vbArrowHourglass	⌖⧖	后台运行
5	vbSizePointer	✛	调整大小	14	vbArrowQuestion	⌖?	帮助选择
6	vbSizeNESW	⤢	对角调整	15	vbSizeAll	✛	移动对象
7	vbSizeNS	↕	垂直调整	99	vbCustom	任意	用户定义
8	vbSizeNWSE	⤡	对角调整				

2. MouseIcon(鼠标图标)

MouseIcon 属性用来定义鼠标图标。当 MousePointer 属性设置为 99 时,MouseIcon 属性设置生效,用图标作为鼠标指针。图标的大小和形状任意,由光标文件或图标文件决定。既可在属性窗口中设置 MouseIcon 属性,又可在程序代码中用 LoadPicture 函数设置 MouseIcon 属性。Visual Basic 不支持彩色光标文件(CUR),只能以黑白样式显示彩色光标文件。如果要显示彩色图标,可以使用彩色图标文件(ICO)。

[例 9-8] 编写程序,查看鼠标指针形状。

在窗体上放置一个图像框和一个标签,图像框的 MousePointer 属性设置为 99,MouseIcon 属性设置为一个图标文件。程序运行时连续单击窗体,循环显示窗体的鼠标指针形状,标签中显示属性取值。将鼠标指针移到图像框上,显示图像框的图标指针。

```
Private Sub Form_Click( )
    Static i As Integer
    MousePointer = i
    Label1. Caption = "属性取值:" + Str(i)
    i = i + 1
    If i = 16 Then i = 0
End Sub
```

9.2.2 鼠标事件

Click 和 DblClick 事件只能识别鼠标的单击或双击操作,而 MouseDown、MouseUp 和 Mouse-Move 事件可以检测鼠标按键的状态和鼠标指针的位置,与 Shift 键、Ctrl 键、Alt 键配合,可以实现键盘和鼠标的联合操作。

当按下任意鼠标按键时,触发 MouseDown 事件;当松开鼠标按键时,触发 MouseUp 事件;当移动鼠标指针时,触发 MouseMove 事件。以窗体为例,三个鼠标事件过程如下:

Sub Form_MouseDown(Button As Integer, Shift As Integer, X As Single, Y As Single)
 …
End Sub
Sub Form_MouseUp(Button As Integer, Shift As Integer, X As Single, Y As Single)
 …
End Sub
Sub Form_MouseMove(Button As Integer, Shift As Integer, X As Single, Y As Single)
 …
End Sub

三个事件过程的参数相同,参数名称由 Visual Basic 系统定义,在应用程序中还可以重新命名。参数含义如下:

Button:接收鼠标按键的状态信息,参数取值如表 9-4 所示。当按下两个或三个按键时,参数取值用算术运算符" + "或逻辑运算符"OR"连接。

Shift:接收 Shift、Ctrl、Alt 三个按键的状态信息,与键盘事件的 Shift 参数含义相同(见表 9-2)。

(X,Y):接收鼠标指针的坐标,取值范围和度量单位由坐标系决定。

表 9-4   Button 参数取值

数 值	符 号 常 量	描 述
1	vbLeftButton	按下鼠标左键
2	vbRightButton	按下鼠标右键
4	vbMiddleButton	按下中间按键
3	vbLeftButton + vbRightButton	按下左键和右键
5	vbLeftButton + vbMiddleButton	按下左键和中间键
6	vbRightButton + vbMiddleButton	按下右键和中间键
7	vbLeftButton + vbRightButton + vbMiddleButton	按下三个鼠标按键

关于三个鼠标事件过程,几点说明如下:

(1)如果鼠标只有两个按键,则表 9-4 中的某些取值无效。

(2)Button 参数和 Shift 参数可以联合使用。

(3)在 MouseDown 和 MouseUp 事件过程中,Button 参数只能判断是否按下或松开一个按键,而不能判断按下或松开两个或三个按键,因此参数取值只有两种(双键鼠标)或三种(三键鼠标)。在 MouseMove 事件过程中,Button 参数可以判断是否按下一个、两个或三个按键。

[**例 9-9**]   验证鼠标事件过程的 Button 参数和 Shift 参数,按不同组合键,显示不同信息。

Sub Form_MouseDown(B As Integer, S As Integer, X As Single, Y As Single)
 If B = 1 Then Print "按下左键"
 If B = 2 Then Print "按下右键"

```
    If S = 4  And  B = 2  Then  Print " Alt + 鼠标右键"
    If S = 2  And  B = 1  Then  Print " Ctrl + 鼠标左键"
    If S = 6  And  B = 2  Then  Print " Ctrl + Alt + 鼠标右键"
End Sub
Sub Form_MouseUp( B As Integer, S As Integer, X As Single, Y As Single)
    If B = 1  Then  Print "松开左键"
    If B = 2  Then  Print "松开右键"
End Sub
```

[例9-10]　在窗体上放置一个标签,AutoSize 属性设置为 True,按下不同的鼠标按键或键盘按键并移动鼠标指针,验证鼠标的 MouseMove 事件。

```
Sub Form_MouseMove( B As Integer, S As Integer, X As Single, Y As Single)
    Label1. Move X + 100, Y + 100
    Label1. Caption = Str( X) + "," + Str( Y)
    If B = 1  Then  Label1. Caption = "按住左键移动"
    If B = 2  Then  Label1. Caption = "按住右键移动"
    If S = 2  And  B = 1  Then  Label1. Caption = "Ctrl + 左键 + 移动"
End Sub
```

[例9-11]　编写程序,用鼠标绘制图形。按下鼠标左键,指针变为十字形状;按住左键移动鼠标,在窗体上绘制任意曲线;松开鼠标左键,指针恢复为默认形状;单击鼠标右键,清除窗体上绘制的图形。

```
Dim x0 As Single, y0 As Single
Sub Form_MouseDown( B As Integer, S As Integer, X As Single, Y As Single)
    If B = 1  Then
        MousePointer = 2
        x0 = X                          '绘图起始位置
        y0 = Y
    End If
End Sub
Sub Form_MouseMove( B As Integer, S As Integer, X As Single, Y As Single)
    If B = 1  Then
        Line( x0, y0) – ( X, Y), vbRed
        x0 = X                          '保存绘图坐标
        y0 = Y
    End If
End Sub
Sub Form_MouseUp( B As Integer, S As Integer, X As Single, Y As Single)
    If B = 1  Then  MousePointer = 0
    If B = 2  Then  Cls
End Sub
```

9.3　拖放操作

将鼠标指针指向控件,按住鼠标按键移动鼠标,到达目标位置后松开鼠标按键,被拖动的控件移动到目标位置,这种操作称为拖放。除了窗体、计时器、形状、线条、菜单、通用对话框等控件外,大部分可视控件均可拖放。可以拖放的控件支持拖放属性、拖放方法和拖放事件,窗体只支持拖放事件,而不支持拖放属性和拖放方法。

9.3.1 拖放属性

在拖放控件前,需要设置控件的拖放属性,与拖放有关的两个属性如下。

1. DragMode(拖放模式)

DragMode 属性设置控件的拖放方式,两种取值如下:

0(vbManual)——手动拖放(默认),支持鼠标左键和右键的拖放操作。

1(vbAutomatic)——自动拖放,仅支持鼠标左键的拖放操作。

2. DragIcon(拖放图标)

DragIcon 属性的取值是一个光标文件(CUR)或图标文件(ICO),用来设置控件的拖放图标。在拖动控件过程中,控件显示为图标,放在目标位置后,又恢复为控件。如果 DragIcon 属性为空值,则拖动过程中,显示黑色控件边框。

在窗体上放置一个命令按钮,DragMode 属性设置为 1,设置或不设置 DragIcon 属性。当程序运行时,按住鼠标左键拖动命令按钮,可以看到 DragMode 和 DragIcon 属性产生的效果。按住鼠标右键拖动,不产生任何效果,因为自动拖放仅支持鼠标左键操作。

9.3.2 拖放方法

在拖放控件时,经常用到 Move 方法和 Drag 方法,前面已经介绍了 Move 方法,此处介绍 Drag 方法。Drag 方法用来启动、结束或取消拖放操作,与 MouseDown 事件联合使用,可以实现手动拖放。Drag 方法的语法格式如下:

控件名 . Drag 整数

参数取值为一个整数,三种取值如下:

0(vbCancel)——取消拖放控件。

1(vbBeginDrag)——开始拖放控件。

2(vbEndDrag)——结束拖放控件。

[**例 9-12**] 用鼠标左键或右键拖动控件,查看拖动的视觉效果。

窗体上放置一个标签,设置或不设置 DragMode 和 DragIcon 属性。程序代码如下:

```
Sub Label1_MouseDown( B As Integer, S As Integer, X As Single, Y As Single)
    Label1. Drag vbBeginDrag
    Label1. MousePointer = 15
End Sub
```

当程序运行时,按住鼠标左键或右键拖动标签,可以看到拖动的视觉效果。在拖动标签时,标签的位置不会改变,实际上是拖而未动,原因是没有移动标签的程序代码。

9.3.3 拖放事件

只有编写拖放事件过程的程序代码,才能真正实现控件的拖放操作。两个拖放事件 Drag-

Drop 和 DragOver 仅作用于放置控件的目标对象,拖放属性和拖放方法仅作用于被拖动的控件。在拖放控件时,控件不响应键盘事件和鼠标事件。

1. DragDrop 事件

按住鼠标按键,将控件拖到目标位置;当鼠标指针(而不是控件图标)位于目标对象之上时,松开鼠标按键,触发目标对象的 DragDrop 事件。事件过程如下:

Private Sub 对象名_DragDrop(Source As Control, X As Single, Y As Single)
 ...
End Sub

对象名:放置控件的目标对象,而不是被拖动的控件。

Source:对象参数,接收被拖动的控件,在程序代码中还可以重新命名形参变量。当触发 DragDrop 事件时,被拖动的控件传递给 Source 参数,Source 对象具有被拖动控件的所有属性和方法,在程序代码中可以设置被拖动控件的属性,调用被拖动控件的方法。

(X,Y):鼠标指针在目标对象中的坐标,取值由坐标系决定。

[例 9-13] 编写程序,验证 DragDrop 事件。

在窗体上放置一个标签、一个文本框和一个图文框。标签和文本框是被拖动的控件,Drag-Mode 属性设置为 1,设置或不设置 DragIcon 属性。窗体和图文框是目标对象,将标签和文本框拖到窗体或图文框中,触发窗体或图文框的 DragDrop 事件。

Sub Form_DragDrop(Source As Control, X As Single, Y As Single)
 Source. Move X , Y
 Source. BackColor = QBColor(15 * Rnd)
End Sub
Sub Picture1_DragDrop(S As Control, X As Single, Y As Single)
 S. Visible = False
End Sub
Private Sub Form_Click( )
 Text1. Visible = True
 Label1. Visible = True
End Sub

当程序运行时,在窗体上拖放标签或文本框,触发窗体的 DragDrop 事件,Source 参数接收标签或文本框对象,调用 Move 方法,移动标签或文本框;松开鼠标左键,标签或文本框的左上角放在鼠标指针位置。将标签或文本框拖放到图文框上,触发图文框的 DragDrop 事件,标签或文本框消失。单击窗体,标签和文本框又显示出来。

[例 9-14] 编写程序,实现鼠标左键或右键的拖放操作(手动拖放)。

在窗体上放置一个标签,设置或不设置 DragMode 和 DragIcon 属性。事件过程如下:

Sub Label1_MouseDown(B As Integer, S As Integer, X As Single, Y As Single)
 Label1. Drag 1   '启动拖放
End Sub
Sub Form_DragDrop(Source As Control, X As Single, Y As Single)
 Source. Move(X – Source. Width/2) , (Y – Source. Height/2)
End Sub

当程序运行时,将鼠标指针放在标签上,按下鼠标左键或右键,启动标签的拖放操作。松开鼠标左键或右键,触发窗体的 DragDrop 事件,标签的中心放在鼠标指针位置。

[例 9-15] 在窗体上放置一个文本框、一个命令按钮和一个图文框 Pt1,DragMode 属性均设置为 1。编写拖放事件过程,拖放文本框和命令按钮,可将文本框或命令按钮从窗体拖到图文框中,或从图文框再拖到窗体上。

```
Sub Form_DragDrop(Source As Control,X As Single,Y As Single)
    Source. Move X,Y
End Sub
Sub Pt1_DragDrop(Source As Control,X As Single,Y As Single)
    Source. Move X + Pt1. Left,Y + Pt1. Top
End Sub
```

在两个 DragDrop 事件过程中,X 和 Y 参数的取值属于不同的坐标系,一个是窗体,另一个是图文框。

2. DragOver 事件

在拖动控件的过程中,按住鼠标按键不放,当鼠标指针(而不是控件图标)越过某个对象时,触发要越过对象的 DragOver 事件。DragOver 事件过程如下:

```
Sub 对象名_DragOver(Source As Control,X As Single,Y As Single,State As Integer)
    ...
End Sub
```

对象名:在拖动过程中,鼠标指针越过的对象。

Source:对象参数,接收被拖动的控件。

(X,Y):鼠标指针在越过对象中的坐标,取值由坐标系决定。

State:代表鼠标指针与越过对象之间的相对位置,参数取值如下:

0(vbEnter)——鼠标指针进入越过对象。

1(vbLeave)——鼠标指针离开越过对象。

2(vbOver)——鼠标指针位于越过对象之上。

[例 9-16] 在窗体上放置一个命令按钮(DragMode 属性设置为 1)和一个图文框 Pt1,当拖动命令按钮越过图文框时,触发图文框的 DragOver 事件,观察事件过程的参数变化。

```
Sub Form_DragDrop(Source As Control,X As Single,Y As Single)
    Source. Move X,Y
End Sub
Sub Pt1_DragOver(S As Control,X As Single,Y As Single,State As Integer)
    Cls
    Print "指针坐标:";X;Y,"越过状态:";State
    If State = 0 Then Pt1. BackColor = vbRed
    If State = 1 Then Pt1. BackColor = vbBlue
    If State = 2 Then Pt1. BackColor = vbGreen
End Sub
```

当程序运行时,可在窗体上拖放命令按钮。在拖动过程中,仅当鼠标指针越过图文框时,才触发图文框的 DragOver 事件。缓慢移动鼠标指针,当鼠标指针进入图文框时,图文框的背景变为红色;当鼠标指针位于图文框之上时,图文框的背景变为绿色;当鼠标指针离开图文框时,图文框的背景变为蓝色。

[**例 9-17**] 在窗体上放置一个文本框和一个图文框 Pt1,在窗体上拖放文本框,观察 DragOver 事件的触发情况。将文本框拖到图文框中,结束拖放操作。

```
Sub Text1_MouseDown( B As Integer , S As Integer , X As Single , Y As Single )
    Text1. Drag vbBeginDrag
End Sub
Sub Form_DragOver( S As Control , X As Single , Y As Single , State As Integer )
    S. Move X + 50 , Y + 50
    BackColor = QBColor( 15 * Rnd )
End Sub
Sub Pt1_DragOver( S As Control , X As Single , Y As Single , State As Integer )
    S. Text = "结束拖放"
    S. Drag vbEndDrag
End Sub
```

按住鼠标左键或右键,在窗体上拖动文本框,文本框随鼠标指针移动,窗体的背景颜色随机改变。当鼠标指针越过图文框时,文本框中显示"结束拖放",结束拖放操作。

实 验 九

一、实验目的

(1)熟练掌握键盘事件,能够编写键盘事件的程序代码。

(2)熟练掌握鼠标事件,能够编写鼠标事件的程序代码。

(3)一般掌握拖放属性、拖放方法和 DragDrop 事件,能够编写 DragDrop 事件的程序代码,实现自动拖放和手动拖放。一般了解 DragOver 事件,能够编写简单事件过程。

二、实验内容

[**实验 9-1**]在窗体上放置一个文本框,编写文本框的 KeyPress 事件过程。在文本框中输入 ABC,显示 DEF;输入 123,显示 456。

[**实验 9-2**]在窗体上放置一个文本框,编写文本框的 KeyPress 事件过程。要求在文本框中只能输入数字,而不能输入其他字符。

[**实验 9-3**]在窗体上放置一个图文框,设置图文框的 Picture 属性,使其显示一个图标。编写键盘事件过程,当程序运行时,按住 4 个不同的光标键,在不同方向上移动图文框。

[**实验 9-4**]在窗体上放置一个标签,AutoSize 属性设置为 True。编写键盘事件过程,按住 Ctrl 和 ↑ 键,标签字号增大;按住 Ctrl 键和 ↓ 键,标签字号减小;按 Ctrl 和 F5 键,结束程序运行。

[**实验 9-5**]在窗体上放置一个命令按钮和两个标签,编写窗体的键盘事件过程,要求实现功能如下:

① 按下某些按键时,第一个标签显示 ASCII 码(十六进制),第二个标签显示相应字符。

② 当松开按键时,第一个标签显示扫描码(十六进制),第二个标签显示相应字符。

③ 单击命令按钮,在窗体左上角位置显示曾经输入的全部字符。

[**实验 9-6**]在窗体上放置一个文本框、一个命令按钮、一个图文框和一个图像框,鼠标指针指向不同的控件,显示不同的指针形状,其中图文框和图像框显示图标指针。单击图文框,交换图文框和图像框的图标指针。

[**实验 9-7**]编写鼠标事件过程,按住 Ctrl 键和鼠标左键并移动鼠标指针,在窗体上连续显示"Ctrl + 左键 + 移动";按住 Alt 键和鼠标右键并移动鼠标指针,在窗体上连续显示"Alt + 右键 + 移动"。松开鼠标按键,清除窗体上显示的内容。

[**实验 9-8**]在窗体上放置一个图文框,按住鼠标左键在图文框中移动鼠标指针,图文框中显示鼠标指针的坐标位置,并随机改变窗体背景颜色。

[**实验 9-9**]在窗体上放置一个命令按钮和一个图文框,图文框中再放置一个文本框。在窗体上可用鼠标左键或右键拖放命令按钮,而在图文框中只能使用鼠标左键拖放文本框。

[**实验 9-10**]在窗体上放置一个命令按钮、一个标签和一个图文框,设置标签的 MouseIcon 属性和图文框的 Picture 属性。将标签拖到图文框中,松开鼠标左键,显示一个信息框,询问是否将标签放在图文框中。单击"否"按钮,结束拖放操作;单击"是"按钮,标签消失,标签的 MouseIcon 属性替换图文框的 Picture 属性。单击命令按钮,恢复图文框的 Picture 属性并显示标签。

习 题 九

一、选择题(至少选择一个正确答案)

1. 关于键盘扫描码的概念,下面正确的叙述有(　　　)。

   A) 大写字母的 ASCII 码为扫描码   B) 上挡字符的 ASCII 码为扫描码

   C) 小写字母的 ASCII 码为扫描码   D) 下挡字符的 ASCII 码为扫描码

2. 按下并松开某个光标键,可以触发键盘的(　　)事件。

   A) KeyUp   B) KeyPress

   C) KeyDown   D) KeyPreview

3. 关于 KeyPress、KeyDown 和 KeyUp 事件,下面正确的叙述有(　　　)。

   A) 操作同一对象,先触发 KeyDown 事件,后触发 KeyPress 事件

   B) 先按下多个按钮,再松开多个按键,仅触发一次 KeyUp 事件

   C) 窗体的 KeyPreview 属性设置为 False,获得焦点的控件响应键盘事件

   D) 按住按键不放,连续触发 KeyDown 和 KeyPress 事件

4. 键盘事件过程如下:

```
Private Sub Form_KeyDown( k As Integer,s As Integer)
    If s = 2 And k = vbKeyC Then Circle(1000,800) ,500
    If s = 4 And k = vbKeyL Then Line - Step(3000,1000)
End Sub
```

在程序运行时,可以在窗体上绘制图形的操作有(　　　)。

   A) 按下 Ctrl 键和 C 键   B) 按下 Alt 键和 C 键

   C) 按下 Ctrl 键和 L 键   D) 按下 Alt 键和 L 键

5. 鼠标事件过程如下：

```
Sub Form_MouseDown( b As Integer, s As Integer, X As Single, Y As Single)
    If( s = 2 Or s = 4) And( b = 1 Or b = 2) Then Print "HELLO!"
End Sub
```

在程序运行时，可以在窗体上显示信息"HELLO!"的操作有（　　）。

A）按下 Ctrl 键和鼠标左键　　　　　　　　B）按下 Alt 键和鼠标左键

C）按下 Ctrl 键和鼠标右键　　　　　　　　D）按下 Alt 键和鼠标右键

6. 鼠标事件过程如下：

```
Sub Form_MouseMove( b As Integer, s As Integer, X As Single, Y As Single)
    If b = 3 Then Print "HELLO!"
    If s = 4 Then Print "HELLO!"
    If s = 6 Then Print "HELLO!"
End Sub
```

当程序运行时，要在窗体上显示信息"HELLO!"，可以执行操作（　　）。

A）先按住 Alt 键，随意移动鼠标指针

B）按住鼠标左键，随意移动鼠标指针

C）按住左键和右键，再移动鼠标指针

D）按住 Ctrl 和 Alt 键，移动鼠标指针

7. 关于拖放操作的概念，下面正确的叙述有（　　）。

A）拖动过程中不显示被拖动的控件

B）拖动过程中控件可以显示为图标

C）窗体不支持拖放属性和拖放方法

D）自动拖放支持左键和右键的操作

8. 关于拖放事件的概念，下面正确的叙述有（　　）。

A）只有目标对象才响应拖放事件

B）被拖放的控件也响应拖放事件

C）拖动过程中触发 DragOver 事件

D）拖动过程中触发 DragDrop 事件

9. 在窗体上放置一个文本框，DragMode 属性设置为1，鼠标事件过程如下：

```
Sub Form_DragOver( S As Control, X As Single, Y As Single, State As Integer)
    S. Move X, Y, 2000 ∗ Rnd, 1000 ∗ Rnd
    BackColor = QBColor(15 ∗ Rnd)
End Sub
```

程序运行时，在窗体上拖动文本框，可以产生的效果有（　　）。

A）改变文本框的高度　　　　　　　　　　B）改变文本框的宽度

C）改变文本框的位置　　　　　　　　　　D）改变窗体背景颜色

10. 要使窗体响应 Click 事件，可以执行的操作有（　　）。

A）按下并释放鼠标左键　　　　　　　　　B）连续两次用鼠标左键单击窗体

C）按下并释放鼠标右键　　　　　　　　　D）连续两次用鼠标右键单击窗体

二、填空题

1. KeyPress 事件识别键盘按键的_____码，KeyDown 和 KeyUp 事件识别键盘按键的_____码。

2. 在 KeyDown 和 KeyUp 事件过程中，同时按下_____键和_____键，Shift 参数为6。

3. 窗体的_____属性设置为_____,窗体先识别键盘事件,控件后识别键盘事件。

4. 在窗体上放置一个文本框 Text1,事件过程如下:

    Private Sub Text1_KeyPress(KeyAscii As Integer)

        KeyAscii = Asc(UCase(Chr(KeyAscii + 5)))

    End Sub

当程序运行时,输入 abc,文本框中显示_____;输入 123,文本框中显示_____。

5. 在窗体上放置一个文本框 Text1,两个事件过程如下:

    Private Sub Text1_KeyPress(KeyAscii As Integer)

        KeyAscii = KeyAscii − 3

    End Sub

    Private Sub Text1_KeyDown(KeyCode As Integer, Shift As Integer)

        Print Chr(KeyCode + 3) ;

    End Sub

当程序运行时,输入 456,文本框中显示_____,窗体上显示_____。

6. 窗体上不放置任何控件,事件过程如下:

    Private Sub Form_KeyPress(KeyAscii As Integer)

        Print Chr(KeyAscii + 1) ;

    End Sub

    Private Sub Form_KeyDown(KeyCode As Integer, Shift As Integer)

        Print Chr(KeyCode) ;

    End Sub

    Private Sub Form_KeyUp(KeyCode As Integer, Shift As Integer)

        Print Chr(KeyCode − 1)

    End Sub

程序运行,按下并松开 f 键,窗体上显示_____;按下并松开 F 键,窗体上显示_____。

7. 在 MouseMove 事件过程中,同时按下鼠标_____键和_____键,Button 参数为3。

8. 如果需要实现自动拖放,被拖放控件的_____属性应当设置为_____。

9. 在拖动过程中,设置控件的_____属性,则控件显示为图标。

10. 在拖放控件时,松开鼠标按键,触发_____事件;按住鼠标按键再移动鼠标,连续触发_____事件。

第10章　数据文件

应用程序经常处理大量的数据,而数据往往作为文件保存在磁盘等外存储器上。在使用磁盘上的数据时,需要执行文件操作。文件操作就是把内存中的数据保存到磁盘上,或者把磁盘上的数据读到内存中。

本章介绍顺序文件、随机文件和二进制文件的操作。在学习本章内容时,除理解基本概念外,务必重视实验教学环节,完成指定的实验内容。

10.1　数据文件概述

内存中的数据不能长期保存,程序运行结束会立即消失。为了长期保存数据,需要使用数据文件。文件是存储在外存储器上的一批相关数据的集合,通过运行程序,读写数据文件,完成数据处理。

10.1.1　数据文件结构

数据在文件中的组织方式称为文件结构。如表 10-1 所示,数据文件由若干记录组成,一行一条记录,一条记录由若干字段组成,一个字段由若干字符组成。

表 10-1　数据文件结构

学　号	姓　名	出 生 日 期	数　学	英　语
09016001	王国栋	1991 - 06 - 18	86	90
09016002	宋贝贝	1992 - 01 - 15	95	82
09016003	张金果	1990 - 12 - 08	87	75

1. 字符

字符是构成数据文件的基本单位,包括数字、字母、汉字和特殊符号等。在数据文件中,一个英文字符占用一个字节的磁盘空间,一个中文字符占用两个字节的磁盘空间。但在内存中,一个英文字符和一个中文字符都占用两个字节的内存空间。

2. 字段

一个字段反映一项基本信息。如表 10-1 所示,"学号"字段由 8 个数字字符组成,"姓名"字段由多个汉字组成,"出生日期"字段由日期数据组成,"数学"字段由数值数据组成。字段可以是字符数据、数值数据、日期数据或逻辑数据。

3. 记录

一条记录由若干相互关联的字段组成。如表 10-1 所示,一个学生的信息就是一条记录,在二维表格中占一行,所有学生的信息构成一个数据文件。

10.1.2 数据文件类型

程序文件用来保存程序代码,如 vbp、frm、bas、exe 文件等。数据文件用来存放数据,如 txt、doc、xls 文件等。数据文件可以再分类,按照数据编码,数据文件分为文本文件和二进制文件;按照数据存取方式,数据文件分为顺序文件、随机文件和二进制文件。

1. 顺序文件

顺序文件是 ASCII 码文件或文本文件,可以使用文字处理程序打开或编辑。记录之间用回车换行分隔,一行就是一条记录。每条记录的长度可以不同,记录中的字段长度可以不同,构成记录的字段个数可以不同。

顺序文件的记录按先后顺序排列,必须按记录排列顺序读写数据。先读写第一条记录,再读写第二条记录,依次类推,直到最后一条记录。这种访问方式称为顺序访问方式。

顺序文件的优点是文件结构简单,占用磁盘存储空间较小,适合批量数据的顺序操作。顺序文件的缺点是数据的插入、删除、修改操作比较麻烦。

2. 随机文件

随机文件由固定长度的记录组成,记录中的字段长度固定,字段个数固定。每条记录都有一个记录号,按照记录号随机读写文件中的数据,无须考虑记录在文件中的排列顺序。这种访问方式称为随机访问方式或直接访问方式。

随机文件的优点是可以随机读写数据,插入、删除、修改操作灵活简便。随机文件的缺点是占用磁盘存储空间较大,数据组织比较复杂。

3. 二进制文件

二进制文件按字节顺序排列,以字节为单位读写,无须考虑字节在文件中的排列顺序,可以随机读写任意一个字节。二进制文件与随机文件非常相似,如果把一个字节看做一条记录,二进制文件就是随机文件。

实际上,所有文件都按二进制保存和处理,只是文件存储结构不同,数据编码不同。如图 10-1 所示,数据 65 535,文本文件保存 5 个字符的 ASCII 码,占用 5 个字节的磁盘空间;二进制文件保存二进制数,占用 2 个字节的磁盘空间。

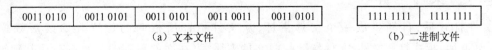

0011 0110	0011 0101	0011 0101	0011 0011	0011 0101		1111 1111	1111 1111
(a) 文本文件						(b) 二进制文件	

图 10-1 数据编码示例

10.1.3 数据文件操作

一般来说,数据文件的操作包括:打开文件、读写文件和关闭文件。

1. 打开文件

必须先打开文件,才能使用文件。打开文件就是在内存开辟一个缓冲区,供读写文件使用,同时指明文件在磁盘中的位置、文件名、文件号、文件访问方式等。

用 Open 语句可打开顺序文件、随机文件和二进制文件,本章后面将详细介绍 Open 语句。

2. 读写文件

文件打开后,即可执行文件读写操作。如图 10-2 所示,从文件中读取数据时,数据先读到文件缓冲区,应用程序从缓冲区中获得数据;当向文件中写入数据时,应用程序将数据先放到缓冲区,如果缓冲区中的数据已满,自动将缓冲区中的数据写入磁盘文件。

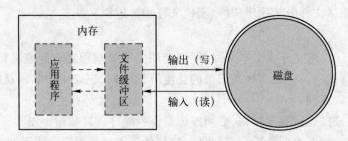

图 10-2 文件读写操作

以不同模式打开的文件,使用不同的读写语句,本章后面将详细介绍读写语句。

3. 关闭文件

文件读写完毕,应当关闭文件,否则可能造成数据丢失。关闭文件就是将文件缓冲区中的数据写入磁盘,并释放文件缓冲区占用的内存空间。

用 Close 语句关闭顺序文件、随机文件和二进制文件,其语句格式和语句功能如下:

语句格式:**Close [[#]文件号 1 [,[#]文件号 2]⋯]**

语句功能:关闭指定文件。如果省略全部参数,则关闭所有已经打开的文件。

10.2 文件操作函数

在执行文件读写操作时,经常涉及文件指针和文件操作函数,本节简要介绍文件指针的概念和常用文件操作函数,为文件读写操作打下基础。

10.2.1 文件指针

文件打开后,自动生成一个文件指针,从文件指针所指向的位置开始读写数据。用 Append(追加)模式打开文件,文件指针指向文件末尾,可在文件尾部追加数据。用其他模式打开文件,文件指针指向文件开头。每执行一次读写操作,文件指针自动向下移动一个读写位置,移动步长由 Open 语句和读写语句共同决定。顺序文件指针的步长与读写数据的长度相同,随机文件指针的最小步长是一条记录的长度,二进制文件指针的最小步长是一个字节。

在执行读写操作过程中,文件指针不断移动,如果文件指针指向文件结束标志,则结束读写操作。

可以使用 Seek 语句移动文件指针,语句格式如下:

语句格式:**Seek [#]文件号,位置**

语句功能:将文件指针移动到指定位置。

随机文件的指针位置是记录号,顺序文件和二进制文件的指针位置是从头开始的字节数,取值范围为 $1 \sim 2^{31} - 1(1 \sim 2\ 147\ 483\ 647)$。

10.2.2 常用函数

1. EOF(End Of File)

函数格式:**EOF(文件号)**

函数功能:测试文件指针是否指向文件结束标志。如果文件指针指向文件结束标志,函数返回 True;否则返回 False。

2. LOF(Length Of File)

函数格式:**LOF(文件号)**

函数功能:返回文件大小,即文件的字节个数。

文件大小包含文件的结构信息。假设保存相同的字符个数,顺序文件的结构比较简单,文件较小,而随机文件的结构比较复杂,因此文件较大。

3. Loc(Location)

函数格式:**Loc(文件号)**

函数功能:返回文件指针的读写位置。

如果是随机文件,返回本次读写的记录号。如果是二进制文件,返回本次读写的字节位置。顺序文件不需要使用 Loc 函数的返回值。

4. Seek

函数格式:**Seek(文件号)**

函数功能:返回文件指针的当前位置。

如果是随机文件,返回将要读写的记录号。如果是顺序文件和二进制文件,返回将要读写的字节位置,第一个字节的位置是1,第二个字节的位置是2,依次类推。

5. FreeFile

函数格式:**FreeFile**

函数功能:返回可供 Open 语句使用的文件号。

10.3 顺序文件操作

顺序文件是标准 ASCII 码文件或文本文件,本节建立的所有文件都可用 Windows 的记事本程序打开,查看文件内容,验证文件操作结果。

10.3.1 打开顺序文件

语句格式:Open 文件标识〔For 模式〕As〔#〕文件号

语句中的参数说明如下:

(1) 文件标识:用来指定需要打开的文件。文件标识是一个字符常量或字符变量,包含盘符、路径和文件名。

(2) 模式:指定文件的访问方式,顺序文件的访问方式如下:

Output——顺序输出,向文件中写入数据。如果文件不存在,则先建立文件再打开文件;如果文件已经存在,则覆盖已有文件。

Input——顺序输入,从文件中读取数据。要求文件必须存在,否则出现错误信息。

Append——顺序输出,在文件末尾追加数据。如果文件已经存在,则打开文件;如果文件不存在,则先建立文件,再打开文件。

(3) 文件号:指定文件缓冲区,使用文件号代表文件,文件号的取值范围为 1～512。

10.3.2 向文件中写入数据

向顺序文件中写入数据的操作为:①用 Open 语句打开文件;②用 Print #语句或 Write #语句向文件中写入数据;③用 Close 语句关闭文件。

1. Print 语句

语句格式:Print #文件号,〔表达式列表〕〔;|,〕

语句功能:先计算表达式的值,将计算结果写入由文件号指定的文件。

Print 方法将数据输出到窗体、图文框或打印机,而 Print #语句将数据输出到磁盘文件。在使用 Print #语句时,几点说明如下:

(1) 如果省略所有可选参数,则向文件写入一个空行。

(2) 表达式之间用分号或逗号分隔,分号为紧凑格式,逗号为标准格式,分号和逗号不写入文件。使用紧凑格式时,数值数据的前面有符号位,后面有空格,不会给读取数据带来麻烦,而字符数据之间没有空格,可能会给读取数据带来麻烦。

(3) 语句末尾包含分号或逗号,写入后不换行,下一个 Print #语句写在同一行;语句末尾没有分号或逗号,则插入一个回车换行(vbCrLf 或 vbNewLine)作为记录结束标志。

〔**例 10-1**〕 用 Print #语句在磁盘上建立一个文件,将表 10-1 中的数据写入文件。

```
Private Sub Form_Click( )
    Open "D:\student1. txt" For Output As #1
    Print #1,"09016001","王国栋",#6/18/1991#,86;90
    Print #1,"09016002","宋贝贝",#1/15/1992#,95;92
    Print #1,"09016003","张金果",#12/8/1990#,87;75
    Close #1
End Sub
```

运行程序后,在 D 盘根目录下建立一个文本文件 student1. txt,用 Windows 的记事本程序打开文本文件 student1. txt,文件内容如图 10-3 所示。

图 10-3 Print #语句创建的数据文件

2. Write 语句

语句格式：**Write #文件号，[表达式列表][；|，]**

语句功能：将表达式的值写入由文件号指定的文件。

在使用 Write #语句时，几点说明如下：

（1）如果省略所有可选参数，则向文件写入一个空行。

（2）表达式之间用分号或逗号分隔，语句尾部的分号或逗号的作用与 Print #语句的相同。

（3）数据写入文件后，字符数据两边加双引号，字段之间用逗号分隔（见图 10-4）。

[**例 10-2**] 用 Write #语句在磁盘上建立一个文件，将表 10-1 中的数据写入文件。

```
Private Sub Form_Load( )
    Open "D:\student2. txt" For Output As #512
    Write #512,"09016001","王国栋",#6/18/1991#,86;90
    Write #512,"09016002","宋贝贝",#1/15/1992#,95;92
    Write #512,"09016003","张金果",#12/8/1990#,87;75
    Close #512
End Sub
```

文件内容如图 10-4 所示，字符数据两边有双引号，字段之间用逗号分隔。

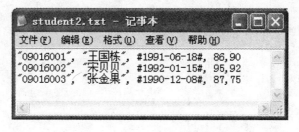

图 10-4 Write #语句创建的数据文件

10.3.3 从文件中读取数据

从顺序文件中读取数据的操作为：①用 Open 语句打开文件；②用 Input #语句、Line Input #语句或 Input 函数从文件中读取数据；③用 Close 语句关闭文件。

1. Input 语句

语句格式：**Input #文件号，变量列表**

语句功能：从指定文件中读取数据，并放在对应变量中。

文件号的含义同前,变量之间用逗号分隔。在使用 Input 语句时,几点说明如下:

(1)变量列表中的变量个数和数据类型应当与文件内容保持一致。

(2)为了使 Input #语句能够正确读取数据,在写入数据时,最好使用 Write #语句,因为用 Write #语句写入的数据,各个字段之间用逗号分隔。

(3)在读取数据时,忽略文件中的前导空格和双引号,遇回车换行或逗号读取结束。

[**例 10-3**] 读取[例 10-2]创建的文件,并在窗体上显示文件内容。

```
Private Sub Form_Click()
    Open "D:\student2.txt" For Input As #2
    Do While Not EOF(2)
        Input #2,x1,x2,x3,x4,x5
        Print x1,x2,x3,x4;x5
    Loop
    Close
End Sub
```

2. Line Input 语句

语句格式:**Line Input #文件号,字符变量**

语句功能:从指定文件中读取一条记录,并存放在字符变量中。

在读取顺序文件时,经常使用 Line Input #语句。Line Input #语句一次读取一条记录,遇回车换行读取结束,而 Input #语句读取记录中的字段,遇逗号或回车换行读取结束。

[**例 10-4**] 在窗体上放置一个命令按钮和一个文本框,文本框的 MultiLine 属性设置为 True,ScrollBars 属性设置为 2。单击命令按钮,读取文本文件 student2.txt,在文本框中显示文件内容。

```
Private Sub Command1_Click()
    Dim s As String
    Open "D:\student2.txt" For Input As #100
    Do While Not EOF(100)
        Line Input #100,s
        Text1 = Text1 + s + vbNewLine
    Loop
    Close #100
End Sub
```

在使用 Line Input #语句读取用 Write #语句创建的文件时,双引号和逗号一并读出。在使用 Line Input #语句读取 Print #语句创建的文件时,不会出现双引号。因此,通常使用 Print #语句写入数据,用 Line Input #语句读取数据。

3. Input 函数

函数格式:**Input(字符个数,[#]文件号)**

函数功能:从指定文件中读取指定个数的字符,函数返回值为读取的字符串。

Input 函数把文件作为字符流读取,遇回车换行并不结束读取操作,直到文件结束为止。

[**例 10-5**] 用 Input 函数复制文本文件 student2.txt,新文件名为 student5.txt。

```
Private Sub Form_Click()
```

```
      Dim ch As String * 1
      Open "D:\student2. txt" For Input As #2
      Open "D:\student5. txt" For Append As #5
      Do While Not EOF(2)
        ch = Input(1,#2)
          Print #5, ch;
      Loop
      Close
  End Sub
```

[例 10-6] 程序界面如图 10-5 所示,在窗体上放置两个文本框和两个命令按钮。在下面的文本框 Text2 中输入文本,单击"写入数据"按钮,向文件中追加一条记录(一行数据)。单击"读取数据"按钮,从文件中读取数据,在上面的文本框 Text1 中显示文件内容。

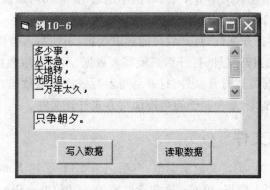

图 10-5 [例 10-6]程序界面

```
Private Sub Command1_Click( )
    Open "D:\data6. txt" For Append As #6
    Print #6, Text2
    Text2 = ""
    Close
End Sub
Private Sub Command2_Click( )
    Open "D:\data6. txt" For Input As #6
    Text1 = ""
    Do While Not EOF(6)
      Line Input #6, s
      Text1 = Text1 + s + vbNewLine
    Loop
    Close
End Sub
```

10.4 随机文件操作

如果随机文件中的一条记录只有一个字段,可以使用标准数据类型,如字符、数值、日期、逻辑等数据。如果一条记录包含多个字段,需要定义记录类型。随机文件不是文本文件,不能使用文字处理程序打开或编辑。

10.4.1 打开随机文件

打开随机文件同样使用 Open 语句,语法格式如下:

Open 文件标识〔For Random〕〔Access 存取类型〕As〔#〕文件号〔Len = 记录长度〕

"文件标识"和"文件号"的含义同前,其余参数说明如下:

(1) 模式:Random 指定随机访问方式,文件打开后既可以读取数据,又可以写入数据。如果文件已存在,则打开文件;如果文件不存在,则先建立文件,再打开文件。如果省略 For 子句,默认按 Random 模式打开文件。

(2) 记录长度:记录中包含的字节个数,取值不能超出 32 767,默认为 128。

(3) 存取类型:指定打开文件的操作方式,几种存取类型如下:

Read——按只读方式打开文件,打开后只能读取数据,不能写入数据。

Write——按只写方式打开文件,打开后只能写入数据,不能读取数据。

Read Write——按读写方式打开文件,打开后可以写入或读取数据。Read Write 为默认存取类型,在 Random 模式下,省略 Access 子句则按读写方式打开文件。

10.4.2 读写随机文件

读写随机文件的操作为:①定义记录类型,声明记录变量;②用 Random 模式打开文件,指定记录长度;③用 Put 语句写入数据,用 Get 语句读取数据;④用 Close 语句关闭文件。

1. Put 语句

语句格式:**Put〔#〕文件号,〔记录号〕,变量名**

语句功能:将变量值写入随机文件的指定记录,写入字节个数等于变量长度。

2. Get 语句

语句格式:**Get〔#〕文件号,〔记录号〕,变量名**

语句功能:将随机文件中的指定记录读到变量中,读取字节个数等于变量长度。

变量可以是标准数据类型,也可以是记录类型。如果省略记录号,则默认为上次读写的记录号再加 1。

〔例 10-7〕 程序界面如图 10-6 所示,启动程序时创建随机文件 data7. dat,并在文件中写入 10 个整数。单击"读取数据"按钮,读取文件 data7. dat 中的数据,并在窗体上输出文件内容和文件指针变化情况。单击"结束程序"按钮,关闭文件,结束程序运行。

```
Private Sub Form_Load( )
    Open "D:\data7. dat" For Random As #7
    For n = 50 To 59
        Put #7, , n
    Next
End Sub                          '过程结束,文件指针指向文件结束标志
Private Sub Command1_Click( )
```

```
    Seek #7,1                    '定位文件指针,使其指向文件起始位置
    For i = 1 To 10
        Get #7,,n
        Print n,"文件指针:",Loc(7),Seek(7)
    Next
End Sub
Private Sub Command2_Click( )
    Close
    Unload Me
End Sub
```

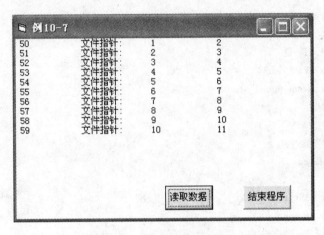

图 10-6　[例 10-7]程序界面

[**例 10-8**]　程序界面如图 10-7 所示,编写程序代码,读写随机文件,实现功能如下:

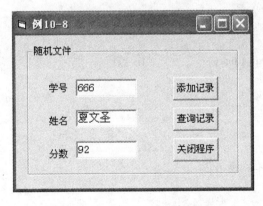

图 10-7　[例 10-8]程序界面

（1）用窗体的 Load 事件打开随机文件 data8. dat。

（2）在文本框 Text1、Text2、Text3 中分别输入学号、姓名和分数,单击"添加记录"按钮,添加一条记录,学号作为记录号(001～999)。

（3）在文本框 Text1 中输入记录号(学号),单击"查询记录"按钮,在各个文本框中显示相应字段。如果修改了记录,单击"添加记录"按钮,保存修改结果。

（4）单击"关闭程序"按钮，关闭文件，结束程序运行。

```
Private Type student              '定义记录类型
    numb As String * 3            '学号
    name As String * 8            '姓名
    mark As Integer               '分数
End Type
Dim stu As student                '定义记录变量
Private Sub Form_Load( )          '打开文件
    Open "d:\data8. dat" For Random As #8 Len = Len( stu)
End Sub
Private Sub cmdAdd_Click( )       '添加记录
    stu. numb = Text1
    stu. name = Text2
    stu. mark = Val( Text3)
    Put #8 , Val( stu. numb) , stu
    Text1 = " "
    Text2 = " "
    Text3 = " "
    Text1. SetFocus
End Sub
Private Sub cmdSearch_Click( )    '查询记录
    Dim n As Integer
    n = Text1
    Get #8 , n , stu
    Text1 = stu. numb
    Text2 = stu. name
    Text3 = stu. mark
End Sub
Private Sub cmdQuit_Click( )      '关闭文件
    Close
    Unload Me
End Sub
```

10.5　二进制文件操作

二进制文件以字节作为读写单位，可以随机读写文件中的任一字节。除了打开二进制文件采用 Binary 模式外，其他操作与随机文件相同。

10.5.1　操作语句

1. Open 语句

打开二进制文件同样使用 Open 语句，语法格式如下：

Open 文件标识 For Binary [Access 存取类型] As [#]文件号

"文件标识"、"文件号"、"存取类型"的含义同前,Binary 为二进制文件的访问方式。执行 Open 语句,如果文件已经存在,则打开已有文件;如果文件不存在,则先建立文件,再打开文件。

2. Put 语句

语句格式:**Put [#]文件号,[位置],变量名**

语句功能:将变量值写入文件中的指定位置,写入字节个数等于变量长度。

3. Get 语句

语句格式:**Get [#]文件号,[位置],变量名**

语句功能:从指定位置读取字节,读取字节个数等于变量长度。

两个语句中的"位置"按字节计数,如果省略"位置"选项,文件指针从头到尾移动。

10.5.2 应用举例

[**例 10-9**] 编写一个程序,启动窗体时复制文件。

```
Private Sub Form_Load( )
    Dim ch As Byte
    Open "D:\student2. txt" For Binary As #2
    Open "D:\Student9. txt" For Binary As #9
    Do While Not EOF(2)
        Get #2,,ch             '读取一个字节
        Put #9,,ch             '写入一个字节
    Loop
    Close
End Sub
```

[**例 10-10**] 在窗体上放置一个命令按钮,命令按钮的 Caption 属性设置为"加密"。第一次单击命令按钮,加密文件;第二次单击命令按钮,解密文件。

```
Private Sub Command1_Click( )
    Dim ch As Byte
    Open "d:\student2. txt" For Binary As #10
    Do While LOF(10) > Loc(10)         '判断文件是否结束
        Get #10,,ch
        ch = ch Xor &H6F                   '异或操作用于加密或解密
        Put #10,Loc(10),ch
    Loop
    If Command1. Caption = "加密" Then
        Command1. Caption = "解密"
    Else
        Command1. Caption = "加密"
    End If
    Close #10
End Sub
```

当程序运行时,单击"加密"按钮,使用 Windows 记事本程序查看加密结果。单击"解密"按钮,用 Windows 记事本程序查看解密结果。

一、实验目的

1. 熟练掌握文件指针的概念,一般掌握文件操作函数。

2. 熟练掌握顺序文件操作,能够使用 Input、Output 和 Append 模式打开顺序文件,用 Print # 和 Write #语句写入数据,用 Input、Line Input 语句和 Input 函数读取数据。

3. 熟练掌握随机文件操作,能够使用 Random 模式打开随机文件,用 Put 语句写入数据,用 Get 语句读取数据。

4. 一般掌握二进制文件操作,能够使用 Binary 模式打开二进制文件,用 Put 语句写入数据,用 Get 语句读取数据。

二、实验内容

[**实验 10-1**]文件内容如表 10-2 所示,在窗体上放置两个命令按钮,实现功能如下:

(1)单击"写入"按钮,创建文件 data1. txt,并用 Write #语句写入数据。

(2)单击"读出"按钮,读取文件 data1. txt,并在窗体上显示文件内容。

表 10-2　数据文件内容

编　　号	姓　　名	工　　资
601	杨大昌	4550
603	李文圣	3886
605	张　燕	2235

[**实验 10-2**]编写一个追加记录的程序,程序界面如图 10-8 所示,实现功能如下:

(1)在窗体的 Load 事件过程中,打开已有文件 data1. txt。

(2)在文本框中输入数据,单击"追加"按钮,用 Write #语句在文件尾部追加记录。

(3)单击"关闭"按钮,关闭文件并结束程序运行,用记事本程序查看文件内容。

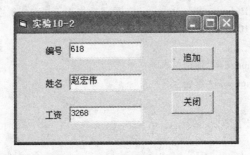

图 10-8　[实验 10-2]程序界面

[**实验10-3**]程序界面如图10-9所示,在窗体上放置两个命令按钮和一个文本框,文本框的 MultiLine 属性设置为 True,适当设置文本框的字体属性。程序实现功能如下:

(1) 在文本框中输入多行文本,单击"保存"按钮,将文本框中的内容保存为顺序文件 data3. txt,并清除文本框中的内容。

(2) 单击"显示"按钮,读取文件 data3. txt,并在文本框中显示出来。

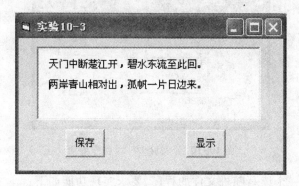

图 10-9 [实验10-3]程序界面

[**实验10-4**]编写一个程序,读写顺序文件,要求实现功能如下:

(1) 在窗体的 Load 事件过程中,读取文件 data1. txt,每人工资增加 500 元后,将修改结果保存在顺序文件 data4. txt 中。

(2) 单击窗体,在窗体上显示文件 data4. txt 的数据,查看修改结果。

[**实验10-5**]编写一个程序,读写顺序文件,要求实现功能如下:

(1) 在窗体的 Load 事件过程中,创建文件 data5. txt,保存 1 ~ 100 之间的整数。

(2) 单击窗体,从文件 data5. txt 中读取数据,计算 1 ~ 100 之间的所有奇数之和,并在窗体上显示计算结果。

[**实验10-6**]编写一个程序,读写随机文件,要求实现功能如下:

(1) 在窗体的 Load 事件过程中,创建随机文件 data6. dat,保存 1 ~ 100 之间的整数,每条记录一个字段。

(2) 单击窗体,读取文件 data6. dat 中的数据,计算 10 + 20 + … + 100,并在窗体上显示计算结果。

[**实验10-7**]在窗体上放置 3 个命令按钮,编写一个读写随机文件的程序,要求实现功能如下:

(1) 通过窗体的 Load 事件,打开随机文件 data7. dat。

(2) 单击"写入"按钮,向文件 data7. dat 中写入数据。一条记录包含两个字段,第一个字段保存整数 10,20,…,100,第二个字段保存相应数的开方。

(3) 单击"读出"按钮,读取文件 data7. dat 中的数据,并在窗体上显示文件内容。

(4) 单击"关闭"按钮,关闭文件,结束程序运行。

[**实验10-8**]程序界面如图10-10所示,随机文件中的记录如表10-2所示。编写一个读写随机文件的程序,实现功能如下:

（1）通过窗体的 Load 事件，打开随机文件 data8. dat。

（2）在文本框中输入数据，单击"添加"按钮，添加记录。为了简单起见，所输入的记录号可在 001～999 之间。

（3）单击"关闭"按钮，关闭文件，退出程序。

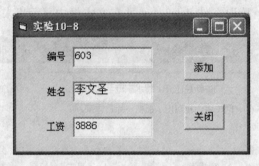

图 10-10　［实验 10-8］程序界面

［**实验 10-9**］设计一个读写随机文件的程序，要求实现功能如下：

（1）在窗体的 Load 事件过程中，读取文件 data8. dat 中的数据，每人工资增加 800，修改结果仍然保存在文件 data8. dat。

（2）单击窗体，在窗体上显示所有记录，查看修改结果。

［**实验 10-10**］在窗体上放置两个命令按钮，设计合并文件的程序，要求实现功能如下：

（1）单击第一个命令按钮，用顺序文件的访问方式将文件 data3. txt 追加到文件 data1. txt 的尾部。

（2）单击第二个命令按钮，用二进制文件的访问方式将文件 data3. txt 追加到文件 data1. txt 的尾部。

习 题 十

一、选择题（至少选择一个正确答案）

1. 关于顺序文件的概念，下面正确的叙述有（　　）。

　A）字段长度可变　　　　　　　　B）采用文本文件格式

　C）记录长度可变　　　　　　　　D）只能顺序读取数据

2. 关于随机文件的概念，下面正确的叙述有（　　）。

　A）字段长度固定　　　　　　　　B）记录长度固定

　C）字段个数固定　　　　　　　　D）文件长度固定

3. 一般来说，执行文件操作包括（　　）。

　A）打开文件　　　　　　　　　　B）读写文件

　C）关闭文件　　　　　　　　　　D）创建文件

4. 假设文件号为 6，下面正确的语句有（　　）。

　A）Write #6　　　　　　　　　　B）Write #6,x,y;

　C）Write #6,　　　　　　　　　　D）Write 6,x,y,

5. 假设文件号为 7，下面正确的语句有（　　）。

A）Input #7,x　　　　　　　　　　　B）Line Input #7,x

C）Input 7,x　　　　　　　　　　　　D）x = Input(7,7)

6. 假设文件号为 8,变量 n 为记录号,下面正确的语句有（　　　）。

　　A）Put #8,,x　　　　　　　　　　　B）Put 8,n,x

　　C）Get 8,,x　　　　　　　　　　　　D）Get #8,n,x

7. 在读写随机文件时,下面正确的叙述有（　　　）。

　　A）可以读写指定字段　　　　　　　B）文件指针可以自动向后移动

　　C）可以读写指定记录　　　　　　　D）读写字节个数等于变量长度

8. 如果要建立一个新文件,打开文件可以采用的模式有（　　　）。

　　A）Output　　　　　　　　　　　　　B）Binary

　　C）Random　　　　　　　　　　　　D）Append

9. 如果要执行读和写操作,打开文件可以采用的模式有（　　　）。

　　A）Random　　　　　　　　　　　　B）Output

　　C）Append　　　　　　　　　　　　D）Binary

10. 假设文件号为 10,记录变量为 s,计算记录个数的表达式为（　　　）。

　　A）Loc(10)　　　　　　　　　　　　B）LOF(10)/Len(s)

　　C）Seek(10)　　　　　　　　　　　D）EOF(10)/Len(s)

二、填空题

1. 一个英文字符在数据文件中占_____个字节,在内存中占_____个字节。

2. 在操作顺序文件时,Open 语句中用_____或_____模式打开文件,可以创建一个新文件。

3. 打开文件时在内存开辟一个缓冲区,缓冲区的编号就是文件号,文件号的最小取值为_____,最大取值为_____。

4. 假设文件号为 10,判断文件读取是否结束的函数为_____。

5. 假设文件号为 10,计算文件中包含字节数的函数为_____。

6. 假设文件号为 10,_____函数返回当前读写位置,_____函数返回下次读写位置。

7. 在打开随机文件时,如果省略 For 子句,默认打开模式为_____;如果省略 Access 子句,默认存取类型为_____。

8. 如果随机文件的一条记录只有一个字段,可以使用数值、字符或日期等数据类型,如果一条记录包含多个字段,且每个字段的数据类型不同,则需要使用_____。

9. 下面程序将数值 11,12,…,20 写入随机文件 File9. dat,要求记录号从 1 开始。试填写正确语句,完善程序功能。

```
Private Sub Form_Load( )
    Dim n As Integer
    Open "D:\File9. dat" _____ As #9
    For n = 11 To 20

        _____
    Next n
    Close
End Sub
```

10. 下面程序用来计算文件包含的字节个数,试填写正确语句,完善程序功能。

```
Private Sub Form_Click( )
    Dim ch As Byte
```

```
Dim i As Long
Open "d:\student1.txt" For Binary As #10
Do While _____
    _____
    i = i + 1
Loop
Print i
Close #10
End Sub
```

复杂界面设计

　　菜单和工具栏是应用程序界面的重要组成部分,几乎所有应用程序都包括菜单和工具栏。菜单中包含了应用程序的全部操作命令,工具栏中包含了常用操作命令。一个高质量的菜单系统,不仅能够反映应用程序功能模块的组织水平,而且还能方便用户操作。利用通用对话框,可以设计出完整的用户菜单。

　　在学习本章内容时,除了理解基本概念外,务必重视实验教学环节,按照教学要求,完成指定的实验内容。

11.1　通用对话框

　　对话框是用户与应用程序交互的一种特殊窗口。Visual Basic 的对话框包括预定义对话框、自定义对话框和通用对话框。预定义对话框由 Visual Basic 预先定义,如 InputBox 函数的输入对话框和 MsgBox 函数的输出对话框。用户设计的对话框为自定义对话框,如果对话框比较复杂,设计对话框会耗费大量的时间和精力。使用 Visual Basic 提供的通用对话框控件,可以大大节省设计工作量。

11.1.1　通用对话框控件

　　通用对话框是一种 ActiveX 控件,使用前需要添加到工具箱中,添加操作如下:
　　(1)执行"工程"→"部件"命令,或右击工具箱,选择"部件"命令,打开"部件"对话框。
　　(2)选择"控件"选项卡,选中"Microsoft Common Dialog Control 6.0"复选框。
　　(3)单击"确定"按钮,工具箱中出现通用对话框图标█。
　　在设计阶段,通用对话框图标可以放在窗体上的任意位置,大小不能改变;在运行阶段,通用对话框图标从窗体上消失。在程序代码中,设置 Action 属性或调用相应方法,通用对话框显示为"打开"、"另存为"、"颜色"、"字体"或"打印"对话框。通用对话框的几个通用属性如下。

1. Name
用来在程序代码中引用通用对话框,默认名称为 CommonDialogN（N = 1,2,…）。

2. DialogTitle

设置通用对话框的标题,可在属性窗口或程序代码中设置。默认情况下,打开文件对话框的标题是"打开",保存文件对话框的标题是"另存为",颜色对话框的标题是"颜色",字体对话框的标题是"字体",打印对话框的标题是"打印"。

3. Action

用来设置对话框的类型,不同取值对应不同类型的对话框。Action 属性只能在程序代码中设置,不能在属性窗口中设置。表11-1列出了 Action 属性取值和对应方法。

表11-1 通用对话框的 Action 属性

属性取值	对应方法	作 用
1	ShowOpen	显示打开文件对话框
2	ShowSave	显示保存文件对话框
3	ShowColor	显示颜色对话框
4	ShowFont	显示字体对话框
5	ShowPrinter	显示打印对话框
6	ShowHelp	显示帮助对话框

4. CancelError

CancelError 属性设置为 True,单击通用对话框中的"取消"按钮,显示出错信息;设置为 False(默认),不出现错误信息。

[例11-1] 在窗体上放置1个通用对话框和4个命令按钮,单击不同命令按钮,显示不同类型的对话框。4个命令按钮的 Caption 属性分别设置为"打开"、"保存"、"颜色"和"字体"。单击命令按钮,显示打开文件对话框、保存文件对话框、颜色对话框和字体对话框。

```
Private Sub Command1_Click( )
    CommonDialog1. Action = 1          'CommonDialog1. ShowOpen
End Sub
Private Sub Command2_Click( )
    CommonDialog1. Action = 2          'CommonDialog1. ShowSave
End Sub
Private Sub Command3_Click( )
    CommonDialog1. Action = 3          'CommonDialog1. ShowColor
End Sub
Private Sub Command4_Click( )
    CommonDialog1. Flags = 263
    CommonDialog1. Action = 4          'CommonDialog1. ShowFont
End Sub
```

11.1.2 文件对话框

文件对话框包括打开文件对话框和保存文件对话框。打开文件对话框仅供用户选择一个文件,不能读取磁盘文件,如果需要读取文件内容,必须编写程序代码。保存文件对话框只是指定一个文件名,不能向磁盘写入文件,如果需要保存文件内容,必须编写程序代码。打开文件对话框如图 11-1 所示,保存文件对话框与打开文件对话框相似。

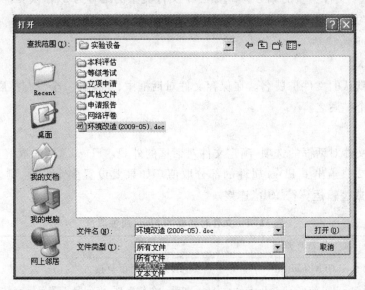

图 11-1　打开文件对话框

打开文件对话框和保存文件对话框的常用属性如下。

1. InitDir

设置打开文件或保存文件的初始目录。如果不设置 InitDir 属性,则显示当前目录,在如图 11-1 所示的"查找范围"下拉列表框中,选择打开文件或保存文件的位置。

2. FileName

返回打开文件的盘符、路径和文件名。在如图 11-1 所示的大列表框中,显示一系列文件,选择一个文件,再单击"打开"按钮(或直接双击某个文件),所选择文件的盘符、路径和文件名就是 FileName 属性的取值。

3. FileTitle

返回打开文件或保存文件的文件名。需要注意,FileName 属性包括盘符、路径和文件名,而 FileTitle 属性仅包含文件名,不包含盘符和路径。

4. Filter

设置或返回文件类型。如果设置了多个文件类型,在如图 11-1 所示的"文件类型"下拉列表框中,可以选择一种类型的文件,设置后大列表框中只显示这种类型的文件。设置 Filter 属性的一般格式如下:

　　　　对话框名 . Filter = "文件描述 1|文件类型 1|文件描述 2|文件类型 2|…"

"文件描述"和"文件类型"应成对出现,"文件描述"是"文件类型"下拉列表框中显示的文本,"文件类型"由文件名通配符组成。例如:

　　　　cd. Filter = "所有文件|＊.＊|文档文件|＊.DOC|文本文件|＊.TXT"

5. FilterIndex

设置或返回一个默认的文件类型。如果 Filter 属性设置了多个文件类型,每个文件类型都有一个编号,第一个文件类型的编号为1,第二个文件类型的编号为2,依次类推。如果要把第二个文件类型设置为默认的文件类型,则 FilterIndex 属性设置如下:

  cd. FilterIndex = 2

6. DefaultExt

返回或设置默认的文件扩展名。在保存文件对话框中,当保存一个没有扩展名的文件时,自动给文件指定一个扩展名。

7. Flags

设置或返回文件对话框的选项,确定文件对话框的外观。Flags 属性的取值是一个长整数或符号常量,表 11-2 只给出了 Flags 属性的部分取值。如果要设置多个选项,则多个选项之间用算术运算符"+"或逻辑运算符"OR"连接。

表 11-2　文件对话框的 Flags 属性取值

数　值	符号常量	作　用
1	vbOFNReadOnly	显示并选中"以只读方式打开"复选框
2	cdlOFNOverwritePrompt	出现一个信息框,询问是否覆盖已有文件
4	cdlOFNHideReadOnly	隐藏"以只读方式打开"复选框
8	cdlOFNNoChangeDir	将对话框打开时的目录设置为当前目录
16	cdlOFNHelpButton	在对话框中显示"帮助"按钮
256	cdlOFNNoValidate	允许返回的文件名中包含非法字符
512	cdlOFNAllowMultiselect	允许多重选择

[例 11-2]　用打开文件对话框浏览图片。

在窗体上绘制一个图像框、一个命令按钮和一个通用对话框,图像框的 Stretch 属性设置为 True,通用对话框的 Name 属性设置为 cdOpen。编写事件过程如下:

```
Private Sub Command1_Click( )
    cdOPen. InitDir = "C:\Windows\Cursors"
    cdOPen. Filter = "位图|*.BMP|光标|*.CUR|图片|*.JPG"
    cdOPen. FilterIndex = 2
    cdOPen. ShowOpen          '先设置属性,再显示文件对话框
    Image1. Picture = LoadPicture( cdOPen. FileName)
End Sub
```

[例 11-3]　使用通用对话框保存和打开文本文件。

在窗体上添加一个文本框、两个命令按钮和一个通用对话框。文本框的 MultiLine 属性设置为 True,两个命令按钮的 Caption 属性分别设置为"保存"和"打开",通用对话框的 Name 属性设置为 cdFile。两个命令按钮的 Click 事件过程如下:

```
Private Sub Command1_Click( )
    cdFile. DialogTitle = "保存文本文件"
```

```
        cdFile. DefaultExt = "TXT"
        cdFile. Action = 2
        Open cdFile. FileName For Output As #3
        Print #3 , Text1
        Close
End Sub
Private Sub Command2_Click( )
        cdFile. DialogTitle = "打开文本文件"
        cdFile. Filter = "文本文件 | * . TXT"
        cdFile. Action = 1
        Open cdFile. FileName For Input As #3
        Do While Not EOF( 3 )
            Line Input #3 , s
            Text1 = Text1 + s + vbNewLine
        Loop
        Close
End Sub
```

　　程序运行时,在文本框中输入文本,单击"保存"按钮,输入文件名,文本框中的内容保存为一个文本文件。单击"打开"按钮,选择一个文本文件,文本框中显示文件内容。

11.1.3　颜色对话框

　　使用颜色对话框可以从调色板中选择一种颜色,设置窗体和控件的背景颜色或前景颜色。颜色对话框如图 11-2 所示,可在"基本颜色"部分选择一种颜色,或单击"规定自定义颜色"按钮,定义一种颜色。颜色对话框的两个常用属性如下。

1. Color

　　返回所选择的颜色。当程序运行时,在调色板中选择一种颜色,该颜色值就是 Color 属性的取值。关闭颜色对话框,Color 属性的设置生效。

2. Flags

　　Flags 属性用来设置颜色对话框的某些特征,属性取值如表 11-3 所示。如果需要设置多个选项,则多个选项之间用算术运算符" + "或逻辑运算符"OR"连接。

表 11-3　颜色对话框的 Flags 属性取值

数　　值	符号常量	作　　用
1	cdlCCRGBInit	设置对话框的初始颜色
2	cdlCCFullOpen	显示全部对话框,包括自定义部分
4	cdlCCPreventFullOpen	禁止使用"规定自定义颜色"按钮
8	cdlCCShowHelpButton	在对话框中显示"帮助"按钮

　　[例 11-4]　用如图 11-2 所示的颜色对话框设置窗体的背景颜色和文本框的文本颜色。

　　在窗体上添加一个文本框、一个命令按钮和一个通用对话框,文本框的 MultiLine 属性设置为 True。编写事件过程如下:

```
Private Sub Command1_Click( )
    CommonDialog1. Flags = 10        'CommonDialog1. Flags = 2 + 8
    CommonDialog1. Action = 3
    Me. BackColor = CommonDialog1. Color
    Text1. ForeColor = CommonDialog1. Color
End Sub
```

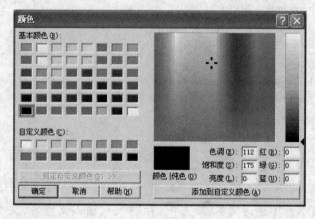

图 11-2 "颜色"对话框

11.1.4 字体对话框

字体对话框如图 11-3 所示,使用字体对话框可以设置字体名称、字体大小、字体颜色和字体样式等。在显示字体对话框前,需要先设置 Flags 属性,且取值必须包含 1、2 或 3,否则显示出错信息。字体对话框的常用属性如下。

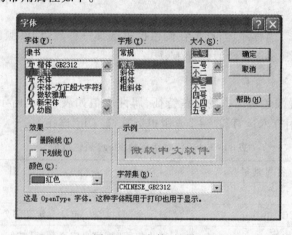

图 11-3 字体对话框

1. Font

FontSize——设置字体大小。

FontName——设置字体名称。

FontBold——是否为粗体。

FontItalic——是否为斜体。

FontUnderline——是否加下划线(Flags 属性的取值必须包含 256)。

FontStrikethru——是否加删除线(Flags 属性的取值必须包含 256)。

2. Color

返回所选择的颜色,Flags 属性的取值必须包含 256。

3. Flags

用来设置字体对话框的特征,部分取值如表 11-4 所示。如果需要设置多个选项,则多个选项之间用算术运算符" +"或逻辑运算符"OR"连接。

表 11-4 字体对话框的 Flags 属性取值

数　　值	符号常量	作　　用
1	cdlCFScreenFonts	只列出系统支持的屏幕字体
2	cdlCFPrinterFonts	只列出打印机支持的打印字体
3	cdlCFBoth	列出屏幕字体和打印字体
4	cdlCFHelpButton	显示"帮助"按钮
256	cdlCFEffects	允许设置删除线、下划线和颜色

[**例 11-5**] 用如图 11-3 所示的字体对话框设置文本框的文本字体和文本颜色。

在窗体上添加一个文本框、一个命令按钮和一个通用对话框。文本框的 MultiLine 属性设置为 True,命令按钮的 Caption 属性设置为"设置字体",通用对话框的 Name 属性设置为 cdFont。编写事件过程如下:

```
Private Sub Command1_Click( )
    cdFont. Flags = 263                'cdFont. Flags = 3 + 4 + 256
    cdFont. FontSize = 20              '设置默认字号
    cdFont. FontName = "宋体"          '设置默认字体
    cdFont. ShowFont
    Text1. ForeColor = cdFont. Color
    Text1. FontSize = cdFont. FontSize
    Text1. FontBold = cdFont. FontBold
    Text1. FontItalic = cdFont. FontItalic
    Text1. FontName = cdFont. FontName
    Text1. FontUnderline = cdFont. FontUnderline
    Text1. FontStrikethru = cdFont. FontStrikethru
End Sub
```

11.2 菜单设计

菜单分为下拉菜单和弹出菜单。下拉菜单位于窗体顶端,单击菜单栏中的菜单项,显示下拉菜单命令。弹出菜单处于隐藏状态,右击某个对象,可在窗体任意位置显示弹出菜单。

11.2.1 菜单结构

下拉菜单和弹出菜单都以级联形式出现,构成菜单的部件如下:

(1) 菜单项:菜单项是菜单系统中供用户选择的项目,一个菜单项就是一个控件。单击菜单控件,执行一段程序代码,完成指定操作。

(2) 访问键:访问键是菜单项中带下划线的字母,用来通过键盘操作菜单。按 Alt + 访问键,打开下拉菜单,再按访问键选择菜单命令。例如,在 Visual Basic 设计窗口中,按 Alt + F 键,打开"文件"下拉菜单,再按字母键 N,执行"新建工程"命令。

(3) 快捷键:菜单项右边的组合键称为菜单项的快捷键。快捷键用来提高操作效率,不打开菜单,直接按快捷键即可执行菜单命令。例如,在 Visual Basic 设计窗口中,按组合键 Ctrl + N,相当于执行"文件"→"新建工程"命令。

(4) 分隔条:当菜单项较多时,可按功能对菜单项进行分组,各组之间用水平线条隔开。分隔条是一种特殊的菜单项。

(5) 复选标记:复选标记用来标识菜单项是否选中。选中菜单项时,菜单项左边出现"√"标记,菜单命令生效;再次选择,"√"标记消失,菜单命令失效。例如,在 Visual Basic 设计窗口中,选中"视图"→"工具栏"菜单中的命令,菜单项左边就会出现"√"标记。

(6) 级联标记:一个菜单项的下级菜单称为子菜单,子菜单中还可以再包含下级子菜单,从而构成级联菜单。级联标记出现在菜单项右边,用箭头" ▶ "表示,当鼠标指针指向有级联标记的菜单项时,显示下级子菜单。

11.2.2 菜单属性

Visual Basic 提供了菜单编辑器,用来帮助用户建立菜单系统。在窗体激活的情况下,执行"工具"→"菜单编辑器"命令,或单击工具栏中的"菜单编辑器"按钮 ,或右击窗体再选择"菜单编辑器"命令,均可打开如图 11-4 所示的菜单编辑器。菜单编辑器包括属性设置、编辑命令和菜单列表 3 个区域。在属性设置区域,设置菜单项的属性;编辑命令区域包括 7 个命令按钮,用来设计菜单结构;在菜单列表区域,显示正在编辑的菜单的结构。

每个菜单项都是一个控件,称为菜单控件。菜单控件的常用属性如下。

1. Caption(标题)

设置菜单项的标题,在屏幕上标识菜单控件。在"标题"文本框中输入标题文本,"&"字符后面的字母作为菜单项的访问键。如果只输入一个减号" – ",则定义菜单分隔条。

2. Name(名称)

设置菜单项的名称,在程序代码中标识菜单控件,命名规则与变量的命名规则相同。每个菜单项都必须设置一个合法的 Name 属性值,菜单分隔条也需要设置 Name 属性。

3. Enabled(有效)

决定菜单项是否可用。选中"有效"复选框,Enabled 属性设置为 True,菜单项有效,正常显示;清除"有效"复选框,Enabled 属性设置为 False,菜单项无效,暗淡显示。

4. Visible(可见)

决定菜单项是否可见。选中"可见"复选框,Visible 属性设置为 True,菜单项可见;清除"可见"复选框, Visible 属性设置为 False, 菜单项不可见。隐藏带有下级菜单的菜单项, 则同时隐藏下级菜单。

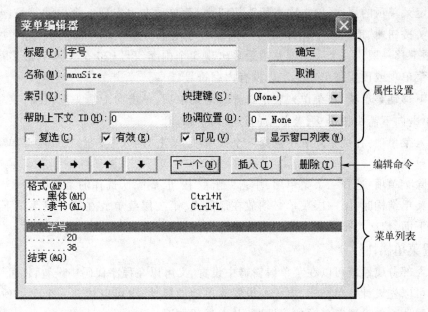

图 11-4　菜单编辑器

5. Checked(复选)

决定菜单项前面是否出现复选标记。选中"复选"复选框, Checked 属性设置为 True, 出现复选标记"√";清除"复选"复选框, Checked 属性设置为 False, 复选标记消失。

6. Index(索引)

设置菜单数组元素的下标。先建立几个 Name 属性相同的菜单项, 然后在"索引"文本框中输入下标, 可以建立菜单数组。在程序代码中, 通过下标引用菜单数组元素。Index 属性的取值范围为 0 ~ 32 767, 下标编号可以连续或不连续。

7. ShortCut(快捷键)

设置菜单项的快捷键。单击"快捷键"下拉列表框, 选择输入快捷键。只能在菜单编辑器或属性窗口中设置菜单项的快捷键, 而不能在程序代码中设置, 且顶层菜单项不能设置快捷键。

8. HelpContextID(帮助上下文)

设置一个数值, 作为帮助主题的编号, 提供上下文相关的帮助信息。

11.2.3　下拉菜单设计

下拉菜单设计包括编辑菜单结构、设置菜单属性和编写程序代码。为了清晰起见, 可以先用表格列出菜单结构和菜单属性, 然后在菜单编辑器中编辑菜单结构、设置菜单属性, 最后编写程序代码。

1. 编辑菜单结构

编辑菜单结构就是指定菜单项的标题、名称、访问键, 确定菜单的层次结构, 插入菜单分隔条。基本编辑操作如下:

(1) 输入菜单项的标题:在如图11-4所示的"标题"文本框中输入标题文本,字母前面加字符"&"设置访问键,使用减号字符"-"设置分隔条,按 Enter 键或单击"下一个"按钮确认。

(2) 指定菜单项的层次:单击向右箭头按钮➡,菜单项左边出现一个内缩符号(4个圆点);单击向左箭头按钮⬅,取消一个内缩符号。内缩符号用来确定菜单项的层次,每增加一个内缩符号,菜单项下移一层。一个菜单项左边最多出现5个内缩符号(20个圆点),最多指定6层菜单。第一层菜单项或顶层菜单项的左边没有内缩符号。

(3) 上下移动菜单项:在菜单列表中选择一个菜单项,单击向上箭头按钮⬆,菜单项的位置向上移动;单击向下箭头按钮⬇,菜单项的位置向下移动。

(4) 插入菜单项:在菜单列表中选择一个菜单项,单击"插入"按钮,在选中菜单项的上面插入一个新菜单项。

(5) 删除菜单项:选择一个菜单项,单击"删除"按钮,删除所选择的菜单项。

在编辑菜单结构时,第一层菜单必须放在最前面,第二层菜单放在第一层菜单下面,第三层放在第二层下面,依次类推。一个典型的菜单结构如图11-4所示。

2. 设置菜单属性

菜单的大部分属性既可以在菜单编辑器中设置,又可以在程序代码中设置,还可以在属性窗口中设置。可以先设计菜单结构,再统一设置菜单项的属性;也可以建立一个菜单项,就设置一个菜单项的属性。在设置菜单项的属性时,几点说明如下:

(1) 每个菜单项(包括分隔条)必须设置一个合法的 Name 属性。

(2) 第一层(顶层)菜单项可以设置访问键,但不能设置快捷键。

(3) 只有顶层菜单项才能设置"协调位置"属性,下层菜单项不能设置。

3. 编写程序代码

菜单结构和菜单属性指定完毕,单击图11-4中的"确定"按钮,在窗体顶端出现菜单栏,单击顶层菜单项,显示菜单结构。菜单控件只有一个 Click 事件,除了菜单分隔条外,所有菜单项都能响应 Click 事件。在设计状态下,单击顶层菜单项,从下拉菜单中选择要编写代码的菜单项,出现代码窗口,显示菜单控件的 Click 事件过程模板。此外,在代码窗口中,从对象下拉列表框中选择菜单控件的名称,也可以编写菜单控件的 Click 事件过程。

[**例11-6**] 在窗体上放置一个文本框,按表11-5设计一个下拉菜单,实现功能如下:

(1) 改变窗体的大小,文本框的大小随之改变。

(2) 从"格式"菜单中选择命令,设置文本框中的文本字体和字号。

(3) 单击"结束"菜单项,结束程序运行。

表 11-5 [例11-6]菜单结构和菜单属性

标题文本	内缩符号	Name	Enabled	Visible	ShortCut
格式(&F)	无	mnuFormat	True	True	无
.... 黑体(&H)	1	mnuHei	True	True	Ctrl + H
.... 隶书(&L)	1	mnuLi	True	True	Ctrl + L
.... -	1	Bar	True	True	无

标 题 文 本	内 缩 符 号	Name	Enabled	Visible	ShortCut
…. 字号	1	mnuSize	True	True	无
…….20	2	mnu20	True	True	无
…….36	2	mnu36	True	True	无
结束(&Q)	无	mnuQuit	True	True	无

将文本框的 MultiLine 属性设置为 True,按表 11-5 设置菜单属性。事件过程如下:

```
Private Sub Form_Resize( )
    Text1. Left = 50
    Text1. Top = 50
    Text1. Width = Width – 200
    Text1. Height = Height – 900
End Sub
Private Sub mnuHei_Click( )
    Text1. FontName = " 黑体 "
End Sub
Private Sub mnuLi_Click( )
    Text1. FontName = " 隶书 "
End Sub
Private Sub mnu20_Click( )
    Text1. FontSize = 20
End Sub
Private Sub mnu36_Click( )
    Text1. FontSize = 36
End Sub
Private Sub mnuQuit_Click( )
    End
End Sub
```

程序运行界面如图 11-5 所示。按快捷键 Ctrl + H,文本设置为黑体;按快捷键 Ctrl + L,文本设置为隶书。"结束"菜单项不包含子菜单,按 Alt + Q 键,结束程序运行。

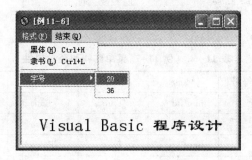

图 11-5 [例 11-6]程序界面

[**例11-7**]　程序界面如图11-6所示,按表11-6设计下拉菜单,要求实现功能如下:

图11-6　[例11-7]程序界面

(1) 在文本框 Text1 中输入数值前,"开方"和"指数"菜单项隐藏;输入数值后,显示两个菜单项。如果输入负数,"开方"菜单项无效(暗淡显示)。

(2) 选择"开方"或"指数"菜单项,在文本框 Text2 中显示运算结果。

(3) 选择"开方"或"指数"菜单项,选中的菜单项出现复选标记,未选中的菜单项不出现复选标记。

在窗体上放置两个文本框,文本框 Text1 用来输入数据,文本框 Text2 用来显示运算结果。按表11-6设置菜单属性,编写程序代码如下:

```
Private Sub Text1_Change( )
    mnuSqr. Visible = True
    mnuExp. Visible = True
    If Val( Text1 )  < 0 Then
        mnuSqr. Enabled = False
    Else
        mnuSqr. Enabled = True
    End If
End Sub
Private Sub mnuSqr_Click( )
    Text2 = Sqr( Val( Text1 ) )
    mnuSqr. Checked = True              '显示复选标记
    mnuExp. Checked = False             '隐藏复选标记
End Sub
Private Sub mnuExp_Click( )
    Text2 = Exp( Val( Text1 ) )
    mnuSqr. Checked = False             '隐藏复选标记
    mnuExp. Checked = True              '显示复选标记
End Sub
```

表11-6　[例11-7]菜单结构和菜单属性

标题文本	内缩符号	Name	Enabled	Visible	Checked	ShortCut
运算(&C)	无	mnuCal	True	True	False	无
…. 开方(&S)	1	mnuSqr	True	False	False	Ctrl + S
…. 指数(&E)	1	mnuExp	True	False	False	Ctrl + E
…. -	1	Bar	True	True	False	无

[例11-8] 　按表11-7的菜单数组设计下拉菜单,选择菜单命令,设置文本框的文本字号。

菜单数组中包含若干菜单控件,所有菜单控件的 Name 属性相同,响应相同的 Click 事件过程,下标属性 Index 不同。在程序代码中,用 Index 属性识别所选择的菜单项。

```
Private Sub mnuFont_Click(Index As Integer)
        Select Case Index
                Case 10
                        Text1.FontSize = 10
                Case 30
                        Text1.FontSize = 30
                Case 50
                        Text1.FontSize = 50
        End Select
End Sub
```

表 11-7 　[例11-8]菜单结构和菜单属性

标题文本	内缩符号	Name	Index
字号(&S)	无	mnuSize	无
....10	1	mnuFont	10
....30	1	mnuFont	30
....50	1	mnuFont	50

11.2.4 　弹出菜单设计

除了下拉菜单外,还广泛使用弹出菜单。右击窗体或控件,在窗体任意位置显示弹出菜单。弹出菜单是一种小型菜单系统,操作起来快捷方便,因此又称快捷菜单。

弹出菜单与下拉菜单的设计方法基本相同,在菜单编辑器中指定菜单结构、设置菜单属性,在 MouseDown 或 MouseUp 事件过程中调用窗体的 PopupMenu 方法,在窗体上显示弹出菜单。PopupMenu 方法的调用格式如下:

[窗体名.]PopupMenu 菜单名[,Flags,X,Y,粗体显示的菜单名]

窗体名:省略“窗体名”,则弹出菜单在当前窗体显示。

菜单名:顶层菜单或子菜单项的 Name 属性,弹出菜单中至少必须包括一个菜单项。

Flags(标志):指定弹出菜单的显示位置和行为。Flags 参数的取值如表11-8所示,一组取值指定弹出菜单的显示位置,另一组取值指定弹出菜单的行为。如果同时设置弹出菜单的位置和行为,则取值用算术运算符“+”或逻辑运算符“OR”连接。

表 11-8 　弹出菜单的位置和行为

数	值	符 号 常 量	作　　用
位置	0	vbPopupMenuLeftAlign	X 坐标指定弹出菜单的左边界(默认)
	4	vbPopupMenuCenterAlign	X 坐标指定弹出菜单的中间位置
	8	vbPopupMenuRightAlign	X 坐标指定弹出菜单的右边界

续表

数	值	符 号 常 量	作　　用
行为	0	vbPopupMenuLeftButton	只能用鼠标左键选择菜单命令（默认）
	2	vbPopupMenuRightButton	可用鼠标左键或右键选择菜单命令

X 和 Y：在窗体上显示弹出菜单的横坐标和纵坐标。如果省略这两个参数，在鼠标指针的当前位置显示弹出菜单。

粗体显示的菜单名：指定弹出菜单中的某个菜单项用粗体显示。

在 PopupMenu 方法中，"菜单名"是唯一必选参数，其余为可选参数。如果省略前面的可选参数，只设置后面的可选参数，则逗号必须保留；如果只设置前面的可选参数，而不设置后面的可选参数，则逗号可以省略。

在设计弹出菜单时，几点说明如下：

（1）顶层菜单项的 Visible 属性应当设置为 False，如果设置为 True，则所设计的菜单既可作为下拉菜单显示，又可作为弹出菜单使用。

（2）当顶层菜单项的 Visible 属性设置为 False 时，可以执行"视图"→"代码窗口"命令或双击窗体，打开代码窗口，从对象下拉列表框中选择菜单控件，编写 Click 事件过程。

（3）右击大部分对象都可以显示弹出菜单，但必须调用窗体的 PopupMenu 方法。

[例 11-9] 按表 11-9 设计一个弹出菜单，当程序运行时，右击窗体显示如图 11-7 所示的弹出菜单。如果在"第二个数"文本框中输入的除数为 0，则不能执行除法运算。

表 11-9　[例 11-9]菜单结构和菜单属性

标 题 文 本	内 缩 符 号	Name	Enabled	Visible
算术运算	无	Oper	True	False
.... 加法（&A）	1	Add	True	True
.... 减法（&S）	1	Sub	True	True
.... -	1	Bar	True	True
.... 乘法（&M）	1	Mul	True	True
.... 除法（&D）	1	Div	True	True

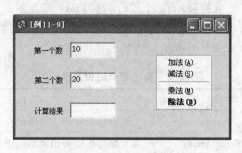

图 11-7　[例 11-9]程序界面

在窗体上绘制三个标签和三个文本框,三个文本框的 Text 属性设置为空串,按表 11-9 设置菜单属性。程序界面如图 11-7 所示,事件过程如下:

```
Private Sub Add_Click( )
    Text3. Text = Val( Text1. Text) + Val( Text2. Text)
End Sub
Private Sub Sub_Click( )
    Text3. Text = Val( Text1. Text) - Val( Text2. Text)
End Sub
Private Sub Mul_Click( )
    Text3. Text = Val( Text1. Text) * Val( Text2. Text)
End Sub
Private Sub Div_Click( )
    Text3. Text = Val( Text1. Text)/Val( Text2. Text)
End Sub
Private Sub Text2_Change( )
    If Val( Text2. Text) = 0 Then
        Div. Enabled = False
    Else
        Div. Enabled = True
    End If
End Sub
Sub Form_MouseDown( B As Integer,Shift As Integer,X As Single,Y As Single)
    If B = 2 Then PopupMenu Oper, 6, , , Div
End Sub
```

在上面程序代码中,Flags 位置参数为 4,行为参数为 2,Div 菜单项粗体显示。

[**例 11-10**] 窗体上放置一个通用对话框和一个文本框,按表 11-10 设计菜单,要求实现功能如下:

(1)改变窗体的大小,文本框的大小随之改变。

(2)使用通用对话框打开文本文件和保存文本文件。

(3)使用通用对话框设置文本框的字体、字号和文本颜色。

(4)使用通用对话框设置文本框的背景颜色。

(5)用鼠标右击文本框,显示如图 11-8 所示的弹出菜单。

表 11-10 [例 11-10]菜单结构和菜单属性

标 题 文 本	内 缩 符 号	Name	ShortCut
文件(&F)	无	mnuFile	无
.... 打开(&O)	1	mnuOpen	Ctrl + O
.... 保存(&S)	1	mnuSave	Ctrl + S
格式(&T)	无	mnuFormat	无
.... 字体(&F)	1	mnuFont	Ctrl + F
.... 背景(&B)	1	mnuBackColor	Ctrl + B

通用对话框的 Name 属性设置为 cd,文本框的 MultiLine 属性设置为 True,ScrollBars 属性设置为 2,按表 11-10 设置菜单属性。程序运行界面如图 11-8 所示,程序代码如下:

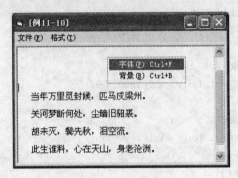

图 11-8　[例 11-10]程序界面

```
Private Sub Form_Resize( )
    Text1. Left = 50
    Text1. Top = 50
    Text1. Width = Width − 200
    Text1. Height = Height − 900
End Sub
Private Sub mnuOpen_Click( )
    Dim s As String
    cd. Action = 1
    Open cd. FileName For Input As 10
    Text1. Text = " "
    Do While Not EOF(10)
        Line Input #10 , s
        Text1 = Text1 + s + vbNewLine
    Loop
    Close
End Sub
Private Sub mnuSave_Click( )
    cd. Action = 2
    Open cd. FileName For Output As 10
    Print #10 , Text1. Text
    Close
End Sub
Private Sub mnuBackcolor_Click( )
    cd. Action = 3
    Text1. BackColor = cd. Color
End Sub
Private Sub mnuFont_Click( )
    cd. FontName = "宋体"                    '设置默认字体,避免程序出错
    cd. Flags = 261
```

```
        cd. Action = 4
        Text1. ForeColor = cd. Color
        Text1. FontSize = cd. FontSize
        Text1. FontName = cd. FontName
End Sub
Sub Text1_MouseDown(B As Integer,Shift As Integer,X As Single,Y As Single)
        If B = 2 Then PopupMenu mnuFormat
End Sub
```

当程序运行时,第一次右击文本框,显示系统定义的快捷菜单;第二次右击文本框,显示用户定义的快捷菜单。

11.3 工具栏设计

菜单中包含了应用程序的全部操作命令,工具栏中包含了应用程序的常用操作命令,不需要打开菜单,只要单击工具栏中的按钮,即可执行菜单命令,从而提高操作效率。

可以使用 ImageList 和 ToolBar 控件制作工具栏。两个控件为外部控件,需要把控件图标添加到工具箱中。执行"工程"→"部件"命令,或右击工具箱,选择"部件"命令,均可打开"部件"对话框。在"控件"选项卡中,选中"Microsoft Windows Common Controls 6.0"复选框,单击"确定"按钮,工具箱中出现 ImageList 控件图标和 ToolBar 控件图标。

11.3.1 ImageList 控件

通常 ImageList 控件不单独使用,在设计工具栏时,可为 ToolBar 控件提供图片,使工具栏中的按钮显示图片。当 ImageList 控件添加到窗体时,图标大小不能改变,程序运行时不可见。

选中窗体上的 ImageList 控件,执行"视图"→"属性页"命令,或右击 ImageList 控件,选择"属性"命令,均可打开如图 11-9 所示的"属性页"对话框。在"属性页"对话框中设置属性。"通用"选项卡用来设置图片大小,"图像"选项卡用来添加图片。

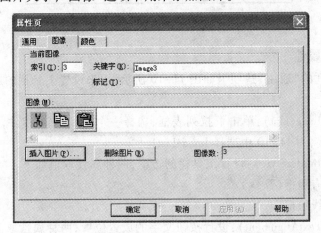

图 11-9 ImageList 控件的"属性页"对话框("图像"选项卡)

单击"插入图片"按钮,打开"选定图片"对话框,选择图片文件。选中"图像"列表框中的图片,单击"删除图片"按钮,删除图片。一旦 ImageList 控件连接到 ToolBar 控件,既不能删除图片,也不能插入图片,只能在"图像"列表框的末尾添加图片。

ImageList 控件的两个常用属性如下。

1. 索引(Index)

插入图片时自动在文本框中出现一个数字,作为图片编号(从 1 开始连续编号),在 ToolBar 控件中,可以使用图片编号引用图片。

2. 关键字(Key)

在"关键字"文本框中,输入一个字符串作为图片标识,在 ToolBar 控件中还可以使用图片关键字来引用图片。

11.3.2 ToolBar 控件

ToolBar 控件用来创建工具栏。选中窗体上的 ToolBar 控件,执行"视图"→"属性页"命令,或右击 ToolBar 控件,选择"属性"命令,均可打开如图 11-10 所示的"属性页"对话框。

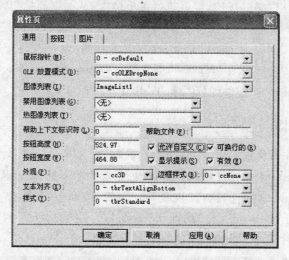

图 11-10　ToolBar 控件的"属性页"对话框("通用"选项卡)

1. 设置工具栏属性

"属性页"对话框的"通用"选项卡如图 11-10 所示,用来设置工具栏的属性。工具栏的常用属性如下:

(1)图像列表(ImageList):单击下拉列表框,选择一个 ImageList 控件,建立 ToolBar 控件与 ImageList 控件的连接,图 11-10 中选择 ImageList1。

(2)边框样式(BorderStyle):设置工具栏的边框,两种属性取值如下:

0——工具栏没有边框(默认)。

1——工具栏单线边框。

(3)文本对齐(TextAlignment):设置按钮文字的放置位置,两种属性取值如下:

0——按钮中的文字显示在图片下边(默认)。

1——按钮中的文字显示在图片右边。

（4）样式（Style）：设置工具栏中的按钮样式，两种属性取值如下：

0——标准样式，三维效果显示按钮（默认）。

1——平面样式，平面显示按钮，当鼠标指针移到按钮上时，突出显示按钮。

（5）可换行的（Wrappable）：当窗体变小时，如果工具栏不能容纳所有按钮，确定工具栏是否自动换行。选中此复选框，工具栏自动换行，否则不自动换行。

（6）显示提示（ShowTips）：当鼠标指针放在按钮上时，确定是否显示提示信息。选中此复选框，显示提示信息，否则不显示提示信息。

此外，在属性窗口而不是"属性页"对话框中，可以设置工具栏的 Align 属性，改变工具栏在窗体上的位置。选择 0，可将工具栏拖到窗体的任意位置；选择 1，工具栏放在窗体顶端（默认）；选择 2，放在窗体底端；选择 3，放在窗体左边；选择 4，放在窗体右边。

2. 设置按钮属性

"按钮"选项卡如图 11-11 所示，用来在工具栏中添加按钮并设置按钮的属性。单击"插入按钮"按钮，在工具栏中添加一个按钮；单击"删除按钮"按钮，删除工具栏中的按钮。按钮的常用属性如下：

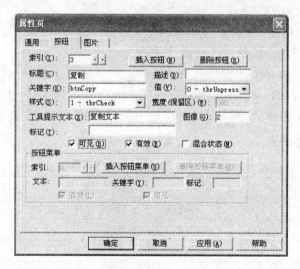

图 11-11　ToolBar 控件的"属性页"对话框（"按钮"选项卡）

（1）索引（Index）：单击"插入按钮"按钮，自动在文本框中出现一个数字，作为按钮编号（从 1 开始连续编号），在程序代码中可以使用按钮编号引用按钮。

（2）关键字（Key）：在文本框中输入一个字符串作为按钮标识，在程序代码中可以使用按钮标识引用按钮。

（3）标题（Caption）：在文本框中输入文本信息，设置按钮中显示的文本。

（4）图像（Image）：在文本框中输入 ImageList 控件的图片索引或关键字，设置按钮中显示的图片。

（5）样式（Style）：设置按钮的样式，6 种选项的含义如下：

0——普通按钮（默认）：按下鼠标左键，按钮呈按下状态；松开鼠标左键，按钮呈弹起状态。

1——复选按钮：单击处于按下状态，再次单击又处于弹起状态。

2——分组按钮:一次只能在组中选择一个按钮。

3——分隔按钮:用空白分隔左右两边的按钮。

4——占位按钮:用来放置其他控件(如组合框),宽度可变且右边有分隔符号。

5——菜单按钮:按钮右边带有下拉按钮,单击下拉按钮显示下拉菜单。选择此样式,可在"按钮菜单"区域编辑菜单按钮。

(6)工具提示文本(ToolTipText):在文本框中输入文本,当鼠标指针放在按钮上时,显示提示文本信息。只有选中图 11-10 中的"显示提示"复选框,此属性才会生效。

11.3.3 编写程序代码

在创建工具栏时,先用 ImageList 控件添加按钮中显示的图片,再用 ToolBar 控件创建按钮,最后编写按钮的事件过程。一个工具栏中的全部按钮构成一个按钮数组,数组名为 Buttons,单击任意按钮,均会触发 ToolBar 控件的 ButtonClick 事件,在 Select Case 语句中用按钮索引(Index)或关键字(Key)识别所单击的按钮,执行相应的程序代码。

[例 11-11] 用 ImageList 控件和 ToolBar 控件设计一个工具栏,实现功能如下:

(1)改变窗体的大小,文本框的大小随之改变。

(2)单击工具栏中的按钮,剪切、复制或粘贴文本框中的文本。

(3)如果未单击"复制"按钮,则"粘贴"按钮无效。

在窗体上添加一个 ImageList 控件、一个 ToolBar 控件和一个文本框(MultiLine 属性设置为 True)。在 ImageList 控件的"属性页"对话框中,图片大小设置为"16×16",插入 3 个图片,如图 11-12 所示;在 ToolBar 控件的"属性页"对话框中,添加 5 个按钮,按表 11-11 设置按钮属性。程序界面如图 11-12 所示。

表 11-11 [例 11-11]控件属性

ImageList 控件		ToolBar 控件					
索引	关键字	索引	关键字	标题	样式	有效	图像
1	Image1	1	btnCut	剪切	0	True	1
		2	btnSep2		3	True	
2	Image2	3	btnCopy	复制	1	True	2
		4	btnSep4		3	True	
3	Image3	5	btnPaste	粘贴	0	False	3

图 11-12 [例 11-11]程序界面

```
        Dim s As String
    Private Sub Form_Load( )
            Text1. Text = " Visual Basic 程序设计"
            Text1. FontSize = 16
            Text1. FontName = "隶书"
            Text1. ForeColor = vbBlue
    End Sub
    Private Sub Form_Resize( )
            Text1. Left = 50
            Text1. Top = 650
            Text1. Width = Width – 200
            Text1. Height = Height – 900
    End Sub
    Private Sub Toolbar1_ButtonClick( ByVal Button As MSComctlLib. Button)
            Select Case Button. Index
                Case 1
                        s = Text1. SelText
                        Text1. SelText = " "
                        Toolbar1. Buttons(5). Enabled = True
                Case 3
                        s = Text1. SelText
                        Toolbar1. Buttons(5). Enabled = True
                Case 5
                        Text1. SelText = s
            End Select
    End Sub
```

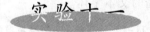

一、实验目的

1. 熟练掌握通用对话框,能够设置通用对话框的常用属性,利用通用对话框打开文件、保存文件、设置控件颜色和文本字体。

2. 熟练掌握下拉菜单和弹出菜单设计,能够设计菜单结构、设置菜单属性、编写菜单控件的Click 事件过程,能够调用 PopupMenu 方法显示弹出菜单。

3. 一般掌握工具栏的设计方法,能够设置 ImageList 控件和 ToolBar 控件的属性,并编写ButtonClick事件过程。

二、实验内容

[**实验 11–1**]在窗体上放置一个文本框、一个通用对话框和三个命令按钮。单击"颜色"按钮,设置文本框的背景颜色;单击"字体"按钮,设置文本框中的文本格式;单击"保存"按钮,将文本框中的内容保存为文本文件。

[**实验 11-2**]在窗体上放置一个通用对话框、一个图像框(Stretch 属性设置为 True)、一个文本框(MultiLine 属性设置为 True)和一个命令按钮。单击命令按钮,出现打开文件对话框。选择图像文件,在图像框中显示图片;选择文本文件,在文本框中显示文本。

[**实验 11-3**]在窗体上绘制一个文本框,MultiLine 属性设置为 True,按表 11-12 设计下拉菜单,要求实现功能如下:

(1)在启动程序时,设置文本框的 Text、FontName 和 FontSize 属性。

(2)改变窗体大小,文本框大小随之改变。

(3)选择"颜色"菜单中的命令,设置文本框的文本颜色。

(4)单击"清除"菜单项,清除文本框中的内容。

(5)每选择一个菜单项,所选择的菜单项出现复选标记,其他菜单项不显示复选标记。

表 11-12 [实验 11-3]菜单属性

标 题 文 本	内 缩 符 号	Name	Checked	ShortCut
颜色(&C)	无	mnuColor	False	无
.... 红色(&R)	1	mnuRed	False	Ctrl + R
.... 绿色(&G)	1	mnuGreen	False	Ctrl + G
.... 蓝色(&B)	1	mnuBlue	False	Ctrl + B
清除(&L)	无	mnuClear	False	无

[**实验 11-4**]在窗体上绘制一个文本框,按表 11-13 设计下拉菜单,要求实现功能如下:

(1)在启动程序时,设置文本框的 Text、FontSize 和 ForeColor 属性。

(2)改变窗体大小,文本框的大小随之改变。

(3)选择菜单命令,设置文本框的文本字体。

表 11-13 [实验 11-4]菜单属性

标 题 文 本	内 缩 符 号	Name	Index	ShortCut
字体(&F)	无	mnuFont	无	无
.... 宋体(&S)	1	mnuName	5	Ctrl + S
.... 黑体(&H)	1	mnuName	10	Ctrl + H
... 隶书(&L)	1	mnuName	15	Ctrl + L

[**实验 11-5**]在窗体上绘制 6 个标签,程序界面如图 11-13 所示,按表 11-14 设计下拉菜单,要求实现功能如下:

(1)从键盘输入一个整数,在第一个标签中显示输入的十进制数。

(2)如果输入一个负数,则"八进制数"和"十六进制数"菜单项无效。

(3)选择"八进制数"菜单项,在第二个标签中显示相应的八进制数;选择"十六进制数"菜单项,在第三个标签中显示相应的十六进制数。

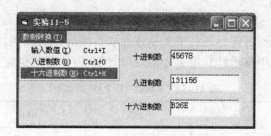

图 11-13 [实验 11-5]程序界面

表 11-14 [实验 11-5]菜单属性

标 题 文 本	内 缩 符 号	Name	ShortCut
数制转换(&T)	无	mnuTrans	无
.... 输入数值(&I)	1	mnuInput	Ctrl + I
.... 八进制数(&O)	1	mnuOct	Ctrl + O
.... 十六进制数(&H)	1	mnuHex	Ctrl + H

[**实验 11-6**]程序界面如图 11-14 所示,在窗体上放置一个文本框,MultiLine 属性设置为 True,按表 11-15 设计一个下拉菜单,剪切、复制、粘贴文本框中的文本,要求实现功能如下:

(1) 在启动程序时,设置文本框的 Text、FontSize、FontName、BackColor 和 ForeColor 属性。

(2) 改变窗体的大小,文本框的大小随之改变。

(3) 选择"复制"或"剪切"菜单项,"粘贴"菜单项生效。

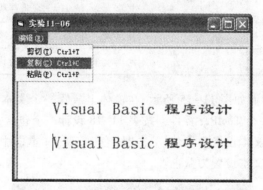

图 11-14 [实验 11-6]程序界面

表 11-15 [实验 11-6]菜单属性

标 题 文 本	内 缩 符 号	Name	Enabled	ShortCut
编辑(&E)	无	mnuEdit	True	无
.... 剪切(&T)	1	mnuCut	True	Ctrl + T
.... 复制(&C)	1	mnuCopy	True	Ctrl + C
.... 粘贴(&P)	1	mnuPaste	False	Ctrl + P

[**实验11-7**]按表11-16设计一个弹出菜单,当程序运行时右击窗体,在窗体左上角显示弹出菜单。选择"时间"命令,窗体标题栏中显示计算机系统的当前时间,窗体背景变为红色;选择"日期"命令,窗体标题栏中显示计算机系统的当前日期,窗体背景变为黄色。

表11-16　[实验11-7]菜单属性

标 题 文 本	内 缩 符 号	Name	Visible	ShortCut
窗体标题	无	mnuTitle	False	无
.... 时间(&T)	1	mnuTime	True	Ctrl + T
.... 日期(&D)	1	mnuDate	True	Ctrl + D

[**实验11-8**]在窗体上绘制一个文本框,设计一个弹出菜单,实现功能如下:

(1) 启动程序时设置文本框的 Text、FontName 和 FontSize 属性。

(2) 右击窗体,选择"红色"、"绿色"或"蓝色"命令,设置文本框的文本颜色。

(3) 每选择一个菜单项,该菜单项失效,其他菜单项有效。

[**实验11-9**]在窗体上绘制一个标签和一个文本框,设计一个弹出菜单。程序运行时右击窗体,出现弹出菜单,显示地名"北京"、"上海"、"河南"菜单项。从弹出菜单中选择命令,标签中显示地名,文本框中显示大学名称。地名和大学名称如表11-17所示。

表11-17　[实验11-9]显示内容

标签中显示的地名	文本框中显示的大学名
北京	北京大学,清华大学,北京科技大学
上海	复旦大学,同济大学,华东师范大学
河南	河南大学,郑州大学,河南科技大学

[**实验11-10**]程序界面如图11-15所示,在窗体上放置一个文本框(MultiLine 属性设置为 True)、一个 ImageList 和一个 ToolBar 控件。按表11-18设计一个包含三个按钮的工具栏。单击"红色"按钮,文本框中的文本设置为红色;单击"绿色"按钮,文本框中的文本设置为绿色;单击"蓝色"按钮,文本框中的文本设置为蓝色。

图11-15　[实验11-10]程序界面

表 11-18　[实验 11-10]的 ImageList 和 ToolBar 控件属性

ImageList 控件		ToolBar 控件					
索引	关键字	索引	关键字	标题	样式	有效	图像
1	Image1	1	btnRed	红色	0	True	1
		2	btnSep2		3	True	
2	Image2	3	btnGreen	绿色	0	True	2
		4	btnSep4		3	True	
3	Image3	5	btnBlue	蓝色	1	True	3

习 题 十 一

一、选择题(至少选择一个正确答案)

1. 在窗体上放置通用对话框 CD1,显示打开文件对话框的选项有(　　)。
   A) CD1. FileName = 1　　　　　　B) CD1. Action = 1
   C) CD1. ShowOpen　　　　　　　D) CD1. ShowSave

2. 在窗体上放置通用对话框 CD1,显示颜色对话框的选项有(　　)。
   A) CD1. Action = 2　　　　　　　B) CD1. Action = 3
   C) CD1. Action = 4　　　　　　　D) CD1. ShowColor

3. 对于打开文件对话框,返回文件名的属性有(　　)。
   A) FileName　　　　　　　　　B) Action
   C) FileTitle　　　　　　　　　D) Filter

4. 对于打开文件对话框和保存文件对话框,属于字符类型的属性有(　　)。
   A) DefaultExt　　　　　　　　B) InitDir
   C) Filter　　　　　　　　　　D) Flags

5. 假设字体对话框的 Flags 属性设置为 3,不能设置的属性有(　　)。
   A) FontName　　　　　　　　B) FontUnderline
   C) FontSize　　　　　　　　　D) FontStrikethru

6. 激活窗体,打开菜单编辑器的操作有(　　)。
   A) 右击窗体选择相应的命令　　　B) 执行"视图"→"菜单编辑器"命令
   C) 单击"菜单编辑器"按钮　　　　D) 执行"工具"→"菜单编辑器"命令

7. 在菜单编辑器中,必须设置菜单项的(　　)属性。
   A) 标题　　　　　　　　　　B) 可见
   C) 名称　　　　　　　　　　D) 有效

8. 只能在菜单编辑器或属性窗口中设置的菜单属性有(　　)。
   A) Name　　　　　　　　　　B) Visible
   C) Index　　　　　　　　　　D) ShortCut

9. 在设置菜单项的 Index 属性时,下面正确的叙述有(　　)。
   A) 菜单项的名称属性相同　　　　B) 取值范围为 1 ~ 32 767
   C) 菜单项的编号必须连续　　　　D) 取值范围为 0 ~ 32 767

10. 在设置菜单属性时,可以使用的方法有( )。

  A)属性窗口   B)菜单编辑器

  C)代码窗口   D)工具箱窗口

11. 在设计菜单时,下面正确的叙述有( )。

  A)菜单控件只响应 Click 事件   B)顶层菜单项不能设置访问键

  C)菜单分隔条是特殊的菜单项   D)顶层菜单项不能设置快捷键

12. 在设计弹出菜单时,下面正确的叙述有( )。

  A)可在窗体指定位置显示   B)可以调用控件的 PopupMenu 方法

  C)顶层菜单控件必须隐藏   D)只能调用窗体的 PopupMenu 方法

13. 在设计弹出菜单时,可以调用 PopupMenu 方法的事件过程有( )。

  A)Click   B)MouseDown

  C)Change   D)MouseUp

14. 关于图像列表控件 ImageList,下面错误的叙述有( )。

  A)可以设置图片的大小   B)可以单独使用

  C)可以设置图片的格式   D)运行时不可见

15. 关于工具栏 ToolBar 控件,下面正确的叙述有( )。

  A)可以只用图片标识按钮   B)必须用 ImageList 控件提供图片

  C)可以只用文本标识按钮   D)可以设置按钮中显示文本的字体

二、填空题

1. 在窗体上放置一个通用对话框,如果显示某种对话框,必须设置_____属性。

2. 通用对话框的 FileName 属性返回_____,而 FileTitle 属性返回_____。

3. 在窗体上放置一个通用对话框,程序代码如下:

  CD. Filter = " All Files| * . * |Picture| * . BMP|Document| * . DOC"

  CD. FilterIndex = 2

  CD. Action = 1

运行程序,显示打开文件对话框,"文件类型"下拉列表框中显示_____。

4. 在窗体上放置一个通用对话框 cd,如果将保存文件的默认扩展名设置为"BMP",设置属性的语句为_____。

5. 颜色对话框的_____属性可以设置窗体和控件的前景颜色和背景颜色。

6. 在显示字体对话框时,除设置 Action 属性外,还必须设置_____属性,且属性取值必须包含数值_____。

7. 如果用字体对话框设置文本颜色,除设置 Action 属性外,还必须设置_____属性,且属性取值必须包含_____。

8. 如果用字体对话框设置文本的下划线,需要设置_____属性,且属性取值必须包含_____。

9. 在设置通用对话框的_____属性时,如果需要设置多个取值,各个取值之间用运算符_____或_____连接。

10. 在设置菜单控件的 Caption 属性时,输入_____字符,插入一个菜单分隔条;字母前面加_____字符,设置菜单项的访问键。

11. 在设置菜单属性时,_____属性设置为_____,才能显示菜单项;_____属性设置为_____,菜单项失效;_____属性设置为_____,显示复选标记。

12. 在菜单数组中,所有元素的_____属性取值相同,响应的事件过程相同,在程序代码中用_____属性识别所单击的菜单项。

13. 在编辑菜单结构时,最多可以设置_____个内缩符号,最多指定_____层菜单,_____菜单项没有内缩符号。

14. 在菜单编辑器中,选择一个菜单项,单击"_____"按钮,添加一个新的菜单项;单击"_____"按钮,删除一个菜单项。

15. 右击窗体,如果要在当前窗体的任意位置显示弹出菜单 mnuColor,MouseDown 事件过程中应当使用语句_____。

16. 右击窗体,如果要在当前窗体的(500,1000)位置显示弹出菜单 mnuFont,MouseUp 事件过程中应当使用语句_____。

17. 菜单结构和菜单属性如表 11-5 所示,菜单项"_____"和"_____"可以作为弹出菜单,而 mnuQuit 不能作为弹出菜单。

18. 设置工具栏的_____属性,可改变工具栏在窗体上的位置。

19. 如果需要设计一个菜单按钮,按钮的_____属性需要设置为_____。

20. 语句_____,可使工具栏 ToolBar2 的第三个按钮失效。

第 12 章　　　　课程设计指导

本章是全书内容的扩展，为综合应用打下基础，内容包括错误处理程序、系统内部对象、应用程序向导和发布应用程序。通过本章的学习，要求读者能够编写错误处理程序，利用应用程序向导，创建应用程序框架，并能够打包和展开工程文件，创建应用程序的安装程序。

12.1　错误处理程序

改变程序运行环境后，原来能够正常运行的程序可能会出现错误。例如，程序运行时请求用户输入数据，经过运算可能出现除数为零或负数开方，这时就会出现程序运行错误。因此，为了使应用程序具有较强的适应性，需要编写错误处理程序。

12.1.1　运行错误处理

错误处理程序用来处理程序运行过程中出现的错误。当程序正常运行时，不执行错误处理程序；当出现运行错误时，转去执行错误处理程序。错误处理程序的结构如下。

1. 设置错误捕获陷阱

事先分析程序运行中可能出现的错误，在可能出现错误的语句前面，放置一个 On Error 语句，设置错误捕获陷阱，捕获运行错误。On Error 语句的三种语法格式如下：

On Error GoTo 标号 | 行号

当发生运行错误时，跳到标号或行号指定的位置，执行错误处理程序。标号是一个用冒号结尾的标识符，行号是一个整数，结尾可以没有冒号。标号或行号指定的语句和 On Error 语句必须在同一个过程中，否则出现编译错误。

On Error GoTo 0

取消当前过程中的错误捕获功能。一旦设置错误捕获语句，其功能一直保持到过程结束，如果要在过程结束之前取消错误捕获功能，需要使用"On Error GoTo 0"语句。

On Error Resume Next

当发生运行错误时,不作任何处理,继续执行出错语句后面的语句。

2. 编写错误处理代码

捕获到运行错误后,转去执行错误处理代码。错误处理代码的功能包括:判断错误类型,显示出错信息,指出解决办法,然后返回指定位置,继续运行程序。错误处理程序主要由选择结构组成,用来判断可能发生的错误。通常错误处理程序放在过程的尾部,位于 Exit Sub 或 Exit Function 语句后面。如果未发生运行错误,正常结束过程,不执行错误处理程序。

3. 退出错误处理程序

错误处理完毕,应当退出错误处理程序,返回到指定位置,恢复原来运行状态。在错误处理程序中,用 Resume 语句退出错误处理程序。Resume 语句的三种语法格式如下:

Resume

返回到出错语句。如果在错误处理程序中改正了错误,可用 Resume 语句再次执行引发错误的语句。如果没有改正错误,禁止使用 Resume 语句,否则执行一个永久循环。

Resume Next

返回到出错语句的下面一个语句。如果在错误处理程序中没有改正错误,可以使用 Resume Next 语句,跳过引发错误的语句,继续执行程序。

Resume 标号|行号

返回到由标号或行号指定的位置,继续运行程序。

[**例 12-1**] 通过键盘输入一个实数,求实数的开方。如果输入负数,则执行错误处理程序,改正输入错误,再次执行开方运算。

```
Private Sub Form_Click( )
        Dim x As Single, y As Single
        x = InputBox( "输入一个正数!" )
        On Error GoTo CheckError
        y = Sqr( x )
        Print y
        Exit Sub
CheckError:
        MsgBox "执行错误处理程序!"
        x = InputBox( "!!! 输入一个正数!!!" )
        Resume
End Sub
```

12.1.2 出错信息分析

当出现程序运行错误时,可以分析错误信息,查找出错原因,快速排除错误。

1. Error 语句

语句格式:**Error 错误代号**

语句功能:根据错误代号,人为制造程序运行错误,用来帮助调用错误处理程序,检查错误处理程序是否实现指定功能。几个常见错误代号和错误信息如表 12-1 所示。

表 12-1 常见运行错误

错 误 代 号	错 误 信 息	错 误 代 号	错 误 信 息
5	无效的过程调用或参数	53	文件未找到
6	溢出	55	文件已打开
9	下标越界	58	文件已存在
11	除数为零	61	磁盘已满
13	类型不匹配	62	输入超出文件尾
28	溢出堆栈空间	71	磁盘未准备好
35	子程序或函数未定义	75	路径/文件访问错误
52	错误的文件名或号码	76	路径未找到

2. Error 函数

调用格式：**Error**[（错误代号）]

函数功能：返回错误信息。如果省略"错误代号"，返回最近一次的运行错误信息。

3. Err 对象

Err 对象是 Visual Basic 系统的内部对象，用来保存程序运行中出现的错误信息。

Err 对象的常用属性如下：

（1）Number：返回错误代号，常用错误代号如表 12-1 所示。Visual Basic 系统定义的错误代号为 0~512，用户可以定义的错误代号为 513~65 535。

（2）Description：返回错误信息，与 Error 函数的返回值相同。

Err 对象的常用方法如下：

（1）Clear：清除 Err 对象的属性设置，Number 属性设置为 0，Description 属性设置为空字符串。调用 Clear 方法的语句格式如下：

    Err. Clear

（2）Raise：作用与 Error 语句相同，用来帮助调试错误处理程序，语句格式如下：

    Err. Raise 错误代号

［例 12-2］ 编写程序，处理打开文件时的运行错误。

```
Private Sub Form_Click( )
    On Error GoTo CheckError
500 :
    FileName = InputBox( "输入盘符路径和文件名!" )
    Open FileName For Input As #2
    MsgBox "文件打开成功!"
    Exit Sub
CheckError：
    Select Case Err. Number
        Case 53
            MsgBox "文件未找到!"
```

```
                Case 71
                        MsgBox "磁盘未就绪!"
                Case 75
                        MsgBox "文件名错误!"
                Case 76
                        MsgBox "路径未找到!"
        End Select
        Resume 500
    End Sub
```

在程序运行时,输入"ZZZ",显示"文件未找到!";输入"XX\ZZ",显示"路径未找到!";输入空字符串,显示"文件名错误!"。

12.2　系统内部对象

在应用程序中,可以使用 Visual Basic 系统提供的内部对象。常用内部对象有:Debug(立即窗口)、Printer(打印机)、Err(运行错误)、Screen(屏幕)、Clipboard(剪贴板)和 App(应用程序)。

12.2.1　App 对象

App 对象代表当前正在运行的应用程序。通过 App 对象的属性,可以获得正在运行的应用程序信息。App 对象的主要属性如下。

1. EXEname

返回当前正在运行的 EXE 文件的基本名(无扩展名 EXE)。如果在 Visual Basic 集成开发环境下运行程序,则返回工程名。

2. Path

返回正在运行的应用程序的磁盘路径。

3. Title

返回或设置应用程序的标题。在生成 EXE 文件时,可在"工程属性"对话框中设置 Title 属性,也可在程序代码中设置 Title 属性。

4. PrevInstance

判断应用程序是否处于运行状态,如果处于运行状态,则返回 True,否则返回 False。在实际应用中,PrevInstance 属性用来判断是否允许多次启动应用程序。

[**例 12-3**]　编写窗体的 Load 事件过程,要求只能启动一个应用程序实例。首先生成 EXE 文件,再多次启动程序,查看程序运行效果。

```
    Private Sub Form_Load()
        If App. PrevInstance Then
            MsgBox "程序已经启动!"
            End
```

```
        End If
    End Sub
```

12.2.2 Screen 对象

Screen 对象代表整个屏幕,没有可以调用的方法,通过对象的属性可以获得屏幕信息。

1. Width 和 Height

返回屏幕的可用宽度和可用高度,单位为 Twip,属性只读。

2. TwipsPerPixelX 和 TwipsPerPixelY

返回屏幕水平方向和垂直方向上每个像素对应的 Twip 数。Windows API 例程需要以像素为度量单位,使用这两个属性可以快速转换度量单位,而不用设置 ScaleMode 属性。

3. FontCount 和 Fonts

FontCount 属性返回当前屏幕或打印机的可用字体数目,Fonts 属性返回当前屏幕或打印机的所有可用字体名称。可用字体随系统配置、显示设备和打印设备的不同而不同。Fonts 属性是一个数组,下标取值范围为 0 ~ FontCount − 1。两个属性联合使用,可以获得当前屏幕或打印机的可用字体信息。

[例 12-4] 编写一个程序,当程序启动时,窗体中心放在屏幕中心位置。

```
    Private Sub Form_Load( )
        Left = Screen. Width/2 − Width/2
        Top = Screen. Height/2 − Height/2
    End Sub
```

[例 12-5] 计算当前屏幕的分辨率。

```
    Private Sub Form_Click( )
        Dim w As Long, h As Long
        w = Screen. Width/Screen. TwipsPerPixelX
        h = Screen. Height/Screen. TwipsPerPixelY
        Print "屏幕分辨率:"; w; h
    End Sub
```

[例 12-6] 程序界面如图 12-1 所示。在窗体上放置一个组合框(Style 属性设置为 1)和一个图文框,从组合框中选择汉字的字体名称,在图文框中显示汉字的字体样式。

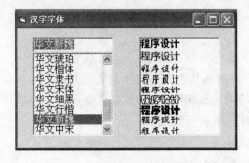

图 12-1 [例 12-6]程序界面

```
Private Sub Form_Load( )
    Dim i As Long
    Combo1. FontSize = 12
    Picture1. FontSize = 12
    For i = 0 To Screen. FontCount − 1
        If Asc( Left( Screen. Fonts( i ), 1 ) ) < 0 Then
            Combo1. AddItem Screen. Fonts( i )
        End If
    Next i
End Sub
Private Sub Combo1_Click( )
    Picture1. FontName = Combo1. Text
    Picture1. Print "程序设计"
End Sub
```

12. 2. 3　ClipBoard 对象

剪贴板是一段特殊的内存区域,用来在应用程序之间交换信息。同一时刻,剪贴板上只能容内一组数据,放入新的数据,覆盖原有数据。使用 ClipBoard 对象,可以实现剪切、复制和粘贴操作。剪贴板对象没有属性,常用方法如下。

1. SetText 方法

调用格式:**ClipBoard. SetText 文本数据[,文本格式]**

方法功能:将指定的文本数据复制到剪贴板中。

ClipBoard 对象能够识别的数据格式如表 12-2 所示,前面 3 项用于 SetText 方法。如果省略"文本格式"参数,采用默认的文本格式。

2. GetText 方法

调用格式:**ClipBoard. GetText([文本格式])**

方法功能:获取剪贴板中的文本数据。可以作为函数使用,格式不匹配则返回空串。

文本格式如表 12-2 所示,如果省略"文本格式"参数,自动选择合适的文本格式。

3. SetData 方法

调用格式:**ClipBoard. SetData 图像数据[,图像格式]**

方法功能:按指定的图像格式将图像数据复制到剪贴板中。

表 12-2 中的后 4 项为图像格式,位图格式为默认格式。如果省略"图像格式"参数,采用默认的图像格式。

4. GetData 方法

调用格式:**ClipBoard. GetData([图像格式])**

方法功能:获取剪贴板中的图像数据。可以作为函数使用,格式不匹配则返回空串。

图像格式如表 12-2 所示,如果省略"图像格式"参数,自动选择合适的图像格式。

表 12-2 剪贴板的数据格式

数　值	符 号 常 量	说　明
&HBF00	vbCFLink	动态数据交换
&HBF01	vbCFRTF	RTF 格式
1	vbCFText	文本格式（默认）
2	vbCFBitmap	位图格式（bmp 文件，默认）
3	vbCFMetafile	元图文件（wmf 文件）
8	vbCFDIB	设备无关位图（dib 文件）
9	vbCFPalette	调色板

5. Clear 方法

调用格式：**ClipBoard. Clear**

方法功能：清除剪贴板中的内容。

[**例 12-7**] 在窗体上放置两个图像框和三个命令按钮，单击"复制"按钮，将第一个图像框中的图像放在剪贴板中；单击"粘贴"按钮，将剪贴板中的图像放在第二个图像框中；单击"清除"按钮，清除第二个图像框中的图像。

```
Private Sub Command1_Click( )
    Clipboard. SetData Image1. Picture
End Sub
Private Sub Command2_Click( )
    Image2. Picture = Clipboard. GetData
End Sub
Private Sub Command3_Click( )
    Image2. Picture = LoadPicture( )
End Sub
```

12.3　应用程序向导

利用 Visual Basic 应用程序向导，可以自动生成应用程序界面，降低界面设计工作量，提高程序开发效率。应用程序向导是一种交互式程序设计工具，只要选择对话框中的项目或输入简短文字，即可自动生成菜单、工具栏和状态栏，并添加必要的控件和部分程序代码。

12.3.1　启动应用程序向导

在 Visual Basic 设计窗口中，启动应用程序向导的两种方法如下：

（1）执行"文件"→"新建工程"命令，打开"新建工程"对话框，选中"VB 应用程序向导"图标，单击"确定"按钮，启动应用程序向导。

（2）执行"外接程序"→"外接程序管理器"命令，打开"外接程序管理器"对话框。在"可用外接程序"列表中,选择"VB6 应用程序向导"。选中"加载/卸载"复选框,加载应用程序向导,否则卸载应用程序向导;选中"在启动中加载"复选框,启动 Visual Basic 时自动加载应用程序向导。单击"确定"按钮,在"外接程序"菜单中,出现"应用程序向导"和"工具栏向导"命令。

应用程序向导共有 9 个对话框,每个对话框完成一步操作。在对话框中按 F1 键,显示帮助主题;单击"下一步"按钮,进入下一个对话框;单击"上一步"按钮,返回到上一个对话框。单击"取消"按钮,取消前面操作,关闭应用程序向导,不产生任何结果。单击"完成"按钮,按前面已做出的选择和后面的默认选择创建应用程序。

12.3.2 创建应用程序界面

1. 应用程序向导 – 介绍

应用程序向导的第一个对话框用来介绍向导的作用。单击下拉列表框右边的省略号按钮,出现"打开配置文件"对话框,可从先前保存的配置文件列表中选择一个向导配置文件。向导配置文件(rwp)保存了先前运行应用程序向导的设置,用来减少操作步骤,直接创建应用程序界面。选择"无",则不使用向导配置文件。

2. 应用程序向导 – 界面类型

选择应用程序的界面类型。选择"多文档界面(MDI)"(默认),创建 MDI 窗体和 MDI 子窗体的应用程序。选择"单文档界面(SDI)",创建单窗体应用程序。选择"资源管理器样式",创建类似 Windows 资源管理器的应用程序界面。在文本框中输入应用程序名称,或采用默认的工程名称。

3. 应用程序向导 – 菜单

"应用程序向导 – 菜单"对话框如图 12-2 所示,用来定义应用程序的菜单,并自动添加部分菜单项的程序代码。定义下拉菜单的操作如下:

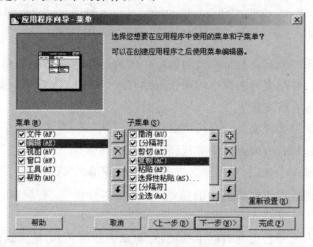

图 12-2 "应用程序向导 – 菜单"对话框

(1)选择菜单:选中复选框,菜单或子菜单出现在应用程序中;清除复选框,菜单或子菜单不出现在应用程序中。先选择左边"菜单"列表框中的顶层菜单项,再选择右边"子菜单"列表框中的下层菜单项。

（2）增删菜单：单击删除按钮✕，删除顶层菜单或子菜单。单击添加按钮✚，出现"添加新菜单"对话框，输入菜单标题和菜单名称，添加顶层菜单或子菜单。

（3）调整位置：单击上移按钮⬆，顶层菜单或子菜单的位置上移；单击下移按钮⬇，顶层菜单或子菜单的位置下移。

（4）重新设置：单击"重新设置"按钮，菜单列表恢复为默认设置。

待应用程序创建完毕，还可以使用菜单编辑器编辑已经创建的菜单。

4. 应用程序向导－自定义工具栏

"应用程序向导－自定义工具栏"对话框如图 12-3 所示，用来定义应用程序的工具栏，并添加部分按钮的程序代码。在左边列表框中，提供了可以添加到工具栏中的全部按钮和一个分隔符。在右边列表框中，显示自定义工具栏中的按钮。两个列表框上面是应用程序工具栏的预览效果，将鼠标指针移动到预览按钮，显示提示文本信息。定义工具栏的操作如下：

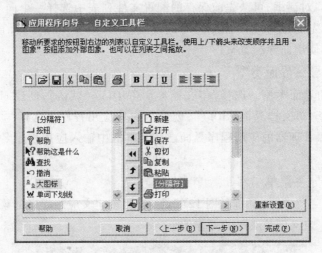

图 12-3 "应用程序向导－自定义工具栏"对话框

（1）添加按钮：添加按钮就是把左边列表框中的按钮移到右边列表框，操作方法包括：双击左边列表框中的按钮；将左边列表框中的按钮拖到右边列表框；选择一个按钮或按住 Shift(Ctrl)键选择多个按钮，单击右移按钮▶。

（2）删除按钮：删除按钮就是把右边列表框中的按钮移到左边列表框，操作方法包括：双击右边列表框中的按钮；将右边列表框中的按钮拖到左边列表框；选择右边列表框中的一个按钮，单击左移按钮◀，删除一个按钮；单击全部左移按钮◀◀，删除全部按钮。

（3）调整位置：选择右边列表框中的按钮，单击上移按钮⬆，按钮位置上移；单击下移按钮⬇，按钮位置下移。

（4）修改名称：先选择右边列表框中的按钮，再单击按钮名称，输入新的按钮名称。

（5）修改图标：先选择右边列表框中的按钮，再单击图标按钮，在"打开图像文件"对话框中，选择图标文件（ICO）或位图文件（BMP）。

（6）重新设置：单击"重新设置"按钮，左边和右边列表框中的按钮恢复为默认设置。

单击两个列表框上面的预览按钮，可在"按钮属性"对话框中，设置按钮图标、按钮名称和提示文本。

待应用程序创建完毕,右击工具栏,选择"属性"命令,可在"属性页"对话框中编辑工具栏。使用"应用程序向导"只能添加一个工具栏,如果需要多个工具栏,可在窗体上添加 ToolBar 控件,选择"外接程序"→"工具栏向导"命令,设计其他工具栏。

5. 应用程序向导 – 资源

创建一个只包含字符串而不包含位图的资源文件。资源文件中保存翻译为其他语言的字符串和控件标题。选择"是",创建一个资源文件,菜单标题用数字表示;选择"否"(默认),不创建资源文件,字符编码保存在应用程序中,菜单标题用汉字表示。

6. 应用程序向导 – Internet 连接

用来在应用程序中访问 Internet,需要安装 Microsoft Internet Explorer 浏览器。选择"否",不建立 Internet 连接;选择"是",可在文本框中输入网页地址。

7. 应用程序向导 – 标准窗体

用来在应用程序中添加标准窗体或定制窗体。例如,选中"启动应用程序时的展示屏幕"复选框,在启动应用程序时列出产品、平台、版本号和版权信息;选中"可接受 ID 和密码的登录对话框",添加登录对话框,要求输入用户名称和密码。单击"窗体模板"按钮,可在"窗体模板"对话框中,选择窗体样式。

8. 应用程序向导 – 数据访问窗体

用来在应用程序中访问数据库。在"数据窗体"列表框中,显示已经选择的数据窗体。单击"创建新窗体"按钮,启动数据窗体向导,设计数据窗体。

9. 应用程序向导 – 已完成

在"应用程序向导 – 已完成"对话框中,从下拉列表框中选择"无",不作为配置文件保存;单击省略号按钮,出现"保存配置文件"对话框,可将本次应用程序向导的设置作为配置文件保存。单击"完成"按钮,结束应用程序向导,自动生成应用程序界面和部分代码。

应用程序向导结束后,需要执行"文件"→"保存工程"命令,保存工程文件。

12.4 发布应用程序

要使应用程序能够在其他环境下运行或作为商业软件发布,需要创建应用程序的安装程序。使用 Visual Basic 6.0 系统提供的"打包和展开向导",可以创建安装程序。

使用"打包和展开向导"发布应用程序分为两个步骤:打包和展开。打包就是将应用程序文件和相关系统文件组合为一体,展开就是将打包后的文件复制到优盘、本地硬盘、移动硬盘、光盘、网络驱动器或发布到 Internet,生成安装程序。

12.4.1 启动打包和展开向导

在 Windows XP 环境下,启动"打包和展开向导"的两种方法如下:

(1) 单击"开始"按钮,选择"所有程序"→"Microsoft Visual Basic 6.0 中文版"→"Microsoft

Visual Basic 6.0 中文版工具"→"Package & Deployment 向导"命令,出现如图 12-4 所示的"打包和展开向导"对话框。单击"浏览"按钮,选择打包的工程文件。

(2) 在 Visual Basic 6.0 集成开发环境下,选择"外接程序"→"外接程序管理器"命令,打开"外接程序管理器"对话框。在"可用外接程序"列表框中,选择"打包和展开向导",再选中"加载/卸载"复选框;单击"确定"按钮,在"外接程序"菜单中出现"打包和展开向导"菜单项。选择"外接程序"→"打包和展开向导"命令,出现如图 12-4 所示的"打包和展开向导"对话框。如果工程文件没有保存,需要保存工程文件。

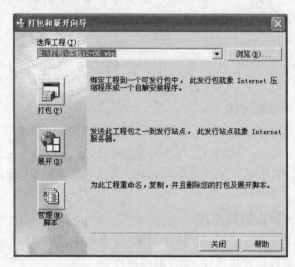

图 12-4 "打包和展开向导"对话框

12.4.2 创建安装程序

单击图 12-4 中的"打包"按钮,如果工程文件没有编译,出现一个对话框,单击"编译"按钮,编译当前工程文件。按照向导提示,打包操作如下:

(1) 包类型:在"打包和展开向导 – 包类型"对话框中,通常选择"标准安装包"选项。

(2) 打包文件夹:"打包和展开向导 – 打包文件夹"对话框如图 12-5 所示,先选择一个磁盘驱动器,再选择一个文件夹,用来保存打包文件。单击"新建文件夹"按钮,新建一个文件夹;单击"网络"按钮,设置网络文件夹。

(3) 包含文件:列出所需要的程序文件和系统文件。单击"添加"按钮,添加所需要的数据库文件和文档文件。

(4) 压缩文件选项:如果使用移动硬盘、优盘或光盘发布应用程序,选择"单个的压缩文件"选项;如果使用软盘发布应用程序,选择"多个压缩文件"选项。

(5) 安装程序标题:在文本框中,输入运行安装程序时所显示的标题。需要注意,安装程序标题不是"开始"→"所有程序"菜单中的快捷方式的名称。

(6) 启动菜单项:"打包和展开向导 – 启动菜单项"对话框如图 12-6 所示,用来确定程序安装后快捷方式出现的位置和名称。在"启动菜单项"列表框中,选择"「开始」菜单"项,安装后在"开始"菜单顶部创建快捷方式;选择"程序"项,安装后在"所有程序"菜单中创建快捷方式。单击"新建组"按钮,添加一个程序组,安装后应用程序的快捷方式出现在新建程序组中;单击"新建项"按钮,添加一个快捷方式名称,安装后用新建快捷方式名启动应用程序。

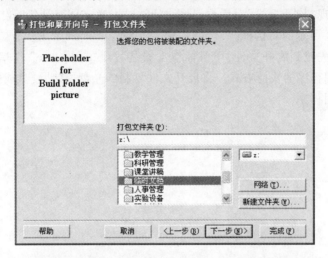

图 12-5 "打包和展开向导 – 打包文件夹"对话框

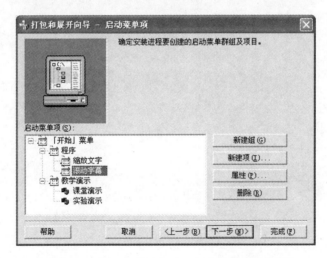

图 12-6 "打包和展开向导 – 启动菜单项"对话框

(7)安装位置:选择应用程序的安装目录,通常采用默认设置。

(8)共享文件:确定安装后是否作为共享文件使用,通常不需要选择任何选项。

(9)已完成:单击"完成"按钮,开始打包文件,创建安装程序。

打包完毕,出现"打包报告"对话框,确定是否保存报告文件。单击"关闭"按钮,返回如图12-4 所示的对话框。

12.4.3 展开安装程序

单击图 12-4 中的"展开"按钮,按照向导提示,逐步展开打包文件,操作步骤如下:

(1)展开的包:选择将要展开的文件包,通常就是前面保存的包文件。

(2)展开方法:选择"文件夹"选项。

（3）文件夹：先选择磁盘驱动器，再选择或新建一个文件夹，用来保存展开文件。

（4）已完成：单击"完成"按钮，开始展开文件。

展开结束后，出现"展开报告"对话框，显示展开结果，确定是否保存报告文件。单击"关闭"按钮，返回如图 12-4 所示的对话框。

在安装程序时，先找到展开文件，用鼠标双击安装程序"setup. exe"，自动安装应用程序，并在指定位置生成应用程序的快捷方式。将展开文件复制到光盘、移动硬盘或优盘，可在其他计算机上安装并运行应用程序。

郑 重 声 明

　　高等教育出版社依法对本书享有专有出版权。任何未经许可的复制、销售行为均违反《中华人民共和国著作权法》，其行为人将承担相应的民事责任和行政责任，构成犯罪的，将被依法追究刑事责任。为了维护市场秩序，保护读者的合法权益，避免读者误用盗版书造成不良后果，我社将配合行政执法部门和司法机关对违法犯罪的单位和个人给予严厉打击。社会各界人士如发现上述侵权行为，希望及时举报，本社将奖励举报有功人员。

反盗版举报电话：(010) 58581897/58581896/58581879

反盗版举报传真：(010) 82086060

E-mail：dd@ hep. com. cn

通信地址：北京市西城区德外大街 4 号
　　　　　高等教育出版社打击盗版办公室

邮　　编：100120

购书请拨打电话：(010)58581118